凡骨《ぼんこつ》新兵《しんぺい》のモンスターライフ 2

Bonkotsu shinpei no Monster life

TOブックス

Novel 橋広功

Illustration みことあけみ

CHARACTERS

ユーノス

今は亡きフルレトス帝国が生み出した遺伝子強化兵。元は平々凡々の青年でスペックを持て余し気味。

レナ

ディエラと同じ元ハンターで冒険者。兄と仲間を失い、旅立つディエラの帰りを一人待つ。

オーランド

傭兵団「暁の戦場」の団長。「巨人殺し」の名を持つ魔剣を振るうベテランだがかなり不潔。

ディエラ

セイゼリア王国に所属する魔術師で元ハンターの冒険者。ユーノスに持ち去られた魔剣の奪還が現目的。

六号さん

よく川で子供と一緒にいるエルフの女性。ユーノスが優先的監視しておりご立派なものをお持ちである。

八号さん

六号さん同様バストサイズによる呼称のエルフ。常に視覚を封じているミステリアスな女性。

Bonkotsu shinpei no
Monster life

Bonkotsu shinpei no

Monster life

CONTENTS

Illustration
AKEMI MIKOTO

Design
5GAS DESIGN STUDIO

自分の選択が正しかったかどうか、それを知る術は現在を生きる者にはない。未来は誰にもわからない。それでも人は考える。より良い今を掴むため、人は目の前にある選択から決断する。

一つの決断を下した。自分と人との距離は縮まることはないだろうと、その選択肢を除外したからこその決断だった。

人であったが故に人を知る。

「人類は、自分と言う存在を許容できない」

時代は変われど人の本質は変えられない。国が違えば文化は異なる。価値観や考え方にすら違いを見出すこともできるだろう。「もしかしたら」と考えなかったわけではない。ただ、たった一つの感情は、たとえ国が違えど変わるものではないと言う確信があった。

「人は恐怖を克服できない」

大きすぎる力を持ってしまった。故に、一つの選択肢を無意識に頭の中から消し去った。

I

カナン王国での傭兵を交えた軍との戦いが終わり、縁のある魔法使いの美女に魔剣を返して颯爽《さっそう》と姿を消した。一戦終えたので一先ず川へと向かうことにする。あれを「戦闘」と呼んで良いのかは疑問だが、個人の感想を言わせてもらえるのであれば「いい運動になった」程度のレベルである。

包丁の代用品がなくなったのは少し悲しいが、命を救う対価と考えるならば以前頂戴したあの魔法薬で十分。帝国産の刃物が負けているとも思えないので問題はないだろう。それを計五本頂いているのだからお釣りはしっかり返さねばならない。帝国人として釣り銭を誤魔化すようなみみっちい真似はしない。

さて、街道のある平地を東に行った小さな森からさらに東へ行くと、レストナント川に辿り着く。山に近い上流なので水が綺麗で魚もきっとたくさんいるだろう。ちょっとはしゃぎすぎて汚れたので先に体を洗いたい。ついでに魚も確保しつつ汚れた手足や尻尾を洗う。

最近エルフ監視任務から少し離れ気味なので魚を調達する機会がなかったこともあり、水浴びも兼ねてここに来たという訳である。久しぶりの水浴びを楽しみつつ、獲った魚を処理してクーラーボックスの中から取り出した容器に移す。濡れた体を自然乾燥に任せて火を熾し魚を焼く準備をする。その際に熱くなった着火用魔法道具に触れてしまったのだが、火を付けることができる温度のはずがあまり「熱い」とは感じなかった。

俺は首を傾げて何度か指で触ってみたのだが、火傷することは勿論、熱さで反射的に引っ込めるようなこともない我が身に首を傾げる。

(あれ？　こんなに熱に強かったか？)

色々試してみたい気もするが、道具が壊れるのも嫌なので触るのはこの辺にしておく。気が付けば少し焦げた手の甲も今は元の色に戻っており、確認すると背中の傷もないように思える。

(再生力が高いことはわかっていたが、あの程度なら気にする必要もないってことなのかね？)

「流石は帝国の技術である」と理解はできなくとも取り敢えず頷いておく。塩を振った焼き魚を頬張りつつ、次の行動を考える。軍を舐めプで叩き潰した以上、カナン王国は黙ってはいないだろう。何もせずに隠蔽に動くという可能性もなくはないが、カナンは南のレーベレンやハイレほど腐敗した国家ではないので、その懸念はするだけ無駄だろう。

食事を終え、一部をクーラーボックスに保存すると魚を刺していた長い鉄串を洗い、移動の準備を始める。国が軍を動かすには時間がかかる。その間に別の街道で商隊を襲う。欲しい物さえ手に入れたらしばらくカナンからは離れる予定なので、少しくらいは派手に暴れてもよいだろう。

既に暴れてしまっているので誤差の範囲とも言うが……取り敢えず次は北に移動して街道を目指す。時間が時間なので急げば明るい内に街道に出ることになるので、タイミングが良ければそのまま夜襲ができるだろう。

リュックを背負って方角を確認し、一直線に駆け抜ける。山が近いこともあって悪路ではあるが、この肉体の前には関係ない。そんなわけで森を抜けて見えてきたのが、恐らくカナン王国の南東に位置する街「ハーゲン」――ここはセイゼリアに最も近い街であり、交易路も存在しているはずである。

そこを通るであろう商隊を狙えばカナン、セイゼリアの双方から睨《にら》まれる。よって、ハーゲンから王都へと向かう街道で獲物を待つ。セイゼリアからの輸入品は当時とどれだけ変化しているかは知らないが、きっとその中に俺の食生活を豊かにしてくれるものがあるはずだ。

王族や貴族、大商人が贅沢を止めていたらその限りではないが、その心配はする必要がないだろう。人の世はそう簡単には変わるまい。もしかしたら思わぬ物が手に入ったりするやもしれない。王族御用達の高級品とかもあるだろうと考えたら俄然やる気が出てきた。

それなりに裕福な生まれと言えど、自分は所詮一般人。ロイヤルなあれこれを堪能できるかもしれないと無駄に興奮する。なので街道を遠目に見ながら走る速度も自然と上がり、暗くなるまで走り続けていた。

そのまま走り続けたところで明かりを発見し方向転換。野営中の商隊を見つけたかと思ったが、どうやら野盗が集まっているようだ。その数は凡そ二十人——武装したオッサン共が火を囲んで何やら言い争っている。

僅かに聞こえる声から単語を拾ったところ、理解できる範囲で「商人」と「逃した」があり、どうやらこの集団は商隊を襲ったまでは良いが逃げられてしまい、ここでくだを巻いているのだろうと推測。

なのでこのまま轢《ひ》き殺す勢いで突っ込む。これでまた商人達から荷物を頂く理由ができた。叫ぶ野盗のど真ん中を突っ切り、がんがんみすぼらしいオッサンを撥ね飛ばす。連中の話から察するに、商隊はこいつらから逃げ切ってそう時間は経っていないはずだ。

つまり俺の足なら余裕で追いつくことができる。振り切ったと安心して足を止めていたならすぐにでも発見できるだろう。案の定、そのまま進み続けること一時間足らずで商隊の野営地を発見。

（馬車が五台に護衛が七人か……思ったより少ないな。もしかしたら先程の野盗に殺られたか？）

だとしたらお悔やみ申し上げる。だが奪う者はそのような事情を考慮しない。逃げられないように静かに進行方向を塞ぐように移動を開始。

（引けば野盗が、進めば俺が――さあ、商人諸君。どっちを選択する？）

楽しくなってきた俺は上機嫌で登場。一瞬にして野営中の商人と護衛がパニックを起こしたところを一気に距離を詰め、一台の馬車にターゲットを定め接近する。馬が逃げないように通せんぼうしながら馬車の中を拝見。

匂いも確認したが、金属臭が多めなのでハズレだろうと箱に手を伸ばす。その中身は貴金属や装飾品がほとんどであり、恐らくセイゼリアから輸入した宝石を加工したものだろうと推測する。

「やはりこの馬車はハズレだった」と斬りかかってきた護衛を尻尾でベチコンと叩いてノックアウト。

次の馬車はアタリ。近づいた瞬間匂いでわかった。なので馬を繋いでいた器具を外して最後のお楽しみに取っておく。三台目の馬車に向かうと、その上で弓を射っていた護衛の男を掴んでポイ。受け身を取らなければ危険な高さだが、まあ大丈夫だろう。

馬車の中には水や食料、生活用品があり子供が二人眠っていた。この騒ぎで目を覚まさないのだから将来はきっと大物だ。息を殺して震える両親を横目に次の馬車へ向かうと護衛五人が立ちはだかる。なので無視して馬車の中を検める。気づけば三人ほど倒れていたが、俺の進路を塞ぐのが悪い。

「このぉぉぉ！」

ロングソードを振り下ろすが、無防備な俺の背中に当たると剣が手から離れたらしく、地面に落ちる音がした。「なまくらじゃ切れんよ」とお返しとばかりに尻尾でベチンと強めに弾く。あと子供が寝てるから静かにしましょう。

さて、四台目の馬車だが……中にあったのはまさかの砂糖。壺二つと少ないが、甘味であることには違いないので一つ確保する。他に欲しい物はなかったのでこの馬車は終了。メインは香辛料なのでここにばかり容量を費やすわけにはいかない。

最後の馬車へと近寄ったところでガタガタ震える小太りのおっさんが中にいるのが見えた。がさごそと馬車に両手を突っ込み荷物を探っているとおっさんが「やめてくれぇ」と泣き言を言う。

泣きの入ったその姿が無性に可哀想に思えてしまい、荷物漁りを中断。どうせ欲しい物はないだろうと二台目の馬車へと向かう。おっさんが何か呟いているが、それは俺に対するものではなく、所々理解できる単語から神に感謝を捧げているのだとわかった。

取り敢えず香辛料はがっつり頂いていくのでリュックを降ろし、馬車の中の壺の中身をどんどん持参した容器に詰め替えていく。それを止める者は最早おらず、残った人間は皆俺が立ち去るのを神に祈っている。

(比率ではブラックペッパーが一番多いな。あとはレッドペッパーとグリーンペッパー……あんまり辛いのは好きじゃないんだよなぁ)

粒のままというのは悪くない。こうなるとペッパーミルが欲しくなる。容器が埋まり、後は壺のまま持っていくしかなくなった。これで容量が許す限り詰め込んだのでリュックを背負って本拠点に戻るとする。

走り出すと背後から神に感謝する言葉が聞こえてきたが、俺に対しては罵倒《ばとう》のみだ。仮に彼らがあの野盗に襲われており、そこに俺がやって来て助けたとしても同じように神に感謝するだろう。

「モンスターに助けられた」という理解不能な事実は「神の奇跡」で片付けられる。有史以来、人間とモンスターは常に殺し合いを続けてきた。その関係が変わることなどこれからもないだろう。

それだけの死体を積み上げてきたのだから、何を言おうが今更である。せめてモンスターの研究でもしていれば話は違うのだろうが、そんなことする余裕があったのは帝国くらいなもので、少なくとも周辺国でそんな酔狂なことが行われていたという記憶はない。

それ以前に昔のままなら、モンスターに知性があることを認めている国など存在していない。事実はどうあれ、国家が「認めない」と言っているのだから、この件に関する議論などやるだけ無駄である。ちなみに、それはあくまで人間の話であってエルフは別だ。

あいつらはそもそもモンスターを「敵」とすら認識していない。いや。言い方を変えよう。敵ですらない。種族のスペックが高すぎてモンスター如き敵にならないのだ。「ちょっとドラゴン呼んでこい」と言いたいが、そのドラゴンが近寄らないのである。

（そんな連中と十年以上戦争続けてたんだから帝国ってすげぇよな）

こう考えれば人間も大したものである。魔法ばかりに傾倒せずに科学を取り入れてさえいれば、もっと暮らしは豊かだっただろうにと思いながら、何もない平原を走る。そう、具体的に言えばデータディスクを作製できるくらい発展していれば、俺が抱える悩みも解決しただろう。

それはさておき進路を変更する。ペッパーミル欲しさにいつものショッピングモールへお買い物だ。代金は帝国軍につけておいてほしい。夜通し走り続ける気なので、この位置からなら明日の夜には到着するだろう。食料は乏しいが、寝床はあるのでそちらで一泊して本拠点に戻るとしよう。

と言う感じで本拠点に戻って早三日――一つの問題を解決した俺は、再び新たな悩みを前に腕を組んで唸っていた。持ち帰ったデータディスクプレイヤーが、うんともすんとも言わない故障品だったのは仕方がないと諦めも付く。

ペッパーミルが小さくて苦労したのも良い。苦労はしたが、結果としてちゃんと粗挽きのブラックペッパーができたし、焼いた肉の味が良くなったことで歓喜したくらいだ。とは言え、やはりと言うべきか所詮は野生の動物。帝国のように食用に飼育された家畜とは肉の味が根本的に劣っている。これに関しても仕方のないことだとわかっている。

それを踏まえて食生活改善のためにカナンで香辛料を手に入れ、それを使って食事をしたことで新たな問題が発生した。

(肉ばっかで飽きた。野菜食べたい)

そう、俺は猛烈に野菜が食べたかった。そこらの野草なんぞ食べる気にもならない。きちんと栽培された野菜が食べたいのだ。人間だった頃ならば「肉食ってりゃ良いんだよ、肉ぅ!」というよくわからないテンションで貪《むさぼ》り食っていたものだが、いざ肉ばかりの食事となると野菜が欲しくて堪らない。

あと果物も欲しい。砂糖を貰ってきたのは良いのだが、使い道が驚くほどなかった。直接舐めるのも何か違うので、果物を砂糖漬けにするなり一緒に煮詰めるなりしたい。では何処から調達するか?

野菜、果物とくればやはりエルフが真っ先に思い浮かぶ。確かに彼らの食生活はそういうイメージがあるが、実際は偏《かたよ》っているというわけでもなく肉もバランス良く食べている。何よりあのエルフと真っ向から勝負するとか間違いなく徒では済まない。当然ながら却下。

東のセイゼリアに至っては、農産物を生み出しているのが奥地にある王都から近い農地がほとんど。僻地にも農村くらいあるだろうと思うが、あのモンスターが蔓延《はびこ》る国ではそれは望めない。よって、そんなところまで足を運ぶ気が起きないので却下。

南——こちらも遠すぎる上、あの二国の国土が豊かであったためしがなく、最悪まともな食料を調達することさえできないこともあり得る。勿論却下。となると自然にカナン王国へと行くことになる。

これに関しては「またカナンか」と考えざるを得ない。少々大きく動いたばかりなので、あまり頻繁に活動すると今後に差し障りがある。具体的に言うと物流に障害が発生したことによる経済的打撃が、俺の収穫量に影響をモロに与える。ちなみにカナンの抵抗に関しては問題視していない。

と言うわけで今回狙うは僻地の農村。いつモンスターに滅ぼされるかわからないような場所から略奪するのも気が引けるが、僻地で農地開拓なんぞやる人間がまともな経歴であるはずもなく、都市部でやらかした連中が流刑地として送り込まれているのが大半だ。

そのモンスターが俺だったというだけの話なので、さして気にするほどのことでもない。僻地の農村ならばなくなったところで王国の上層部は関与しないだろうし、情報が広まりにくくその影響も小さいと考える。つまりこれは名案である。

（俺、天才。今日の俺は冴えている）

自画自賛を挟んだところで倉庫にしている部屋から地図を持ってくる。何分二百年前のものなので少々頼りないが、それでも地形は正確である。この地図から村がありそうな場所をピックアップし、そこへ向かうわけだ。

しばし地図とにらめっこをして、それを頭に叩き込むと早速出かける準備を始める。流石にこの精度の地図を持っていくわけにもいかないので、これは再び倉庫に大切に仕舞い込む。昔の帝国領がわかる数少ない資料なので大事にしよう。

時間を持て余したが故の施設探索でこんな物が手に入るのだから、もっと探せば他にも何か見つかるかもしれない。余裕がある時にまた部屋を一つか二つ入念に漁ってみよう。電気が僅かとは言え使えるので、もしかしたら遺伝子強化兵に関する情報が何か手に入るかもしれない。

さて、出かける準備ができたので荷物をチェックし、施設の地上部分へと上がる。扉をきちんと閉めてから調理場で鉄板と各種食器をリュックに入れ、忘れ物はないかと最終チェック。リュックを背負っていざ出発。

第一目標はカナン王国国境付近にある前線都市エメリエード――その北東にある空白地帯である。ここでエメリエードの食料が生産されていると予想し、まずは西から順に候補地を訪れる。だがその前にエルフ監視用拠点で一泊する。

任務からしばし離れていたので変化はないかチェックする必要があることと、ここで水を補給しなかった場合、次の補給ポイントが不明であることが不安材料となるためである。各種帝国産の容器を手にした今、水の運搬量は五リットルから十リットルへと倍増した。おまけに瓶と違い割れる心配がなく、緩衝材が不要となったことでリュックの容量にも優しい。

久しぶりの任務に気も引き締まる。やはり俺の本質は帝国軍人なのだろう。短期間とは言え訓練を受けただけでこの自覚——教官殿には感謝をしなくてはならない。そんなわけで昼前には拠点に到着したので、早速任務の準備に取り掛かる。ちなみに教官の顔はあんまり覚えておらず、無駄に声がデカイオッサンだったというのは記憶にある。

さて、時間的には少々早いが気が逸るので仕方ない。俺はウキウキしながらエルフの少女達が川に来るのを崖の拠点から見守っていた。待ち続けること一時間——そろそろ時間である。

俺はビデオカメラが使用できるようになった時に備え、カメラの位置や角度を妄想しつつ時間を潰し、今か今かとエルフの登場を待ちわびた。結果、夕方になっても誰も来なかった。崖にある偽装を施した拠点の覗きポイントでは、無表情でじっと川を見ている俺がいた。

(何が……一体何があったぁぁぁぁぁぁ!?)

俺は心の中で叫んだ。だが俺は帝国軍人。「いついかなる時も冷静であれ」との訓示を受けた身だ。ただ今日何も起こらなかっただけという可能性もある以上、明日一日だけでも様子を見るべきだ。そう結論付けると、取り敢えず俺は今日の晩飯の確保に向かう。

「たまたま今日はそうだっただけだ」と心を落ち着かせ、無心で獲物を解体して焼いて食う。食べ終わって夜になったところで水を確保しつつ、魚を獲って処理を済ませるとクーラーボックスに入れる。その後、鉄板と魚を焼く時に使用した鉄串を洗い、やることがなくなったので早めの就寝。

翌朝、保存していた魚を食べて監視の任務に就くがどれだけ待っても六号さんと子供達は来なかった。他の覗きポイントも見て回ったが、誰一人として見つけることができずに夜を迎えることになる。何も新しい発見はなく、今日という日を無駄にした。

（もう一日！　もう一日だけ様子を見るぞ！）

俺は心のオアシスを失いたくないばかりに冷静さを欠いてしまった。結果、さらに一日無駄にすることになる。つまりエルフは誰一人として川に来なかったのだ。

（これはもう何かあったと見るしかない）

その翌朝、寝床からゆっくり起き上がると泣く泣くその事実を認めた。だがエルフ国家に対して俺ができることなど何もない。つまり彼らの問題が解決するまでは監視任務はお休みということになる。おまけに告知なんて当然されないので、次はいつ「六号さん劇場」が開催されるかは不明。反射的に叫びそうになるのをどうにか堪え、ゆっくりと呼吸を整え平静を保とうと全力を注ぐ。

（そうだ。これは一時的なものだ。つまり神はこう言っている。「早く野菜を食べなさい」と――）

神の意志ならば仕方ない。どうにか心の平穏を取り戻すと、当初の目的を遂行すべく出発の準備を進める。朝食を摂り、崖の偽装を確かめてから拠点を発つ。ふと「自分の存在がバレたことでエルフが川に来なくなった可能性」を考えてみたが、モンスターがいたところで連中が行動パターンを変えるとも思えず、この可能性を否定する。

（しかし、共和国で起こった問題か……）

それが正解かどうかを知る術はないが、あのエルフが困るようなこととは一体何なのだろうか？

あのエルフを困らせることとなれば少し興味があるが、首を突っ込むには相手が悪い。俺は大人しく目的地へと向かったが、その足取りは重く予定よりも随分と遅くカナン王国の国境を通過。その後、エメリエードを迂回して農村を探すが最初のポイントが見事にハズレだった。正確に言えば農村はないが、廃村ならあった。つまり来るのが遅すぎただけで俺の予想は的中していたとも言える。折角なので少しこの村を見て回る。

野犬が住み着いていたことから、人間はもう長い間ここに来ていないのかもしれない。しばらく探索をしてみたが、どうやらこの村は何年も前にモンスターに襲われ、壊滅したまま放置されていることがわかった。

当然野菜は勿論食料となるものがここにあるはずもなく、俺はさっさと次の候補地へと足を運ぶことにしようと思ったが、もうすっかり日が暮れてしまっている。それならばここで眠れる場所を探すか作るかした方が良いだろうと判断。明日以降寝床があるかどうかわからないので、ここで一泊するのも悪くはない。

幸い寝床になりそうな倉庫があり、そこに丁度あった藁を敷き詰めて寝ることにする。敷いた藁の上に周辺から拝借した布を被せ、簡易ベッドの完成である。寝る準備が整ったので今日はもう眠ることにする。明日は良いことがありますように。

翌朝、微妙に寝心地の悪い藁布団からむくりと起き上がり欠伸を一つ。帝国産の布団に慣れてしまえば、このような粗末なベッドでは満足することはできないのだ、とさりげなく祖国を持ち上げる。最近どうにも運がないように思えるので、ここらで一つ神頼みというわけだ。ちなみに帝国にもちゃんと宗教は存在しており、教会のようなものもある。

ただ他の国と違って○○の神の○○という役割と名前が付いているわけではなく、要約すると「神様って何処にもいるし、沢山いるからなんとなくで崇《あが》めてね」というふんわりとしたものだった。

これに関しては過去に周辺国から干渉されたようだが、その時に帝国の対応はと言うと――「ならその神様も今日からうちの神様ね」と相手の要求をガン無視。「うちの神を崇めないとはどういう了見だ?」と舐め腐った要求をしてきた南の国は「崇めてますがなにか?」という帝国の主張を崩すことができなかった。

詳細は大分違っていると思うが、こんな感じの宗教観が俺にも根付いており、取り敢えずその辺にいそうな帝国の神様にでも神頼みというわけである。神様は器がでかいので、たまにする神頼みくらいなら受け入れてくれるはずだ。きっと今日は良いことが起こるだろう。

さて、まずは何をするにも腹ごしらえだ。今まで空腹を感じたことはないが、食事はしっかり摂らなければどうにも気分的に調子が出ない。と言うわけで周囲を散策したところ鶏がいた。恐らくだがここで飼育されていたものが、村が壊滅したときに逃げ出し野生化した、といったところだろう。

「これは良い発見だ」と早速の幸運を神に感謝。ここで食べるよりも持ち帰って卵を得た方が食の幅は広がる。今回は鶏を入れるケージがないため諦めるが、準備を整えた時にまた来よう。

他にも大きな鳥が我が物顔で空を飛んでいたが、ここは旧帝国領と違ってフライニードルはいないようだ。

(そういやあいつらって何処に潜んでいるんだろうな?)

帝国の学者が調べていたような気もするが、謎が多すぎるモンスターとして何かで見た気がする。

取り敢えずさくっと捕まえた野生の豚が本日の収穫である。家畜と違い肉が硬そうだが、この顎の力の前にはそのようなことは些細な問題。

魔剣がなくなったことで手間が少しかかるようになった解体にも慣れてきた。薄切りは鉄板。ブロックは直火に分け、鉄串を刺して内部まで火が通るようにしっかりと焼き上げる。少々表面を焦がしてしまったが、この肉塊に齧《かじ》り付くのは中々病みつきになる。

食後に水を飲んだ後は、廃村の井戸で洗い物。それから水の補充も行おうと思ったが、水質に問題がある可能性を感じて中断。微妙に臭いが気になる気がしたためである。

例えば、この村が廃村になった原因から逃げるために井戸に落ちた人間がおり、そのままここから這い上がれずに――――なんてことがあった可能性も存在する。となると鉄板を洗ったのはまずかったかもしれない。思わず飲料用の水を使って軽く流してしまう。どうせ他の候補地で補充することができるだろう。

後片付けを済ませた俺はリュックを背負い、次の候補地へと向かう。距離はあまりないのでサクッと行こう。と言うわけで辿り着いた候補地付近。残念ながらここには村はないようだ。

念の為少し周囲を確認してみたが、やはり村は疎《おろ》か集落すらない。ここはまだ未開拓のようだ。仕方がないので次の候補地へと向かおうとした足が止まる。

（……次の位置が思い出せない）

山の向こうか現在地の北だった気がするのだが、どちらだったかはっきりと思い出せない。

（確か地図上だとここから北に行くと山があって、それを越えたら海だよな？　だったら東に行っ

て山を……いや、南東にもう一個候補があったような気がする)

これはメモでも用意しておくべきだったと己の迂闊さを悔やむ。しかしこれだけ大きな手だとペンを持つのも一苦労する上、何かを書こうとするなら尚更なのだ。億劫になるのも仕方のないこととは言え「これはなにか対策を講じる必要があるな」と思いつつ、取り敢えず南東に行ってから山へと向かうことにする。

平地が多いので手早く移動できるから少しくらい寄り道をしたところで問題はない。そして昼過ぎ——候補地と思しき場所には確かに村があった。ただし、ここにも村人の気配がない。

一つ気がかりなことに、村にある建物の大部分が原形を留めているのだ。壊れている部分もあるが、それは何者かに破壊されたかのような印象を受ける。

(匂いや音でわかる範囲に人はいない)

擬態能力を使用し村を囲う柵に近づいて中を探る。周囲をゆっくりと移動した結果、この村には人はいないと断定。少し調べてみようと擬態能力を解除し中に入ったが、やはり人の気配はない。

壊れた家を調べてみたら、それが何年も前に壊された古いものではなく、ここ最近破壊されたものであるかのように思えた。柵が壊れた様子はなく、人間同士の争いであった場合、破壊された家の壊れ方が余りに奇妙だ。

(まるで大きな何かがぶつかったかのような壊れ方なんだよなぁ……)

これをモンスターがやったと見た場合、柵を壊さずほとんどの家屋を破壊せずに人間だけを食べていたことになる。壊れた家は隠れていた人間を食べるために破壊したのかもしれない。そうなるとここを襲ったモンスター像が浮かび上がってくる。

（人口はこの規模から多くても二百人くらい。それを全て食ったとは思えないが、わざわざ柵を壊さずに人間を襲う理由は何だ？　また血痕や血の臭いが残っていない理由は？）

この二つの疑問を合わせると、犯人は隠密行動を行い村人を一呑みにした――と言うことだろうか？

犯人像に心当たりがない。モンスター博士というわけでもなく、読んだことがある本の情報が頼りなので流石にこれだけの情報で特定するのは無理がある。ともあれ、人がいないというのは好都合である。

俺は畑に向かい目的を達成しようとしたが、生憎《あいにく》作物はまだ育っておらず、手入れする者を失った畑にはしっかりと雑草が姿を現している。やはりここは人がいなくなってからまだそれほど時間が経っていないようだ。

倉庫に行けば何かあるかなと思い、そちらに向かってみたのだが、あったのは無残にネズミに食い荒らされた食料だけ。恐らくここは食料庫だったのだろうが、そこは見事なネズミの王国になっていた。俺は戸を閉めるとその場から黙って立ち去る。

次の候補地は山を越えたところにある。夜通しで走れば辿り着くだろう。俺はのっしのっしと村の中を歩き、柵を華麗に飛び越えると山へと向かう。尻尾がぶつかり柵は無残な姿に変わり果てたが、守る者がいなくなった防壁に一体何の価値があると言うのか？

しばらくは森の中を進むことになるので移動速度が少し落ちるが、悪路を走破することに定評がある今の俺ならば然程影響はないはずだ。などと胸を張っておきながらそれはもう見事に阻害されている。

（うん、自生している樹木が違うせいで密度が高くてすんごい動きにくい）

それで通れない場所が多くて走ると木をなぎ倒しながらになるからこうやって歩かざるを得ない。

（人が入らない上に生態系が違い過ぎてまるで樹海だ。これはちょっと想定外だったなぁ……）

そうやってトボトボと枝や背の高い植物を掻き分けながら進んでいると、俺の耳に反応があった。

（……複数。数は十……いや、その倍はいるな。方角は……このまま進めばぶつかりはしないが視界には入りそうだな）

実はもう少し前から音だけは拾っていたのだが、樹木の嫌らしい配置でイライラしていたので気にかける余裕がなかっただけである。足音からそれが人のものであることはなんとなくわかる。それが二十人以上おり、声を出さずに歩いている。

（あー、これもしかしてさっきの村から逃げた村人か？）

だとすれば一応確認だけはしておこうと、音を立てすぎないようにそちらへと向かう。途中から擬態能力も使用しようかと思ったが、村人に見られるくらいなら問題はないとそのままゆっくりと近づく。

そしてそろそろ視界に入るだろうかというところで、斜面に踏み入った俺の足元が崩れた。そこから滑り降りるように前へ前へと押し出され、両手を地面について止まったところで顔を上げる。するとと俺の視界に見知った者が映る。大剣を持った傭兵――これで三度目だ。

「この傭兵団とも縁があるな」とまだ距離のある彼らが戦闘態勢へ移るのを黙って見ていると、何やら内輪揉めが始まった。はてさて、彼らの目的は何だろうか？

目の前の言い争いに介入するわけでもなく、ただ黙って様子を見ている。恐らくこれは偶発的な遭遇と思われるので、彼らがどのような対応をするのか少し興味があったのが主な理由だ。

（二度も舐めプで壊滅させられてまだ挑んでくるようなことはないだろうが……ああ、そうか。治療費やらで金を稼ぐ必要があってここまで何かをしに——もしくは探しに来たと言うわけか）

それとも進行方向の先に何かあるのかもしれない。しばらく彼らのやり取りを眺めていたのだが、言い争いを止める気配がない。「もう行っていいすか？」とゲンナリしつつ彼らを迂回して先に進むことにする。

その直後、俺の背後の声が大きくなった。わかる範囲で「やめろ」と「そいつを止めろ」の二つだけ、結構色々喋っているが早口でわからない。そのまま背を向けて立ち去ろうとしたところで、俺の背後に何かが勢いよく落ちた。音から判断して人間の拳よりは一回り小さい石——つまり誰かが投げたものだ。

何が狙いかはわからないが、かかわるつもりはないので無視して進むと今度は魔法の詠唱が聞こえてくる。「またやる気なのか」とそちらに振り返ると、羽交い締めにされていた紺色のウィッチハットにドレスローブの巨乳魔法使いが魔法を使い、背後の男を弾き飛ばすと同時にこちらに飛んでくる。

丁度、俺と傭兵団の中間地点に危なげに着地をすると、背筋を伸ばしこちらをしっかりと見据える。

（あれ、この魔法使い……）

距離が近づいたことでわかったが、多分俺が知っている魔法使いの女性かもしれない。それならば礼の一つでも言いに来たのかと思ったが、彼女はこちらが見ていることを確認すると一呼吸の後、意を決したように自分のドレスローブを掴むと一気に下へと引っ張り下ろす。

その豊かな膨らみが下がる衣服から開放されると、外気に晒《さら》された豊かな胸がゆさりと揺れて元の形に戻る。大きな胸が顕になり、俺の前でその存在を誇らしげに主張している。「相変わらず見事なおっぱいだな」と頷いていると、おっぱいさんがその自慢のお胸を隠すように服を正す。

「え、もうお終い？」と残念に思っていると、おっぱいさんがこちらへと歩いて近づいてくる。まさかの初手「おっぱい」に思わず立ち止まってじっくりと見てしまった。

（なるほど……俺への足留として使ったか、見事！）

勿論そんなわけがない。かと言ってこの前のお礼として見せたわけでもない。何せ俺はモンスターなので、人間の価値観が通用する相手ではないと想定している。その上で俺におっぱいを見せると言うことは――。

（あれ？　もしかして俺、おっぱいさんのこと「胸」で記憶しているとか思われてる？）

はい、おっぱいで覚えてました。「マジですみません」と心の中で謝りつつ、おっぱいさんの動きに注目。俺の前まで来ると傭兵団の皆さんも黙って彼女の動向を見守っている。おっぱいさんが手にした杖を地面に突き立てると、ガリガリと何かを書き始めた。

書き出しから文字を書く様子はなく、どうやら何か絵を描いている模様。しばらく見ていると完成形が見えてきた。

（蛇だな、これ）

地面に描いたとは思えない上手さに思わず拍手をしそうになる。しかし蛇の絵を描いてどうするつもりだろうか？

流石にそれだけの情報では何もわからない。「この蛇を探しています」と言うならもっと詳細のわかる絵が欲しい。蛇を書き上げたおっぱいさんが俺が絵を見ていることを確認すると、傭兵団を指差す。次に自分を指差した後に俺を指差す。そして、描いた蛇に杖を勢いよく突き立てた。

（あー、蛇を探しているのではなく、一緒に倒してほしいわけか）

彼女の意図を理解して頷きながら「さて、どうしたもんか」と考える。

（はっきり言って何のメリットもない。「狩りに行こう」的なお誘いかもしれないが、俺の力を頼っているようにしか見えない。見返りなしでは……）

そこまで考えたところで不意に名案が浮かんだ。俺はリュックを下ろすとその中にある容器を開け、布がみっしりと詰まる中から一本の瓶を取り出す。それを指で摘みおっぱいさんの目の前に持っていくと、もう片方の手を広げ「五」を示す。要するにこの魔法薬五本で手を打つ、と提示しているのだ。

（モンスターと交渉などできるはずがない。そう考えるのは普通であり常識。だからこの提案を一

体彼女はどう捉えるか見ものだな）

やはりというかおっぱいさんは目を見開いて何か呟き一歩下がっていた。だが、覚悟を決めたのか後ろの傭兵に大声で何か言っている。恐らく魔法薬の確認だろうが、返ってきた言葉の中に「二本」という単語が確認できた。

モンスターと交渉をする意味を彼女は理解しているのだろう、地面に絵を描く杖を持つ手が心なしか震えている。

（これまでの常識、価値観の崩壊だ。顔色が悪いのも仕方ないな）

描かれた絵には瓶が合計三本――つまり手持ちはこれだけしかないという意思表示だろう。これでは間をとって四本ということはできない。追撃を入れるようで少し意地悪をしたくなってしまったが、これ以上は負担をかけすぎるのでこちらから妥協案を提示。

再びリュックを探り、もう片方の魔法薬を取り出すと、それをおっぱいさんに見せて指で「二」を示す。ちなみに上げたのは親指と人差し指。親指から順に上げていくのが帝国式の数え方。他の国もそうだったり、人差し指からだったりと何種類かある。

青い魔法薬が三本に、緑の魔法薬二本――この条件を提示するとおっぱいさんは頷く。交渉成立を示すように、地面に描いた合計五本の瓶を丸で囲む。俺はそれに大きく頷くと魔法薬を容器に戻しリュックを背負い、おっぱいさんに手を伸ばし彼女をそっと掴む。

驚いたようだが抵抗せず受け入れるのは彼女なりの覚悟だろう。さりげなくおっぱいが指に当たるように調整。最初は六か七で迷ったが、今なら確信を持って言える――七号であると。

そんなわけでおっぱいさんを肩に乗せて傭兵のところにのっしのっしと移動する。傭兵達が騒がしいが気にしない。少し揺らしすぎたのか、おっぱいさんが落ちないように俺の頭部にしっかりとしがみつく。

（うむ、よい感触である）

俺も満足したのであの大剣のおっさんの前に彼女を降ろす。

「本当に大丈夫なのか？」

おっさんが多分そんなことを言っている。それに対しておっぱいさんは少し上ずった声で何か言っている。拾えた単語の中に「一泡吹かせる」と状況に合わないような言葉が混じっていた。この言葉に俺は少し考える。

（察するに、彼らがここにいるのは本意ではない……と言うより無理矢理行かされたと見るべきか？　その理由は？　前の戦いくらいしか思いつかないが——ああ、貴族絡み臭いな）

それならば「一泡吹かせる」の意味もなんとなく通じてくる。つまりこの傭兵団は前回の敗北を理由に「蛇」を退治させられることとなった。でも大半が負傷している状態ではとても倒せるような相手ではない。

そこで俺を頼ってでも、貴族かそれに類する何かの思惑を潰してやろうということだろう。

（ふむ、嫌いじゃないシチュエーションだな）

俺が突っ立ってると、大剣のおっさんがやや引きつった顔で声をかけて近づいてくる。お前は臭いから寄るなと言わんばかりに尻尾でペチコンとすると、周囲から笑いが漏れるがその表情は硬く、こちらをがっつり警戒しているのが見て取れる。

また、話し声から察するにどうやらこの隊長さんは臭いネタで団員からいじられているようだ。悪くない空気の傭兵団だな、と俺は仲間がいる彼らを少し羨ましく感じる。

（しっかし、あの隊長さんがいて勝てない蛇ねぇ……おっぱいさんもいて勝算が低いと見る蛇なんていたかねぇ？）

少なくとも俺の知識にはないので、もしかしたら新種や変異種の蛇なのかもしれない。俺は魔法薬を受け取り、それを容器に入れると首を傾げながら歩き出した傭兵団の後をのそのそとついて行く。歩く速度が違うからこっちはかなりゆっくりである。

仕方がないので周囲の警戒くらいはしてやろう。そう思って彼らと歩いているが特に気になるものはなく、変化がないことで余計な考えが浮かんでくる。

（しかしこうなると普通に同行するのもつまらんな）

俺はむくむくと悪戯心が沸き上がってくるのを抑えきれず、ニンマリと後ろから傭兵団を眺めていた。まあ、主におっぱいさんのお尻なんだが……この人胸も大きいがお尻も実にいい感じだな。

そうやって女性の尻をじっくりと観察していたら傭兵団に同行してから一時間程経過していた。ただ足場の悪い道なき道を切り開くように進んでいるのだが、どうやら目標の蛇が何処にいるのかまではわかっていないらしく、闇雲とまではいかないが捜索が難航しているのは確かだ。それどころか今に至るまで手掛かり一つ見つけることができていないのかもしれない。

（と言うよりその線が濃厚だな。魔法薬はあって困るものでもないし、手に入るなら欲しいが……

別に殺して奪ってしまっても構わないんだよなぁ）

ただそうなると実に興味深い反応をしてくれたおっぱいさんも殺すことになる。美人と子供は殺したくない俺としては、死なせるには惜しいとも感じる。だから蛇くらいなら処理してやろうと思うのだが、まさかの手掛かりなしでの捜索からスタート。

「時間がかかりそうだな」と本来の目的である野菜が遠ざかっていることに肩を落としつつ、傭兵団とは離れすぎない距離を維持して付いて行く。近づき過ぎると明らかに警戒を強めるので距離が必要なのだ。何分殺し合った仲な上、実際何人か殺しているので仕方ない。

さて、このまま当てもなく彷徨い続けるかと思ったが、どうやらちゃんと目的地があったようで、人が切り開いたキャンプ場のような場所に到着。傭兵団はここをキャンプ地として活動するようだ。後二時間もすれば日は落ちる。なのでここらで野営の準備をするのだろう。

「ちゃんと考えているな」と頷き、俺もキャンプ場に入る。少々騒がしくなったが、気にせずリュックを下ろし、目的の人物を探すと――すぐに見つかった。俺の監視でもしているのか、意外と近くにいてくれたのでそちらにのっしのっしと移動すると、両手でそっと彼女を持ち上げる。

「こっちも忙しい」

多分そんな意味合いのことを言っているのだろうが、おっぱいさんには役目があります。俺は両手で彼女を持ったまま移動し、地面に置いたリュックの上におっぱいさんを座らせる。

「見張りをしろって？」

返事はせずに獲物を取りに樹海へ戻る。後ろから声が聞こえてくるが無視。絶対興味本位で荷物を見られるので、おっぱいさんには責任を持って見張りをしていただく。そんなわけで三十分ほどで猪を二頭確保した。両方とも首の骨を折ってはいるがギリギリ生きている。

（さあ、待ちに待った悪戯タイムのお時間だ）

両手に猪を抱えた俺がキャンプ場に戻ると、そこはテントや用途不明の何かが設置されており、おっぱいさんは退屈そうに俺のリュックの上に座っていた。俺の姿を確認すると、彼女は立ち上がり自分の用意を始める。

キャンプ場の外側に猪を置き、リュックからスコップと鉈《なた》とロープを持ってくるとおもむろに二頭の首を掻っ切る。それを木に吊るして血抜きを開始すると、傍に穴を掘って血の流れを誘導する。その間にこちらは焼き肉の準備に取り掛かる。

石でかまどを作り、その上に鉄板を置いて燃料となる枯れ枝を放り込む。鉄串を並べて、塩と胡《こ》椒《しょう》を傍に置いたら着火用の魔法道具を使い、燃料に火を付ける。火力が最大になるまでは猪を解体。不要な部位は先程掘った穴に入れ、脂部分をまずは取り出し、それを鉄板の上に置く。

その後十分な油が出たと判断したところで猪の脂を鉄板から取り除き、薄めに切った肉を焼く。塩、胡椒を適量振り、焼き上がるまでの時間で再び解体。トングを使い肉をひっくり返しつつ、一頭の解体を終わらせると不要部分を全て穴に放り投げ、水で手を洗い布で拭いて実食開始。

鉄串を使い肉を突き刺して食べる様までじっとこちらを見ていた傭兵達は一様に「ええ……」という声や表情で驚愕を通り越して呆れていた。彼らが食べているのは干し肉と硬いパン、それらを食べるための薄いスープである。明らかに俺が食べているものの方が美味そうだ。

(何せこちらは塩と胡椒。塩辛いだけの干し肉や、ただ日持ちさせるためだけに固めたパンとは出来が違う!)

悪戯は見事に成功を収め、傭兵団の連中は食事を止めてこちらを見ている。近くにいるおっぱいさんなんか完全に放心していらっしゃる。肉はまだまだあるので食った傍から焼いていく。塩胡椒も忘れない。

「おかしいでしょ、それ!」

意訳するとこんなことを言って俺に詰め寄るおっぱいさん。でも僕モンスターだからわかんない。なので焼けた小さいお肉を串に刺してそれをおっぱいさんの口に持っていく。一口大の大きさだがいけるだろう。

「そうじゃなくて!」

お口が大きく開いたところで焼けたばかりのお肉をねじ込む。「んんー!」と熱さに悶えていたが、長い咀嚼の後にそれを飲み込み再びおっぱいさんが詰め寄ってくる。

「どうして! モンスターが! 鉄板で! 肉を焼くのよ!」

一語一語区切ってくれるので実にわかりやすい。

「しかも! 塩と! 胡椒で! 味まで付けてる!」

何を言っているのかわからない、という風に首を傾げてもう一度焼けた小さい肉を串に刺して差し出す。

「違う! 肉が、欲しいんじゃない!」

言葉の壁の理不尽さを君にもわかってほしい――そんな想いを込めたお肉です、と差し出したがこれを拒否される。なので「いらないならしょうがない」と自分でパクリ。ふと思ったのだが、俺の顎の前では硬い肉など無意味だが、人間の感覚でなら硬いのだろうか？

完全に常識が崩壊して騒ぐ彼女を宥めるために、三回ほど肉を差し出してみたところ一回だけ食べてくれた。途中から「何なのよ、もう」と膝を抱えたまま動かなくなったので、仕方なく放置する。悪戯したかったけど、周りの目もあるのでそれは思い止まる。

一度で良いから肩出しのドレスローブを正面からその谷間に指を入れて下ろしてみたかった。「小学生だからエロいことをしても許される」という風潮を「モンスターだから」に変えてやってみたかったが、チャンスはまだある。

目標に「ポロリ一回」を追加し、食べ終わって後片付けを開始。軽く鉄板を水で流しつつタワシで洗い、適当な場所に立て掛けて自然乾燥に任せる。鉄串は洗ってリュックの中の専用の箱に戻す。吊るしたもう一頭の猪を解体し、必要な部位だけ手に入れたなら、それを容器に入れてクーラーボックスの中に仕舞って完了。

皮や骨、内臓は穴に放り込むがやはり二頭分となると溢れる。それから手を洗って水を飲む。次に鍋に水を入れてまだ燃料が燃えているかまどの上に置く。この大容量だからこそできる無駄遣い。程よく温まったところで鍋を取り出し、そこに布を浸けて絞る。温かい布で体を拭き始めたところで傭兵団から何度目かの「ええ……」が聞こえてきた。

「なんで、体拭いてるのよ」

顔を上げたおっぱいさんがこちらを見て呟く。「おかしいおかしい」とぶつぶつ連呼するおっぱいさんには少々気の毒なことをしてしまったのかもしれない。なので新しい布を取り出すと、そちらで即席おしぼりを作って差し出してみる——が、残念ながら無反応。首を傾げて拭いてあげようとしたら払いのけられた。仕方がないので広げたおしぼりを首にかけてあげる。

「ひあっ！」

びっくりした声を上げて俺を睨みつけるおっぱいさん。首にかけられたおしぼりを手にしてそれを顔に近づけて嗅ぐ。おしぼりが俺が先程使っていたものと別物であるとわかると顔を拭く。

それから胸や腋といった汗をかいていそうな場所を拭いていく。ちゃんと使っているのを確認したのでおっぱいさんから離れる。これ以上近くにいるのは彼女の精神衛生上良くないだろうし、良いものが見れたのでここまでだ。

布に関しては魔法薬の瓶が割れないように詰めていたものなので、なくなったところで困るものではない。拠点に戻れば布は疎かタオルもしっかりと備蓄しているので、あれくらいなら何の問題もない。

さて、時間だけが過ぎていく——傭兵達の半分が休み、残りは見張りとして起きている。周囲を警戒しているのはわかるが、俺を見る目がすっかり変わって「恐ろしく強いモンスター」から「意味不明なよくわからない生き物」になっていた。やっちゃったぜ。

それでも近づきたくないのは皆同じらしく、俺をのけものにして遠巻きに見ているだけである。

（あっれー、いいのかなー？　そんな態度だとゆっくり近づいているデカブツのこと教えてあげないぞぉ？）

悪戯が成功しまくってテンションが上がりすぎた俺は、少しばかり舞い上がっておかしくなっていた。まだ距離はあるが、何やらでかいのがゆっくりとこちらに向かって進んできている。その巨体の割に驚くほど静かに向かって来ており、まだ誰も気が付いていないようだ。

取り敢えず「自作の歯ブラシで歯を磨く」はボツになりそうな状況に、俺は溜息を一つ吐くとこちらを警戒していた傭兵達がビクッとなる。でかい何かは樹海の木の上をスルスルと静かにゆっくりと進む。近づいてきたことで音がよく聞こえるようになり、相手の形が大体わかってきた。

（うん、でっかい蛇だ。これ）

一言で言うとめっちゃ長い。はっきりとはわからないが、多分二十メートル以上ある気がする。となれば相手の正体も予想がつく。

（多分「シャドウヴァイパー」ってやつだな。めちゃくちゃでかい蛇で人間くらいなら一呑みにできるモンスター。特徴がその静かな移動と周囲の景色に溶け込む擬態能力で、その体長は約十メートル……あれ？）

多分種類は合っていると思うのだが大きさが違う。変異種か？

それとも特別大きな個体かは不明だが、恐らくこいつが傭兵団の目標と見て良いだろう。誰かが襲われるのを待ってもよいが、それがおっぱいさんだったら寝覚めが悪い。彼女には少々悪戯をしすぎたので今回は守ってやる方針で行くとしよう。

と言うわけで俺は立ち上がるとのっしのっしとキャンプ場を移動する。傭兵の皆さんがギョッとして俺から離れるが、進行方向におっぱいさんがいることがわかると、その場にいた全員が任せようと謎の団結を見せる。物凄く嫌そうな顔をしてこちらを見た彼女をひょいと持ち上げ、自分の手に座らせる。やっぱりお尻もいいね。

「……今度は何？」

明らかに不機嫌だが今は勘弁してほしい。おっぱいさんを持ったままキャンプの中央へと移動すると、そこにすとんと彼女を降ろす。何がしたいのかわからないおっぱいさんは首を傾げて戻ろうとするが、それを押し止めて蛇のいる方向へと歩く。キャンプ場の外側から蛇を見続けたことでようやく何人かが気が付いた。

「全員起きろ！　何かいるぞ！」

最初に叫んだのはあの隊長。その号令で寝ていた傭兵は全員起きて手に武器を持つ。おっぱいさんも手にした杖を即座に構える。俺は微かに聞こえる音から蛇の位置を把握しているが、傭兵達は何処にいるのかわかっていない。

何人かが俺の目線を頼りに探しているが、見つけることができていない。それもそのはず、俺も見えていない。距離があるからではなく、見えていないとおかしいのだが見えない。

（なるほど、見事に周囲に溶け込んでいる）

夜でも見えるこの目をもってしてもここまで見えないのだから、人間の目では全くわからないだろう。蛇は温度を感知するので状況的には相手が有利。と言うより、俺がいなければ一方的な奇襲を受けていたのは間違いない。

（おっぱいさんが俺を利用しようとするのも頷けるな）

確かにこれなら傭兵団は全滅を覚悟しなければならない。成功が約束された奇襲というのはそれほどまでに脅威なのだ。だが、俺に察知されたからか蛇の動きが鈍い。もしかしたら俺を警戒して襲ってこないのかもしれない。

そう思っていたのだが、今まで以上に静かに蛇が動き出す。首を上げっぱなしは疲れるので来るなら早く来てほしいと願っていたところ、傭兵の一人が森の傍へと歩いていく。

「どうせまた。そいつが何かやろうとしてんだろ」

自信はないが、そういう感じのことを言っていた気がする。その証拠となるかはわからないが、剣の持ち方がふざけているし両手を広げておどけている。その直後、孤立した男目掛けて蛇が一気に迫る。

それまでのゆっくりとした動きからは想像もできない素早い動きと、頭の位置を確認できなかったことで距離感を見誤り反応が遅れた。

「上だ！」

突如頭上に現れた口を開けた蛇に男はそちらを見る間もなく呑み込まれた。なんというフラグ回収。速度も精度も完璧である。警告を発した隊長が大剣を担いで前に出る。だが残念、その先に蛇はいない。予想以上に動きが速い。恐らく森に限定するならば、あの蛇は俺よりも速い。

（でも、もう遅い。臭いは覚えた。仮にどこまで逃げたところで、追えばいつかは必ず狩れる）

俺は隊長さんの突っ込んだ場所とは違う方向へと跳躍する。その動きを見ていた数人が何かを叫び、それに反応するようにおっぱいさんが詠唱を始める。フレンドリーファイアは勘弁してほしいのだが、と後方が少し怖い。実際問題、おっぱいさんの魔法なら俺にダメージが通る。そして俺はちょっと悪戯をやり過ぎた。

(うん、後ろから撃たれても仕方ないかもしれない)

もしも俺を巻き込むような攻撃をしたら、裸にして全身を舐め回して唾液塗れにしてやろうと心に誓い、内心ワクワクしながら蛇を追う。どうやら蛇も俺を迎え撃つ気があるらしく、その長い体躯をこの狭い森に張り巡らせている。

勝負は一瞬で付いた。とは言うものの決着が付いたわけではない。あろうことかあの蛇は分際をわきまえず俺に巻き付こうとしたのだ。俺としては「接触したら勝ち確定」なので、この時点で「勝負あり」である。初手は俺に噛みつこうとしたようだが、背後から迫る上顎を振り返りもせずにワンパンで吹き飛ばしたところ、体を巻き付けてきた。

これを掴んで潰してやろうと思ったのだが、タイミングが悪く突如照明弾のような眩い光に目が眩み、そのチャンスを逃してしまう。照明の魔法が周囲を照らす中、傭兵団の皆さんは俺がこの巨大な蛇に巻き付かれているのを目撃する。

もしかしたらこのまま絞め殺されるのでは、と思った奴もいるかもしれない。なので、俺は大変わかりやすく、かつ手っ取り早い解決をした。つまり、力技で締め付けを破ったのだ。既に腕は広がっており、大蛇の締め付けは意味をなしていない。

後はどうやってここから抜けるかだが——折角なので俺はこの状況を利用することにした。必死にこちらを締め付けようとしているならば、俺はその近づいてくる胴体を手で掴むと、その肉を皮ごと毟り取ってやった。慌てて締め付けを解除し、のたうち回るように逃げ出した蛇の胴体を踏みつける。

（残念だったな。幾ら巨体と言えど、俺に力で挑むなど無謀でしかない）

実際はほとんど全力だったので、実はあんまり余裕がなかった。蛇の締め付けって思ったよりもヤバい。これでサイズがもう少しデカければまずい状況になっていたかもしれない。

ともあれ、勝負が付いたので後は自然の掟に従い死んでもらう。腹に入るかどうかは別として、そういう契約なので諦めてくれ。抵抗は自由なので頑張れよ、と心の中でエールを送り、トドメを刺すために蛇の体を引き寄せる。その抵抗は激しく、蛇が暴れたことで周囲の細い木がなぎ倒され、傭兵達が誰も近づくことができない。

俺はと言うと、蛇の胴体に手をぶっ刺しながら着実に頭部を手繰り寄せている。ついに頭部を前にした俺に向かい蛇が口を開けて最後の抵抗を試みるも、その頭部を地面に力技で叩きつけ片足で踏みつける。逃げられないようにしっかりと押さえつけ、腕を振りかぶりその頭部へと向けて一撃を放つ。これで決着が付いた。

折角なので呑み込まれた男の位置を調べ、その近くの蛇の胴体を力技でねじ切ると、適当な位置をぐっと踏む。すると呑み込まれた男がにゅるんと蛇の胴体の切断面から吐き出された。

その光景に驚愕の表情を浮かべる傭兵達を見ながら、粘液塗れの男を掴んでのっしのっしとキャンプ場へ戻り、男を地面に放り投げる。一応まだ息があるようなので早く措置をした方が良いのだが、誰も動かない。

するとうと団長さんが指示を出してようやく動き始めた。俺はやることをやったので確認を取りに行く。キャンプ場の真ん中にいるおっぱいさんのところに悠々と歩いていくと、まず蛇を指差す。すると彼女が大きく頷く。ちゃんと目標が達成されたようで一安心。

「実はその蛇ではない」という可能性もあったので、確認は必要だった。俺が倒した蛇の下に傭兵達が群がっている。あのサイズなので解体とか時間かかるだろうなと思っていると、あることに気が付いた。傭兵が全員蛇の方にいるのだ。

つまり、今キャンプ場は手に付いた血を拭っている俺とおっぱいさんのみである。これはチャンスであると俺はおもむろに彼女のウィッチハットを持ち上げる。次に俺の行動を不思議そうに見上げるおっぱいさんのドレスローブの谷間に、指を突っ込んでそのまま下へ下ろす。

大きな胸が顕になるが、おっぱいさんは何も言わずただ大きな溜息を吐くと胸を寄せるようにして持ち上げる。

「ちゃんと覚えとけ」

おっぱいさんはそんな感じのことを言うと、ドレスローブを持ち上げた後、俺の手をベシンと叩いてウィッチハットを取り戻す。やはり俺はおっぱいで覚えていたと思われていたようだ。

Ⅱ

やることもやった俺は満足して傭兵団と別れた。向こうとしても仲間を殺したモンスターと一緒にいるのは思うところがあるだろうし、俺としては野菜を何処かで調達したい。と言うわけで真っ暗な森をフラフラとしながら彷徨っていると平地に出た。

どうも南に進み過ぎたようだと方角を修正しようとしたが、このまま東へ向かうと位置的にあの傭兵の町の近くに行きそうだ。今俺が寄りたいのは村である。そう思っていた時、不意にあの臭いを俺の鼻が捉えた。

（あいつらは本当に何処にでもいるなぁ……）

基本的に夜になると活発に動く緑のアレだが、夜間に動くとなると何かしら目的がある可能性がある。そしてゴブリンが夜に動くとなれば、それは恐らく夜襲であると俺の知識が答えを出す。

つまりこのゴブリン共の跡をつければ、村が見つかる可能性が高い。よろしい、ならばこのゴミ共に道案内をさせて処分した後、謝礼として村の野菜を頂こう。「なんという合理的判断」と俺も笑顔で頷く。ちなみにゴブリンは勝手に生えてくるのでその価値は無いものとする。

なので早速追跡を開始する。臭いが強いので見失う心配がないのは有り難い。それから約一時間後――案内を終えたゴブリン二十八匹を拾った棒で撲殺し終えた俺は悠々と村に近づく。

死体の処理は面倒なので放置して、折角なのでスニーキングミッションを開始。擬態能力を使用して、明かりのない村を静かに見て回り畑の位置を確認すると、一メートル強の高さの柵を華麗に飛び越え片足で美しく、そして静かに着地を決める。

誰にも見えていないので無駄にポーズも取ってみた。虚しいので収穫に移る。あるのはキャベツと根野菜――恐らく人参だろうが十分である。まだ収穫前故にサイズが少々小さいが気になるほどのものでもない。

リュックの容量が許す限り確保。ゴブリン退治の謝礼としては破格だろう。と言うわけで誰にも気づかれることなく野菜を手に入れた俺は、これまた誰にも気づかれることなく村を後にする。

もう何種類か欲しかったのだが、明らかに時期が悪いものを収穫するのは野菜に対し申し訳ない。そんなことをすれば野菜の神様が怒ってしまい、俺の嫌いなセロリばかりが見つかる呪いをかけてくるに違いない。

子供の野菜の好き嫌いを親が注意する時に出る定番「野菜の神様」は言ってしまえば「好き嫌いする子には嫌いな野菜をたっぷり食わせる神様」である。ちなみに出典元の絵本では「食べ物を粗末にする人に罰を与える神様」である。都合よく簡単に神様の中身が変わったり付け足されるのが帝国流。

本音を言えば、魔法薬を保護する布が減っているので、変な欲を出さずに万一を考えて一度戻りたい。なので今回の収穫はキャベツ十八玉と人参二十一本に加え、魔法薬計五本となった。

帰り道は特に何事もなく、丸一日と少しかけて本拠点に帰還。さっさと眠って気づけば翌朝である。

やはり二日眠らないとすぐに寝てしまうので、ペナルティーのない連続稼働限界は三日と考えて行動するべきだろう。

今日は朝からガッツリ行きたいので、昨日獲った猪を解体。キャベツ丸一玉をきざみ、人参二本を輪切りにして肉とともに炒め塩と胡椒で味をつける。それを頬張りながら思う。

(味のバリエーションがもっと欲しい)

こうなると今度は調味料が欲しくなる。だがそんな物が帝国以外で作られているはずがなく、現代では入手は不可能と言って良いだろう。

(流石に二百年ものを使う勇気はない。あー、今でも稼働する工場があれば作れるんだが……)

そこまで考えた時、俺に天啓が舞い降りた。

「ないなら作ればいいじゃない」

そう、なければ作れば良い。そしてその手段や製法は、確かに帝国に残されているはずだ。旧帝国都市の書店――そこに行けば必要な知識を得ることが可能。

(何ということだ。普段漫画ばかり読んでいたおかげでこんな簡単なことにも気づくのが遅れてしまうとは!)

技術や知識を残した帝国の先人達になんと詫びればよいのか、と肉を頬張る。やはり野菜を足したことで味に深みが増した、と知ったかぶりのドヤ顔で野菜と肉をかっ込む。

次の目的は決まった。だがその前にもう一度エルフの監視任務に戻ることを許してほしい。時間的にはそこまで経っていないが、エルフの能力ならもう問題を解決して日常に戻っていることも十分考えられる。と言うかその可能性は高いはずだ。

帝国をあれだけ苦しめたエルフならば何があってもすぐに日常に戻る――いや、戻ることができるはずだ。「そうに違いない」と肉野菜炒めをかっ込み、手早く後片付けを済ませると第一監視ポイント――通称「例の崖」へと急ぎ向かう。

時間は恐らくギリギリだ。到着間際に擬態能力を発動させ、慎重に川を見るがまだ誰も来ていない。俺は「間に合った！」と心の中で歓喜しつつ、擬態能力をそのままに定位置に着く。準備が整い、能力を解除して六号さんの到着を待つ。だが待てど暮せど子供すら来ない。

（……もしや時間帯と場所を変更した？　いや、それならそもそも問題など起きていなかった可能性すらある！）

ただの変更であったならば完全に俺の勘違いである。「ええい、エルフ共め！　我が監視から逃れられると思うてか！」と役者染みた誤魔化しをしつつ、新たな監視ポイントを作製するために俺は崖から飛び降りた。

身を潜め、周囲の気配に気を配りながら川沿いに移動する。だがエルフは見つからない。最悪川の向こうへと足を踏み入れることも考えなくてはならないかもしれない。しかしそれには危険が伴う。エルフはどれだけ警戒してもし足りない――それほどの相手であると俺は認識している。

（危険を承知で進むか？　いや、軽率にも程がある）

俺は帝国兵の生き残り――ならば恥を忍んで生き延び、エルフとの攻防は危険のない範囲で行うべきだ。決してエルフの裸が見たいだけではない。これは残された者の戦いなのだ。と言いながらも辿り着いたのはかの八号さんを発見した場所。

正直すぎるのも考えものである。やはりというかここにも誰もいなければ、いた気配もない。仕方なくさらに南下してみたところ、川のこちら側で何やら争った形跡を発見した。具体的に言えば、傷ついた樹木に僅かではあるが焦げた跡――まるでここで攻撃魔法を使ったかのように思える。

どうやら何か問題が発生してエルフ達が川に来なくなったと見るべきだろう。戦闘跡が小規模ではあるが、ここに何かいたため、エルフ達は川で遊ぶのを止めたのだろうか？

（いや、戦闘となればエルフが圧倒するはずだ。ならば別の要因か？）

これは少し周囲を探索する必要がある。そう考えた俺は何かおかしな点や気になるものはないか探し始めた。そしてしばらく捜索したところ、幾つもの折れた矢が見つかった。

やはりエルフは何者かと戦闘を行っていたようだ。しかしそうなると一体どんな奴が戦っていたのだろうか気になる。ほとんどのモンスターはエルフからすれば自然物であり、敵対する必要のない相手。それは強者であるからこそ取れる目線であり対応だ。その前提を覆す何かがいたためエルフ達は川に来なくなったのではなかろうか？

（待て、その結論は早計だ。第一そんな危険度の高いモンスターがこの周囲にいるのか？　一応この辺りは一度俺が確認した範囲だ。その時にはそんなモンスターは発見していない。だとすると、エルフは何故攻撃した？）

エルフの攻撃理由がわからない。判断材料はないが、ただのモンスターを攻撃するとも思えない。

（もしかしたらエルフが「何に」攻撃したのかが重要なのではないか？）

何かを保護――例えば希少な動物がいて、それを守るためにモンスター、または肉食動物を攻撃。繁殖等の理由で、エルフが川から一時的にいなくなっているというのはどうだろう？

なるほど、それなら有り得そうな話ではある。そう納得しかけた時、川の向こうから音が聞こえてきた。俺は直感的に擬態能力を使用し身を隠すと同時に音に集中する。

（二足歩行。人並みの速度で歩いており数は十五から十八。金属音は……なし）

真っ直ぐに進む一団の進行線上から離れ、望遠能力を用いてその姿を確認する。視界に入るエルフの集団は皆武装していた――つまり、俺の推測はハズレである。どうやらエルフでも退治しないといけない何かがいるようだ。そうするとあの小規模な戦闘跡から察するに相手は害虫、もしくは害獣だ。

幾ら自然崇拝と言っても森にとって危険なものを見逃すエルフではないだろう。そしてその相手は決して油断してよい生物ではないかが、エルフ達の武装から見て取れる。いやはや、覗きを行うモンスターに鉄槌を下すべく女達を川から逃し、完全武装で討伐に来たのかと少し焦ってしまった。

そんな風に安心して彼らを見ていたのだが、その一団の中に見覚えのある女性を見つけた。目隠しをしたそれはそれは見事な果実を胸に持つエルフ――八号さんがその集団の真ん中に、囲われる形でいた。

念の為にもう少し距離を取ろうと一歩下がった時、彼女がそれに反応するかのようにこちらを見た。

（俺を感知した⁉　いや、確証はないが気配を感じたくらいか？）

しかしこれで身動きが取れなくなってしまった。下手に動けば気取られる。反応しているのが彼女だけなこともあり、気のせいで済ますことは決して難しくはないのが救いだ。ところが八号さんは俺のことを周囲に教えていないのか、誰もこちらを探そうとはしない。

「もしかして偶々こちらを見ただけだったのか？」と思いつつ、小さく音を立ててみたところ彼女はこちらを見た。音で察知していることはこれで確定。だがこれは彼女……と言うよりあの集団が求めるものではないのか、あまりこちらを重要視していない。

それならば、一先ずこちらの位置を特定される前に適度に距離を取る。当然普通に動くとバレるので、足でタカタカとわざとらしく音を立てつつ遠ざかる。どうも八号さんは俺が立てる音が非常に気になっている様子なのだが、目的と違うものらしく、こちらを意識すると周りのエルフが諌めているようだ。

（ふむ……何か目的があって目の見えない彼女の力を頼る必要があり、周りのエルフが武装しているところから察するに――敵は「見えない相手」でしかも手強い、と言ったところか）

その条件で俺の知るモンスターや動物を思い浮かべるが、該当するものが出てこない。そもそもエルフが「手強い」と思うようなモンスターがほとんどいない上、そこからさらに「視認が困難」もしくは「擬態能力を持つ」を加えるのだから、そんなモンスターが――ここにいる。

（うん、俺がばっちし該当する）

ということはここにいる連中は俺を討伐するためのものなのか？

理由は？

まさか覗きがバレていた？

つまりエルフ達は覗きモンスターである俺を警戒して川から遠ざかり、制裁を下すべく彼らを編成したということか？

「そんなことがあってたまるか」と俺の手足がビートを刻む。八号さんが驚いた顔でこちらを指差し何か言っているが、武装したエルフに怒られている。シュンとする美人も良いものである。

さて、少々理屈が飛躍したが、彼らの狙いが俺ではないことは実はわかっていた。何故ならば、武装したエルフは全員が上を向いていたからだ。つまり彼らはこの前の蛇のように木の上から襲ってくる敵を警戒していたことになる。

「もしかしたらあいつなのか」と思ったが、シャドウヴァイパー程度に後れを取るようなエルフではないだろうし、別のモンスターである可能性の方が遥かに高い。通常とは異なる驚異的な成長を遂げた変異種と言う可能性もなくはないが……それでもエルフがここまで警戒するとは思えない。

そんなわけで少々「エルフが討伐隊を作るほどのモンスター」というのが気になったので、この一団を遠巻きに見守ることにする。何より、この討伐が完了すればエルフ達も川に戻ってくるだろうし、結果の確認は必要不可欠とも言える。

ところが問題が早々に発生。俺が少々はしゃぎすぎたせいか、どうにも八号さんの集中が途切れがちのようだ。「そんなことでは見えない相手から奇襲を食らうぞ」と心の中で叱咤激励しつつ、足音を消さずにここに俺がいることをさりげなくアピール。

しかしいつまでもそうやっているわけにはいかない。擬態能力の使用は無制限ではない。なので視界を完全に切って擬態を解除し、さらに遠くから一団を見守る。こうなると八号さんの耳にも俺の足音は聞こえないようで、雑音がなくなったことで彼女は集中できているようにも見える。

そんな時、俺の視界の隅に何か動くものが映った。だがそれが何なのかを俺は判別することができなかった。

（それはつまり俺と同レベルの擬態能力があると言うことか……なるほど、これは警戒するわ）

エルフ達の慎重っぷりも頷ける周囲への擬態能力は、俺も望遠能力で細部を確認しなければ見失うレベルのものだった。おまけに驚くほど静かに動く。少なくとも俺の位置からでは音が聞こえてこない。目隠ししている八号さんもまだ気が付いておらず、周囲の武装エルフ達も勿論気が付いていない。

そして謎の生物はゆっくりとだが確実にエルフに向かって進んでいる。その輪郭をどうにか把握しようと努めるが、何せよく動く癖に擬態能力が完璧に機能している。同レベルかと思ったが、これは間違いなく俺よりも高性能なものである。

（うーん……これは奇襲を防げない気がしてきた）

エルフ達の行動から恐らく既に犠牲者が出ているのは確実。それに対応するように八号さんを引っ張り出してきているが、肝心の彼女がまだ気づいていない。謎の生物の射程がどれほどのものかはわからないが、これは犠牲者が確実に出ると判断。

居場所くらいは教えてやろうかとも思ったが、エルフのお手並みを拝見する方がまだ実利がある。なのでよく見える位置に陣取って成り行きを見守る。いざとなれば八号さんだけでも逃してやろうと思うが、しっかりと武装したエルフの集団には無用のものだろう。

さて、予想通りというべきか先手を取ったのは謎の生物。エルフ一団の進行方向で待ち伏せを行った結果、八号さんは奇襲を受ける直前でようやく相手の存在を感じ取ることができた。当然警告を発するが時既に遅し——武装したエルフの男性が何かに搦め捕られ宙へと舞い上がる。

（ああ、多分あの生物に似たモンスターだな）

その生態には詳しくはないが、あの水生生物に似た特徴を持つことから謎の生物の正体に当たりをつけるが、俺の知るものと随分違うので正直まだ自信がない。エルフ達は持ち上げられた仲間を助けようと魔法や弓を放つが、見えない相手には有効な場所に当てることができないのか効果が薄い。

そうこうしている間に捕らえられたエルフの姿が見えなくなった——つまり食われた。仲間が食われたことで位置が把握できたのか、一箇所にエルフ達の攻撃が集中する。だがそれで謎の生物に対してダメージが入った訳ではなく、突如背後から掴まれたエルフがまたしても宙へと持ち上げられる。

それに対し、エルフの一人が剣を抜いて斬りかかったことでようやく擬態の一部が解けた。同時に他のエルフが救出を試みるが、捕らえられた者は血を吐いてもがき苦しむと、やがてぐったりとして声を上げなくなった。恐らく絞め殺されたと見て良い。

その後もエルフの一団は見せ場もなく一人、また一人と殺されるか食われるかという結末を迎えている。

（はあ？　ちょっとお前ら一体何やってんの⁉）

その体たらくに思わずイライラして悪態をつく。八号さんを守るように戦っているのは褒めてやるが、その内容が余りにお粗末。どうやらこの謎のモンスターには魔法が効果的ではないらしく、エルフ達は弓と剣をメインに戦っている。

「魔法が効かないモンスターなんているんだな」と感心していると、遂にエルフの数が半数となった。魔法を主力とするエルフには最悪の相性の相手らしく、このままでは八号さんが餌食になるのも時間の問題だろう。俺は大きく溜息を一つ吐くと仕方なしに介入を決断する。

「まったく、エルフが帝国兵に助けられるとか……」と文句を言いながらも、立ち上がると同時に勢いよく走り出し、姿が見えなくともそこにいることがわかっている謎のモンスターに向かい跳躍する。同時に捕らえられたのか逆さまで宙へと浮かぶ白い下着の八号さん。俺は見えないモンスターの本体に体当たりをぶちかまし、木の上から地面へと引きずり下ろす。

（この感触――予想通りのモンスターだな！）

接触したことで擬態が無意味と悟ったか、そのモンスターはその姿を現す。八本の足を持つ軟体動物――タコ型のモンスターだ。その足の長さだけでも十メートルはあるのではないかと言う巨体を地面に押し付けると暴れ狂う触手が俺を襲う。

巻きつけられた触手には脅威を感じないので、取り敢えず八号さんが捕まっている触手に手を伸ばしそれを掴もうとするが、やはりというか表面のヌメリが邪魔をする。仕方なしに余り伸びていない爪を頑張って立てて引き寄せると、口を開けて触手に噛み付いた。

逃れようとしたタコの足がうねり、捕まっていた八号さんが投げ出される。自分の状態が理解できないのか、手足をばたつかせて飛び込んだ先には俺がおり、八号さんは衝突すると同時に、落ち

ないように腕にしっかりとしがみついた。その直後、俺の意識は別の場所へと旅立った。

そこは真っ白な空間だった。ただ何もない世界——そこに人の姿をした俺が一人立ち尽くしていると、不意に肩が叩かれた。反射的に振り向くと、そこにはいつも軽薄そうな笑みを浮かべている父が、真面目な顔つきで俺を見ていた。

親父が頷く。親指を立てて、笑顔で頷き消えていく。遠ざかるように消えていく父の影に俺は手を伸ばす。

「良いんだよ」

最後にそう聞こえた。

「……親父」

帝国軍人として、仇敵であるエルフを助けるなど血迷ったとしか思えない。だがその帝国は最早この世に存在していない。父はその軛《くびき》から俺を解き放つために現れたのかもしれない。

(だってさ……八号なんだぜ？)

いや、もしかしたら九号すら射程圏内である圧倒的質量。それが今、俺の腕に押し付けられている。

「正直になれば良い」

正直になっても良いと、背中を押された俺は彼女を守るべく父が消えた方角から背を向ける。もう、迷いはない。俺は現世へと戻ると同時にエルフを助けるべく一歩踏み込んだ。

(まったく、これじゃまるでバトル漫画に出てくる「お前を倒すのは俺だ」とか言って助けるライバルキャラじゃないか)

己の姿を客観的に見て苦笑しつつタコの本体へと迫る。足の相手をしても仕留めることはできない。本体を叩くべく腕に抱きつく八号さんを意識しつつも口に咥えた足を噛みちぎる。それを吐き出そうとした瞬間、俺の動きが止まる。

ヌメヌメする表面の粘膜を吐き捨て、中のクニクニとした肉を噛む。十分な咀嚼のあと、その肉が喉を通る。

（……あれ？　こいつ美味くね？）

タコという生き物は普通は食べようとは思わない見た目だが、好きな人は好んで食べるという話を何処かで聞いたことがある。吸盤のついた足が俺にくっついているが、それを脅威とは全く思わない。むしろ逃げる気がないのは幸いである。思考が食欲に傾くと同時に目の前のタコが美味しい食材に見えてきた。

（目的を変更――こいつは俺の獲物だ）

俺はそっと八号さんを優しく掴み、地面に降ろして逃がしてあげる。これで目の前の獲物の確保に全力でかかることができる。この時の俺は新たな食材に浮かれ完全にあることを失念していた。今ここにいる武装したエルフ達は、この「タコ型モンスター」という脅威のために集まったのである。

ならばそれ以上の脅威が出現した場合、どうなるのかを俺は全く考えていなかった。理由はわからない。だが目の前のタコ型モンスターを食すことを止められない。子供の頃に見たテレビのＣＭで「やめられない、止まらない」というキャッチフレーズを聞いたことがあるが、まさにこの状況である。

美味い――こんなものが何故ここまで美味いのかさっぱりわからないが、兎に角食べることが止められない。気づけば吐き出していた部分さえも飲み込んでいた。タコ型モンスターは何度も抵抗を試みるが、俺の腕力に敵うはずもなく、力技で地面に押さえつけられ捕食されていた。

周りのエルフなど気に留めず、ただ一心不乱に貪った。俺に食われ続けていたタコ型モンスターが最後の抵抗とばかりに噛み付いてくる。それを拳で黙らせ、抵抗する足をさらに一本噛み千切る。残す足はこれで三本――その内一本は最早動かすことができないほど根本に近い部分が食われており、食い千切られた部分に手をかけ引き裂かれたことで残り二本となった。

俺の拳がタコの本体を殴打する。だが効果は薄く、意味のない攻撃をしばし繰り返した後、思い出したかのように手段を変えた。思考がままならない。

（そうだ。今は目の前に集中しなくては――）

食うか食われるかの戦いだ。余計なことなど考える必要はない。ただ、相手を食い殺してしまえば良い。そんな考えが浮かんだ辺りで俺の思考はプツリと途切れた。

それからどれだけ時間が経過したのだろうか？

俺が我に返った時、周囲にエルフの姿はなく、食い散らかされたタコ型モンスターが目の前にあった。残骸のようなそれを見て、自分の姿に驚いた。

（……すっごいヌメヌメしてる）

まあ、こんなバカでかいタコに直接噛み付いてればこうもなるだろう。取り敢えず俺はフラフラとした足取りで川へと向かう。体を洗い粘膜を落とすと、先程のタコの場所に戻る。その無残な姿を見て思う。

(よくもまあこれだけ食えたもんだ)

何せこのタコは大きい。それをここまで食い散らかしたのだから、俺の胃袋は一体どうなっているのかと聞きたいくらいだ。明らかに俺の腹より食った質量の方が大きい。そこまで俺を狂わせるほどに美味かったのか?

いや、恐らくはあのタコの肉にある成分か何かが引き起こしたものではあるまいか?

そう考えた時、俺はすぐさま走り出す。目的地は仮拠点——必要なものは解毒の魔法薬。現在、体に異常はないし体調にも変化はない。だが自分でもあの時の行動を異様と断ずることくらいはできる。

(モンスターを食う? しかも生で? あり得るか!)

「絶対に何かある」と俺の脳内で警報が鳴る。全力で駆け出して崖の拠点が見えた時、突如俺は強烈な眠気に襲われた。

(眠気!? この体にか!?)

足元が覚束ないというのも何時ぶりか?

何度も木にぶつかりながらも崖下へと辿り着き、その場で垂直に飛んで崖の突起を掴んで上へと登る。失われそうな意識の中、拠点に頭を突っ込んで荷物を引き寄せ手を突っ込む。魔法薬の入った容器が転がり出るも、最早猶予がないと見た俺は雑に中から目的の物を取り出す。

二種類のうちのどちらかなど確認する暇もなく、手にしたものを飲もうとする。力が入りすぎて瓶の蓋を開けると同時にその周辺が壊れてしまうが、それを気にせず魔法薬を流し込む。その直後、俺は拠点の中で意識を失った。


暗い部屋――俺の前に一人の白髪の多い白衣の男が立っている。直感的に「ああ、これは夢か」と納得し、人間の姿の俺は隣りにあった椅子に極々自然に座る。俺は目の前にいる男を知っている。あの日、俺が人間だった時に最後に話しかけてきた研究者の顔くらいは覚えている。腰の後ろに両手を回す、眼鏡をかけた初老の男が俺の存在を気にかけることもなく口を開く。

「さて、この夢を見ている者がいるということは――無事、私の実験は成功したと判断する。そして生き残った君にはその幸運に賛辞を贈ろう。おめでとう」

やはり夢らしい。しかし夢の中で出てきた人物に夢と断定されるこの奇妙さよ。

「聞きたいことがあるかもしれないが、これは所詮植え付けられた映像の記憶だ。既に死んでいると思われる私が、君に答えてやれることは何もない。もっとも、生きて目の前にいたところで答えるかどうかはわからんがね」

流石は夢、見事に先手を打ってくる。仕方なしに黙ってこのマッドサイエンティストの話を聞いてやる。どうせ出てくるなら六号さんか八号さんがよかった。あと露出多めの服装。

「時間もないし本題に入ろう。君がこの映像を見ているということは、君が『究極生物計画』か『遺伝子強化兵計画』もしくは、その前身である『キメラ計画』のうちの何れかの細胞を取得したということだ。個人的には究極生物計画のものであってほしいがね。ともあれ、それが一体何を意味するか？　その答えは君自身の目で確かめるといい。もっとも――それが目に見える形であるとは限らんがな」

マッドの話から察するに、あのタコ型モンスターが三つの計画のどれかの産物であることは確定。遺伝子強化兵の場合、俺は元人間を食ったということになる。同時にあの異様なまでの食欲の正体が、このマッドが仕込んだものであると断定する。

「ここまでの内容を理解できていれば良いが……そうでない場合、私は何もできない。神に祈る他ないというのももどかしいものだ。ともあれ、君は新たな力を得て、個としてより強靭な生物になったということだけは保証しよう。まあ、こんなところか」

拳を握りしめ、黙ってマッドの話を聞く。ここは夢の中なので何をしても無駄だとわかっていても、俺が人間ではなくなった元凶と思われるこいつを殴り飛ばしたい衝動に駆られるのは当然。なので、話し終わったら殴るくらいはしてやろうと、その時を待つ。

「ああ、そうそう……最後に私の目的だが、それは次の映像でお教えしよう。それとこの映像の記憶は次回の時までお預けだ。現在の技術では一度に取れる時間が少なすぎてね、できればまとめて知ってほしいことなんだよ」

「それでは君がまた私に会えることを心から願っているよ」という言葉を最後に、あのマッドはスイッチをオフにするかのようにブツリと消えた。椅子から立ち上がることができず、殴ることもできなかった俺は舌打ちをする。タイミングを逃してしまったが、次があれば殴ることもできるだろう。ただ、その次を俺は望まない。もう一度あいつに出会うということは同じ帝国人である誰かを食べる可能性があるからだ。しかしそう思ったところで、この場の記憶がないらしいのだから中々に厄介――というより対処法がない。

「次まで記憶にないとかちょっと帝国の科学力おかしくないか?」

当然の疑問を口にすると、暗い部屋がなくなり俺の意識は遠ざかる。理不尽すぎる展開に俺は天を仰ぐ。そこはただただ暗い闇が広がっていた。

目を覚ました俺は自分の両手を見る。そして全身を確認するようにペタペタと触り、おかしな点がないか確かめた後、体を動かして違和感がないかとチェックを始めた。

(問題は……なし。何事もなかったということは、魔法薬が効いたか元々大した毒性ではなかったということだな)

俺は安堵で思い切り息を吐く。運よく補充できた緑色の魔法薬が早速一本なくなった。取り敢えず青が回復で緑が解毒と見て問題はないだろう。

「ガッ、ハー……」

俺は大きく息を吐くとその場に座り込む。少々狭いが体力を随分と消耗したのか、動く気力があまりない。毒物とは言えあれだけの量を食べたので今日はもう食べる必要はないだろうが、果たして俺はどれくらい眠っていたのだろうか？

傾いた日が夕日となるのも間もなくだろう。

（だとすると数時間か？　いや、丸一日以上眠っていた可能性も十分ある。とすると食事はした方が良いだろうか？）

取り敢えず水分は補給しておいた方が良いだろうと川へと向かう。当然のことながら誰もいない。いつもなら誰も来ない夜を待ってから川に行くのだが、少々今の俺は平静ではないようだ。

適度に水を飲み、川で泳ぐ魚を見るが食欲はなし。それでも念の為に一匹だけは獲っておく。拠点に戻った俺はクーラーボックスの容器の中に処理をした魚を放り込むと横になった。

（今日は何もやる気が起きない。このまま寝てしまおう）

明日になれば多分何か変わるだろう。少なくとも、この倦怠《けんたい》感はきっと消えているはずだ。何か重要なことを忘れているような気がした時、俺は思わず体を起こした。

（ああ、そうだよ！　脅威となったタコが消えても、それを食った俺がいるんだから川にエルフは戻ってこない！　いや、それどころか俺がここからいなくなったと確信するまで川には来ない！）

正しく「やってしまった」である。俺は今モンスターなのである。ならばあの戦いはエルフの救助ではなく「モンスター同士の戦い」で片付けられてしまう。しでかしたことに「がーがー」と喚きながら拠点内を転がる。最悪、俺のエルフ監視任務はなくなるのかもしれない。ああ、この先俺は一体何を希望に生きていけば良いのだろうか？

とある巫女の愚痴

最初に出た言葉は「はあ？」だった。何でも名誉ある巫女に選ばれたらしい。「何故私が？」という疑問は、手渡された紙に書かれた推薦者の名前を見て氷解した。

「あのクソ女……」

使者の目の前で思わず言ってしまったが、そう言いたくもなる。この私を巫女に推挙した「マリアーヌ」という平坦女は、勝手に恋人を奪われたと思い込む頭のおかしい奴だ。付け加えるなら、その「恋人」と称する男性は恋仲でも何でもなく、ただの知人以下の関係である。

もっと言えば、その男性は私を見かける度にその視線が胸に行くような好色な男であり、その無遠慮な目線には鳥肌すら立った。自分としては相手にもはっきりとわかるように侮蔑の目で見ていたはずなのだが、何を勘違いしたのか結婚前提の付き合いを求められた。

返事は当然拒否——というより悲鳴に近い拒絶だった。にもかかわらず今も私に付きまとっている。世の中には度し難いほどの阿呆がいると痛感させられた。結果、どうやらあの妄想癖の逞しいお嬢様は私を「他人の恋路を邪魔する悪女」に認定。巫女に仕立て上げて遠ざける——または死亡させるという暴挙に出た。

これが「栄養が全部胸に行く」とまで揶揄《やゆ》される私の完璧な推理である。好きで大きくなったわけではないのに酷《ひど》い言われようだ。「これだからエルフの女は嫌なんだ」と一人残された私はベッドの上で膝を抱える。

いや、これはエルフだろうが人間だろうが同じことだ。ふと「隣の芝生は青く見える」という言葉を思い出す。誰の発言かは不明だが名言であるとしみじみ思う。

「はあ、やりたくない……」

当然だ。巫女なんてものは要するに生贄である。それを言い方を変えただけの代物にどうして私が選ばれなければならないのか？

「全部あのクソ女のせいだ」

無駄に地位だけ高い「ゼサト」の族長の娘に生まれただけでこのやりたい放題。一体いつまで帝国と戦った時のことを誇る気なのか？

おまけにお前らの部族が逃げ回ってたことを知らないエルフがいないとでも思っているのか？滅んだ部族の功績を横取りした結果、今の地位についたゼサトだけあって謀略だけはお手の物。

「いつか報いを受けるがいい」と呪詛を吐き出すが、今は自分の身の安全を考える。ほんの十年ほど前に突如として現れたエルフの天敵——私達はそいつのことを「森林の悪夢」と呼んだ。

「悪夢」に殺された……もしくは食われたエルフは百を超え、何度も討伐隊が組まれては多大な犠牲を払い森の奥へと追いやっていた。恐らく累計で千人くらいは死んだのではないだろうか？

そして一年前、ついに剣聖「シュバード」様が動いたことで、大きく負傷するも「悪夢」に深手を負わせることに成功する。それ以来その姿を見たものはなく、誰もが「悪夢」は死んだものと思っていた。だが再び奴はその姿をエルフの前に現した。

シュバード様は高齢のため、前回の傷が未だ完全に癒えたとは言い切れず、限界まで酷使された肉体は最早魔法薬すら受け付けない。里に近づかれた場合、どれだけの被害が出るか想像もつかない。こんな時のために、生贄となる「巫女」が必要となる。

可能な限り里から離れた場所で食われること――それが巫女の本当の役目である。過去に何度かこの人身御供が行われたようだが、一定の効果が見込まれたというのだから中止はできない。

表向きは「視覚を封印し、他の感覚を研ぎ澄ませることで『悪夢』の特性である『隠密性』に対抗する切り札となった者」というのだから、か弱い私である必要は何処にもない。そもそも高々数ヶ月視覚を封印したところでどれほどの効果があるのか？

そう思っていたのだが、思っていた以上に効果があった。これを考えた人を狂人扱いしてた、ほんとゴメン。そんなことをやっていたら「十分に能力を得た」と認定されてしまった。

これには思わず「しまった！」と本音が漏れる。立場のあるお偉方は苦笑い。わかってるなら代われと言いたい。討伐に向かう予定が当人の意思を介さず粛々と決まる。「死んでしまえ」と手信号でこっそり意思表示するも誰もこちらを見ていない。

おう、今から服を捲《ま》くり上げてやるからちょっとこっち見ろ、やらないけど。あっという間に時間は過ぎ、やりたいこともやれないまま出発という名の死刑執行の時が間近に迫る。今からでも逃げて良い？

ダメ？

遠回しに討伐部隊の連中に色仕掛けをしてみたが無理だった。あ、こいつら本気で「悪夢」に勝てる気でいる。なるほど、そういうぃなくなっても良い馬鹿を選んだか畜生め。最早一縷《いちる》の望みをこいつらに託す他なく、奇跡が起こると信じて神に祈る。祈った。

これで助かるはず……助かったら良いな、いや助かりたい。と言うか誰か助けて。日頃からこの胸をジロジロ見ている男衆はこういう時にこそ立ち上がるべきである。そんな主張をする場さえ設けられることはなく、討伐部隊出発の時を迎える。マジであのクソアマ殺しに来てる。

私のおっぱいに釣られて肉壁……もとい、勇士が現れてくれたかもしれなかったのに、それすら封じてくるとか殺意が高すぎる。こうなったら「悪夢」を討伐できることに賭け、全神経を研ぎ澄ます。

「大丈夫、私ならやれる。私はやればできる子」と何度も自己暗示をかける。そしてデッドラインという名の川を越え、自分の心臓の音が嫌というほど聞こえてくる中、はっきりと何かが動く音を捉えた。反射的にそちらを見たが何もいない。

まさかいきなり「悪夢」に出くわしたのかと思ったが、地面から聞こえてきたならば違うらしい。なるほど、どうやら集中するあまり獣の音を捉えてしまったようだ。しかし野生動物の動きすら把握できる実力がこの私にあると言うならば、これはもしかしたらもしかするのかもしれない。

「よろしい。ならば私は伝説となろう」と少し自信を付けたところで再び音を捉えたというより、何かが音を立てている？

私の様子に周囲が警戒を強めるが何も起こらない。それもそのはずだ。音は移動しておらず、その場に留まって明らかに意図的にリズムを取っている。その旨を伝えたところ、部隊の一人に溜息を吐かれた。

「巫女アーシルー、真面目にやってください」

何で私怒られてるの？

その後もリズミカルに音を立てる何かは一定の距離を保って私達についてくる。少し離れたと思ったのだが、もしやこちらを観察しているのでは？

真面目に話しているのに真面目にやれとまた怒られた。

少しは人の話聞けよ。ようやく音が止んでくれたと思ったら今度は突然激しくリズムを刻み始めた。私は指を差して報告したのだが今度は怒鳴られた。私何か悪いことした？

しおらしいフリをして黙り込んでいると、ようやく音の原因が遠ざかってくれた。もしかしてあのクソ女の妨害だったのかもしれない。「そこまでやるかあのクソアマ」と思ったが、そこまでやるからクソアマなのだ。

腹立たしいが今はそんなことに気を取られている余裕はない。全力で「悪夢」を探知しなければ私に明日は来ないのだ。しばらく進み続けたところで違和感を覚えた。静か過ぎるのだ。まるで何者かから逃げ出した後のように、動物の出す僅かな音すら聞こえない。そのことを報告しようとした瞬間——頭上から音が聞こえた。

これが「悪夢」だと直感的に叫ぶ。だがその直後、討伐隊の一人が宙を舞い、その上半身が消えた。ゴリゴリジュクジュクと食われる音が耳に届く。悲鳴は上がらなかった。周囲の者が一斉に攻撃を仕掛けるが、ダメージは疎か怯みさえもしていないのが見えていなくてもわかった。

魔法が無駄だと知りつつも使用するのだから冷静でいられる者は極わずかなのだろう。ただ呆然と部隊のエルフが死んでいくのを暗闇の中で見送った。また一人犠牲者が出た。そこでようやく私は我に返る。

「何でも良い！　誰でもいいから助けて！　助けてくれたら何でもする！」

その小さな叫びは戦闘音と怒号でかき消える。交戦状態になった以上、私にできることなんて何もなく、ただただそんな感じに祈りまくった。それで足りないなら嫁にでも何でもなる。容姿はエルフとしてはそこそこだけど胸には自信がある。って言うか私より胸の大きいエルフなんてそう簡単には見つからない！

早く助けてくれないとなくなっちゃうよ！

私脱がなくても凄いけど、脱いだらもっと凄いんです！

こう見えて結構家庭的な一面がありまして！

実は料理が得意なんです、と見栄を張ったりしてすみませんでした！

次々と周囲のエルフ達が殺され、食われる様をこの敏感なお耳がしっかりはっきりと捉えてくる。咀嚼音とかもう最悪である。そしてその順番は着実に私の下へと近づいている。

本当は一日中食っちゃ寝してたいです！

狩りも仕事も家事もせず一日中だらけていたいです！

ただ平穏に暮らしていければ十分です！

よぉし、わかった！

助けてくれたら運命の相手！

神に誓う、だから助けて！

祈り虚しく「悪夢」の触手が私の足首に巻き付き地面が遠ざかる。

「いやぁぁっ！」

私が悲鳴を上げた直後——何かが「悪夢」にぶつかった。大きく揺れる触手に宙吊り状態というのは物凄く怖い。何が起こったかわからないが、きっと部隊の人が何かしたに違いない。でもこんな秘策があるなら初めから教えておいてほしかった。それは兎も角——よかった、まだ漏らしてない！

あのクソアマの言う通り水分摂らずにいた甲斐があったね！

何が「漏らしても良いように用を足して水を飲まないようにしなさいよ」だ！

おかげで助かったわ覚えてろよ！

取り敢えず部隊の人は早く私を助けて！

私巫女だからね？

私いないと追撃とかできなくなるよ？

待って、何かすっごい振り回されてる感じがする——って解放された……あれ、誰か受け止めてくれるんだよね？

どさくさに紛れて触るくらいは許してあげるからちゃんと受け止めてよ？

いや、マジで受け止めて！

そう願って両手を広げると硬い何かに当たる。同時に丸太のように太いそれにしがみついた。

「やった！　助かった！」と内心喜んだが、まだ「悪夢」は健在。そう、安全にはまだほど遠いのだ。

だが今は私がしがみついている誰かが頑張ってくれている。

よし、あなたが運命の人。前払いとしてしっかり胸を押し付けるのだが……ちょっとこの人大きすぎない？

いや、冷静に考えてこんなに硬い体が――ああ、これ鎧だね。こんなに硬い体があるはずないし、それだと前払いの意味がない。

（しまった、これではやる気アップの狙いが……まて、冷静に考えればそれでも大きすぎる、一体何が起こってるの？）

必死にしがみついていたら何かが私を持ち上げる。最初は抵抗しようとしてしまったが、意外と優しく掴んでくれるので身を任せたところ地に足が付く。ありがとう、本当にありがとう。これで「悪夢」を倒してくれるなら、思いっきりおっぱい押し付けながら「愛している」と耳元で色っぽく囁くことも吝かではない。

取り敢えず部隊の人がいる方向へと走って逃げる。どうやら私を助けてくれた大きな人は「悪夢」を押さえつけているようだ。いや、待って……あんな大きなモンスターを押さえつけることができるとかどんな怪力？

（そうか、大きいと思ったら大型の魔導鎧か！　それなら納得。そしてそれを持つ財力――よし決めた。今日からあなたは私の旦那様！）

素晴らしい決定だが、聞こえてくるのはまるで「怪物同士の争いか」と言うほどの荒い息遣いと唸《うな》るような声。だけどその程度でこんな優良物件……もとい力強くて素敵な方を見限るなどありえません。

妄想を膨らませながら十分に距離を取ったところで、未来の旦那様のお姿を拝見しようと思ったが目隠しが邪魔。「もういい！　巫女なんてやってられるか！」と目隠しを外すと——目の前には「悪夢」とは別のモンスターがいた。

そいつは私なんか目もくれず、あの「悪夢」を食べるのに夢中になっている。私はそのまま後ろにぶっ倒れた。さっきまでのは「なし」でお願いします。

とある里の会議室

エインヘル共和国——複数の「氏族」と呼ばれるエルフの部族が集まって構成されているエルフだけの国家。実態は少々違うが、表向きはそういうことになっている。森を切り開いた「里」と呼ばれる街があり、その周囲には彼らが選定した樹木のみが生い茂る。

曰く「我々は森と共に生きるが、その森に手を加えないとは言っていない」とのことで、一部の行き過ぎた自然崇拝は人間側の勝手なイメージだというのがエルフの本音である。

実際、自然というものは大変厳しいもので、それはエルフにとっても同じであり、自分達の都合の良いように変えねば安心して暮らすことなど到底無理な話である。エルフは自らを「森の管理者」と称することが多く、人間が「自然の守護者」などと勘違いをする要因の一つともなっている。

さて、共和国というだけあってエインヘルには君主はいない。「賢人会」と呼ばれる各氏族の代表や、幾つかの部門の代表の集まりで国家の方針が決められている。そして今日もまた、この賢人会では様々な代表が会議を開く。

議題は近年現れた「森林の悪夢」についてと、その対応である。通称「悪夢」というモンスターが現れて早十年――未だエルフは自分達の前に現れた天敵に対し、何ら有効な手段を打つことができずにいた。

「ふむ……これで犠牲者は十二人か」

「一桁間違えておらんか？」

「オスバよ、お前さんは一体いつの話をしとる。もう千と三十一人目じゃ」

オスバと呼ばれた老人は「そうだったかのう？」と首を傾げる。ここは賢人会専用の会議室――木造の部屋には総勢二十四人の代表が集まっていた。その半分が老いた姿をしており、三百年以上を生きる者であることが見て取れた。

彼らはエルフの中でも「永き時を生きた者」としてその叡智《えいち》を期待されここにいるのだが、何分長く生き過ぎた者が少数ながら交じっており、会議の進行が芳しくないことがしばしば起こりうる。

「オーデル老、千と十三人です」

「全員間違えとるではないか」とオーデルと呼ばれた老人が軽快に笑い声を上げる。

「ゼービス老、笑いごとではありません。あなたもしっかりと数を把握していただきたい」

未だ容姿の衰えがない代表の一人が三人の老人を窘めるも、肝心の当事者達が「怒られちった」と舌を出す始末。

「しかしそうなるとまた数を増やすのがよかろう」

「然り。おお、そうじゃ……お主の娘にも早う孫を見せるよう催促するといい」

「オスバ老、私に娘はおりません」

「なんじゃ、ちゃんと子作りに励めい」

オスバのその言葉にオーデルとゼービスの両名も「そうだそうだ」と囃し立てる。

「数が減ったんじゃから増やさねばならぬ。それは若いもんの仕事だわな」

良いことを言ったとばかりに三人が大きく頷く。だが既に若くもなければ息子もいる彼は何も言えず黙って老人の繰り言を聞いている。そして気が付けば老人三人が音頭を取って「子作り奨励すべし」と脱線していく。これは賢人会議——エルフ達の行末を決める大事な会議である。


「さて、話を戻すよ」

そう言った老婆の言葉に顔面がやや変形した老人三人が素直に頷く。

「目下の問題は『悪夢』の存在だ。これをどうにかしない限り、我々の生存圏は脅かされたままだ。

何か良い案はあるかい？」

「メイナス様、その件に関してなのですがシュバード様の怪我を完治させるという話はどうなったのでしょうか？」

「この期に及んでまだあのじじいを頼るのかい？」

呆れた声でメイナスと呼ばれた老婆は嘆く。彼女としては若い世代の連中に頑張ってもらいたいのだが、戦争も経験してないひよっこばかりで全く頼りにならない。いい加減誰かがリーダーシップを発揮して、いつまでも自分のような老いぼれが取り仕切るこの現状をどうにかしてほしいのだが、未だその様子は見られないのだから嘆きもするというものである。

「しかし、現状あの『悪夢』に対抗できたのはシュバード様ただお一人。奴を仕留めるのであれば……」

「残念だけど、流石にもうシュバードに頼ることはできないよ。それと、三百八十八歳の爺にいつまで頼る気だい？」

メイナスの発言に若手が言葉に詰まる。誰も案を出さないことに溜息を吐くメイナスだが、それを宥めるように一人の代表が手を挙げる。

「巫女を用意致しましたのでまだしばらく時間はあります。急く必要はないでしょう」

「カシアル、あんたまた巫女を作ったのかい」

「ええ、娘が才覚のある者を見つけまして」

カシアルの言葉に「巫女に才覚も何もないだろう」とメイナスが鼻を鳴らす。彼女としては発言する者が増えるのは歓迎だが、あまりに利己的な者の場合はその限りではない。年寄りが多く、発言を控える者が多い中で自分の意見や提案が多いのは喜ばしいことだが、それで実権を握るような者が出てくるのはダメだと考える。

歴史に学ぶのであれば、エルフが王政を樹立するのは危険である。そう考える者は少なくない。メイナスもその一人であるが故に、力を求めるゼサトの氏族の台頭は歓迎できかねる出来事である。

メイナスとカシアルの視線が激しくぶつかる。

「時間はできたわけだ。それじゃ『悪夢』の対策を練るとしようか」

コーナーとゼサトの代表が睨み合う形となったところで、空気を変えるように一人がそう発言する。

二人は椅子の背もたれに体を預けると、腕を組んだり目を瞑ったりと発言はせずに会議を見守り始めた。だが出てくる意見はどれも現実味に欠けるか決定打にならないものばかり。

酷いものとなると妄想と区別がつかないのだから、如何にエルフが帝国との戦争以来平和ボケしていたかがよくわかるものとなった。これは「悪夢」が姿を現した時から続いており、時間に対する認識が人間と違い過ぎるわかりやすい事例と言える。彼らの中では「森林の悪夢」が現れて「もう十年」ではなく「まだ十年」なのだ。

「いっそ、人間が使っているバリスタのような物を作るというのはどうだ？」

「そんな野蛮な物が使い物になるか！」

「岩をぶつけるというのはどうだ？」

「まだ矢を通す手段を考える方がマシだな」

「罠を仕掛けよう」

「何回失敗したと思っている？」

いつもと同じやりとりにメイナスは溜息を吐く。これならばまたいつも通りに問題を先送りにすることになるだろうと諦めかけていたその時、激しく会議室の扉が叩かれる。最初に反応したオーデルの代表が「入っていいよ」と外の者に許可を与える。周囲が視線でその行為を咎めるが、緊急の用件ならば無作法も許容されるべきであるのだが、どうやら議論する者達は頭に血が上りすぎているようだ。

「失礼します！」と勢いよく開け放たれた扉から入ってきたのは息を切らした若い伝令。さっさと用件を言えという無言の圧力が加わると、この場の年長者であるゼービスの下へと向かい一枚の手紙を手渡す。

「リコルの里より緊急の伝令です！『森林の悪夢』の死亡を確認したとのことです！」

伝令の言葉に周囲がざわめく。

「どうやってだ！一体どうやってあの『悪夢』を葬った！」

議会にいた数人が伝令に掴みかからんばかりの勢いで詰め寄る。だが詳細を知らぬ伝令が何か知っているはずもなく、ただ言い淀むばかりである。

「ふむ、そうか『悪夢』は他のモンスターに食われたか」

手にした手紙を読んだゼービスが淡々とその内容を口にする。

「食われた？　今、食われたとおっしゃいましたか？」

伝令に掴みかかろうとした代表の一人がゼービスに聞き返す。「そう書いとるよ」と彼は手にした手紙をヒラヒラと振る。席に座っていた何人かが立ち上がりその手紙を見ると、そこには確かにその旨が書かれていた。

「内容が間違っているということは？」

「嘘じゃないだろうな……」

その場にいる者が思い思いにその真偽を口にする。

「詳しい情報が欲しい。これを送った者は誰だ？」

「いや、そんなことより新たな脅威が現れたことを――」

騒然としてきた会議室に突然手を叩く音が響いた。一同が口を噤《つぐ》み、その視線が集中する。視線の先にいるのはメイナス・コーナー――彼女は視線を集めると滔々《とうとう》と話し出す。

「まずは真偽の確認を行いましょう。これを書いた者を呼び出し、その詳細を語ってもらいます。それから『悪夢』を食ったとされるモンスターを見た者もいるならば、その者も一緒に呼び出しましょう。そのモンスターに関しては話を聞いてから考えるのが良いでしょう。我々はそのモンスターについてはまだ何も知らないのですから」

出された意見に異を唱える者はなく、メイナスの提案通りにことは運ぶことになる。こうして旧帝国領フルレトス大森林に現れた「遺伝子強化兵」というモンスターがエインヘル共和国に知れ渡ることとなる。それを新たな脅威と認識する者はあれど、自らの天敵であった「悪夢」以上と想定するものはなく、この場にいたほとんどの者は楽観視していた。

「魔法が通用する相手ならば問題ない」

ほぼ共通認識と言って良いほどに浸透した考え故に、後に彼らは自らが「大きな過ち」を犯したと頭を抱えることとなる。

Ⅲ

翌朝、体調はマシにはなったが気分は晴れないままの起床となる。少々眠りすぎたのか体がダルイ気はするが、取り敢えずは気の所為と言うことにしておく。幸いなことに食欲は戻っており、取っておいた魚を「食べよう」という気はちゃんと起こった。しかし食べるとなれば量が足りない。食べるものがないなら取りに行くしか無い。

(食欲が戻ったとは言え肉は重い。となると魚だが朝から川へ行くのは……)

そこまで考えたところで「どうせ誰もいないか」とのっそりと崖の拠点から這い出すと川へと向かう。やはりと言うべきか川に到着してもエルフの気配は全く無い。視覚は勿論、聴覚と嗅覚にも反応はなし。これなら思う存分魚を獲れるが少し悲しい気分になる。

十分な量を確保して崖の拠点に戻って魚を焼く。魚は塩だけで十分美味いと思えるのが良い。だが食の満足度を満たすにはまだ不十分だ。そのための知識と手段を得るために、俺は何度目かのショッピングモールへと向かうことにする。

食後の片付けを手早く済ませ、一度本拠点に寄ってから荷物を可能な限り少なくしていざ出発。道中は驚くほど何事もなく、元鉄道の開けた道を通るので地形を気にせず走ることができるのも楽で良い。

そんなわけで辿り着いたエイルクェルのショッピングモール。今日はもう遅いので探索は明日にするとして、荷物をいつもの寝床に置き、必要な物だけ持って晩飯を確保しに街の外へと向かう。既に狩りは手馴れたものとなっており、獲物を見つけてサクッと確保。夕食もスムーズに済ませて後片付けも完璧である。

「適応したなぁ」と自作の簡易ベッドで横になる。物資の補給がすぐそこで行えるだけあって、ベッドの質は本拠点と同等。あまり眠くはないが、暗い中で作業するのは手間がかかるので、明日は早起きして活動しよう。

そんなわけで翌朝。早朝ということもあり、まだ薄暗いが活動するには問題はない。昨晩の残りの肉を噛みながら本屋を探し、見つけ次第突撃する。しかしながら本屋が思った以上に狭い。

残念ながら通常の書店では俺の巨体は入ることが困難なようだ。入らないわけではないので上半身だけ横向きに入れるなど工夫をして対処する。一度体を戻した俺は「これならばいける」と確信。手が届く範囲でそれっぽい本をかき集めよう。

それから一時間後――気が付けば俺の周囲には大量のエロ本が散乱していた。違うんだ。俺はただ、未だに行方不明になっている相棒を探していただけなんだ。いや、それよりもこの本屋のエロ本率がやたら高いからこうなった。そして更に二時間が経過――俺は本の選別を終え、一軍と定め

た七冊を持って寝床に戻ると、それを大切にリュックにしまい込んだ。

さて、気を取り直して探索再開。

(書店も良いが図書館でも良いんだよな)

むしろ俺が求めているのは知識なので、後者の方が都合が良いことも考えられる。帝都の図書館の規模ほどのものはないだろうが、あの広さがあればある程度は動くこともできるので、目的の本を探すのも楽になるはずだ。

そんなわけで大きな本屋か図書館を探して街を探索。ショッピングモールにある書店は小さすぎるので立ち寄ってすらいない。大通り跡で早速本屋を見つけたのでそちらを覗き込むが、どうやらここは他の生物に荒らされていたらしく、本が散乱して状態が酷く悪い。

(ここはハズレだな)

俺は他へ行こうとしたその時、あるものが目に留まった。思わず振り返ってそれを確かめると、見間違いではなかったことがはっきりする。

(……足跡。どう見ても人間の靴だな。しかも埃を見るにそこまで古いものじゃない)

「何処の者か」と考えるのは無駄だが、ここまで人が来ているという事実は問題だ。それは即ち「ここにある物を持ち帰る者がいる」ということである。今までは誰もいないから欲しい時に欲しい物を持ち帰ることができたが、これからはそうはいかなくなる可能性がある。

「厄介なことになった」と心の中で舌打ちする。帝国人でもない限り、ここにあるお宝の山の価値を理解できる者はそうはいない。加えてこんなところまで来る人間がどういう輩なのかなど想像に難くない。

（ここは比較的隣国と近い場所にある。こうなることは想定していなかったわけじゃないが、いざ目の当たりにするとどうするべきか判断に困るな）

こうなると本の重要性が増してくる。知識とは財産――それを価値のわからない者に荒らされるのは帝国人として放っておくことはできない。ならばまずは一目でわかる有用性のあるものから保護するべきである。つまり帝国語を読めない人間でも持って帰るような本――エロ本が真っ先に頭に浮かび上がった。

「俺はエロ本が欲しくて持って帰るんじゃない。保護しているんだ」

そんな理屈で気に入った本を持ち帰る言い分ができてしまった。しかしできてしまったものは仕方がない。これからは思う存分エロ本を持ち帰ろう。

（待て、血迷うな。今必要なのはそれじゃない）

そもそもエロ本なら他の街でも手に入る。今は目的の物を手に入れることを優先すべきであり、それが終われば必要な道具を手に入れる。何かをするならその後、である。深呼吸をして冷静になった俺は念の為に本屋の中をしっかりと確認する。どうやらここに侵入した何者かは、ここの本を漁ったようだ。

（古代遺跡でも発掘してる気か？）

確かに帝国の知識が詰まった本屋は他国からすれば叡智の結晶のようなものだろう。それが読めるかどうかは知らないが、帝国が滅んで既に二百年が経過した今となっては古代文明扱いも致し方なし。

つまりここまで来る連中というのはトレジャーハンター兼考古学者。「何それ、楽しそう」という本音はさておきと言いたいところだが、割と本気でそういう生き方は羨ましい。子供の頃に憧れた職業でも上位に入っていそうだ。

しかし、今ここにいない相手をどうこう言っても取れる手段がない。何を本棚から持っていったかも知る術もないため、結局は「することがない」で終わるのだ。取られたくないものを先に取るくらいが精々という、要するにただの「早いもの勝ち」である。

帝国の遺産を無関係の他国人が持っていくのは腹立たしいが、それを完璧に止める手段など俺にはない。人間を見つけたら追いかけるくらいはしても良いが、根本的な解決にはならず時間稼ぎができるくらいのものだろう。

「見つけ次第殺す」という選択肢の場合、後々来る人間は完全武装の連中になるだろうし、そんな奴らがここに入ればどうなるかなど言うまでもない。「まったく、蛮族相手も楽じゃないぜ」と服すら着ていない全裸のモンスターが笑う。

ともあれ探索を再開。残念ながら俺の耳にも鼻にも反応がない以上、ここで人間を探すだけ無駄なのでさっさと目標達成に動いた方が建設的である。あれこれ考えながら探していると、崩れた大きな建造物の中から大量の本が見えた。

恐らくそこが図書館に違いないと近づくと、予想通りだったのは良いのだが思いの外建物の状態が悪い。

「これは慎重に探す必要があるな」と体をぶつけないように崩れた壁から中に入る。

（中の状態もあまり良いとは言えないな）

唯一の救いが何処の棚にどんなジャンルの本があるかがわかるという点。これなら探す時間も少なくて済むだろうと、慎重かつ丁寧に捜索を開始する。料理関連の棚に自家製調味料の本があり早速確保。本の状態も酷いというわけでもなく、読むことが可能なのでまずは一冊目を手に入れた。

続いて二冊、三冊と確保していくと、やはりと言うか状態が悪くて読めないものが出始める。そういうものに限って読みたい表題なのだから世の中というのはままならない。ちなみにタイトルは「初心者が始める味噌作り」である。味噌は欲しいが他の本に期待しよう。

そんな具合に太陽が真上に来る頃まで探し続け、計二十五冊の調味料や料理関連の本を持って帰ることになった。またそれらを軽く読み、必要な器材を集めるべくショッピングモールを探索。全てを揃え終えた時、持ち帰る予定の山を見て思う。

「またやっちまった」

ちゃんと学習しろ、と自分に活を入れて本を見ながら「いる物」と「多分いらない物」に分けていく。

（これはいる。これもいる。これは……材料が揃いそうにない。ええ、ソース作りってこんなに果物とか使うの？）

必要な材料の多さに目眩がする。加えて俺の知識のなさに涙する。また調味料作りというのは思った以上に手間と時間がかかるものだと知り、時間のかからないものに絞ったとしても材料の都合がつかない場合が多く、大半を諦めざるを得ない現実に肩を落とす。

（帝国の農園がまだ生きているならまだしも……いや、生きていることに賭けて南部に行くか？　でもあの二国が帝国領を荒らさないはずがない。無事である可能性なんてほぼないだろうし……）

長々と考えて出した結論は「他で手に入らなければ行ってみる」となった。レーベレンとハイレは明確に帝国に対し、国土を目的に戦争を仕掛けてきている。エルフの参戦で戦力が西側に集中した際に、宣戦布告もなしに二国の軍が国境を越え、幾つかの町が連中に蹂躙されている。

当然帝国はその報いは受けさせたわけだが、それでその傷跡が癒える訳もなく、帝国人にとってレーベレン共和国とハイレ連邦は信用ならない蛮族国家として周知される。ちなみに「蛮族」と呼称したのは、攫った国民を人質にした挙げ句、用済みとなれば慰みものにし、条約破りに加えて休戦協定すら守らなかったことでそうなった。

帝国の反撃にあって僅か三ヶ月で降伏しておきながら、こちらの情勢が悪くなるや否や休戦期間を無視して再び侵攻。復興中の町の住民を亡き者にし、生き残りを人質に使えば「蛮族」と言う以外呼び方が思いつかない。

こんな国が帝国が瓦解《がかい》すれば何をするかなど言う必要すらない。だから南へ行くのは暴れる時だと思っているし、帝国領の南部が無事に済んでいないこともわかっている。確認しようとすらしないのは、それをしたら歯止めが利かなくなる可能性があるからだ。まだ人類の敵として追われるような状況ではないので、今のところは後回しにしても問題はない。

さて、そうこうしていると持ち帰る物の選別が完了。入り切らないので新たにリュックを追加しよう。折角なので予備のものも追加し、日用品も増やしておく。気が付けば荷物がいっぱいになっていた。リュックを肩に背負い、両腕にも抱えて首にかけるという状態。少々欲張りすぎたようだが、動けないわけではない。

「これくらいなら大丈夫だろう」と本拠点に戻るのだが、やはりというか走りにくさはどうにもならず、予想以上に時間がかかることとなった。今度からは注意しよう。

本拠点に戻って荷解きを終えた俺は整理整頓に追われていた。調味料を作るべく大量の本や器物を持ち帰ったは良いのだが、如何せん量が多かった。そしてそれらは直ちに使用するようなものではないため、しばらくは何処かで保管しなくてはならない。

その場所を作るべく、地下施設の一室を整理整頓していると言うわけである。問題は俺が大きすぎるということだ。人間サイズを想定して造られた施設故に、この巨体で利用するには不便が過ぎる。

結果、ただの整理整頓に予想以上の時間を費やすこととなる。だが終わってしまえばその出来映えには満足の一言。時間を使って考えながら配置をしたこともあり、倉庫となった部屋に入ることは叶わねど、全てが手の届く範囲に収まった。

本は全て本棚に収まり別の部屋に置かれており、秘密のデータディスクもまたここにひっそりと隠されている。その内の一冊を手に取るとページを捲《めく》る。

「食べられる野草」という表題の本を読む。カラーページが色褪せてしまっているが、植物の形や詳細な情報はまだ読み取ることができるので問題はないだろう。ページを捲る音だけが聞こえる。以前は本のページを捲るのも一苦労だったが、今では紙を傷つけることなく極普通に可能である。

ふと手が止まる。本の内容が頭に入ってこない。今、目の前の知識よりも別の事に気を取られている。

(気の所為、じゃないよなぁ)

それは違和感――あの日、意識を失い目覚めてからずっとあるものだが、最初はそれが毒物摂取による影響、もしくは精神的負荷に依るものと深く考えていなかった。だが万全とは言い難い体調であるにもかかわらず、通常通りの動きができたことに加え、徐々に戻っていく感覚は幾分鋭敏なものへと変化していた。

それだけならばまだ好調、不調の範囲と言えなくもなかったが、心なしか身体能力が向上しているような気がする。これが気の所為であるならば良かったのだが、先程からページを捲る指の動きが今までよりも精密に思えて仕方がない。

「これはもしや……」とある可能性が現実味を帯びてきたことで本の内容が頭に入ってこない。

(まさかあのタコの毒が思ったよりも強力でそれを乗り越えたことでパワーアップしたのか? 危機を乗り越える、或いは死の淵からの脱出で劇的な能力向上を行う漫画を幾度も読んだが、よもやそのような展開が我が身に起こるとは……)

何というハイスペックなボディ――これは下手をすれば地上最強の生物どころか惑星最強の生物も目指せるのではなかろうか?

しかしこうなると帝国の技術力は一体どうなっていたのかと疑問に思う。

(我が祖国ながら恐ろしいもんだ。俺を実戦投入できていれば、最終兵器なんぞ使う必要はなかっ

たかもしれないな）

あのエルフ兵士の体たらくを見てしまうとそのように考えてしまうのも無理はない。それほどまでに帝国人には「エルフは非常に高い戦闘能力を持った種族である」と言う刷り込みがなされている。

俺の他にも遺伝子強化兵はいたようだが、もしかしたらそいつが何かやらかした所為で凍結になっていた可能性も考えられる。何せあの蜘蛛男の猟奇的な嗜好は帝国軍人でなくても拒否反応を起こすレベルだ。そんな奴が戦場で暴れまわったなど考えたくもない。

帝国の不名誉として歴史に名を残すような真似は許されないのだ。つまり、俺としてはいつまでも任務に就かずダラダラとしているわけにはいかない。

（そう、俺はついにエルフの領土へと足を踏み入れる）

「川に来ないというならば、こちらから出向けばいいじゃない」という理論が脳内議会の過半数を獲得。この結果には未だ納得できない部分はあれど、俺は危険を冒してでも監視任務を続行することに決めた。

最終的に決断が下されたのは「自ら志願した任務を途中で投げ出すとは何事か！」という脳内議員の一喝が決め手となった。なお、彼の手には先日持ち帰った一軍がしっかりと握られており、開いていたページに写る女性はそれはそれは六号さんとよく似た肢体の持ち主だった。

体の一部のボリュームは残念ながら勝つことはできなかったが、それでもそのバランスの取れた芸術性には満点を差し上げたい。と言うわけでエルフの領内に侵入することが決定したわけだが、前述した通り危険が伴う任務である。

エルフの情けない姿を目撃し、俺がパワーアップしたとしても数的不利は変わりがない。強力な魔法をほとんどの者が行使する以上、カナン王国と同じようにはいかないのは火を見るよりも明らか。徹底した隠密行動でまずは敵情視察を行うことから始め、徐々に活動範囲を広めていくというのが俺の立てた計画である。

読んでいた本を一先ず本棚に戻し、晩飯のための獲物を獲りに行く。基本的に監視任務の前段階として偵察《ていさつ》を行わなくてはならず、夜間での行動が望ましい。なので日中はここで本を読み、夜にすることは可能な限りこの間にやっておく。

(可能な限り……いや、姿を決して見せない。そうすることでエルフの警戒心を緩めるのだ)

狩りに行く前にこっそりと川を見に行ってみたが、やはり誰もいなかった。川沿いに移動もしてみたが誰かが来た形跡はなく、こちら側に来たようなこともなさそうである。なので大人しく狩りへと戻り、モンスターを適当にぶちのめしつつ猪を仕留める。持ち帰って処理だけ済ませるとクーラーボックスの容器に仕舞い、後片付けと手洗いをして再び読書のお時間となる。

(食べられる野草、山菜にきのこの本は良いね。食材が増えればそれだけレパートリーが増える。明日は本を持って森の中を探してみるのも良いかもしれない)

拠点の周囲に食材があるならば定期的な採取ができる。他にも幾つかポイントを抑えておけば、今後の食生活は豊かになるだろう。問題があるとすれば、俺はきのこや山菜はあまり好きではないということだ。

流石に好き嫌いを通すつもりはないので食材の確保を優先する。この姿になって味覚が変化していることを期待する。座って、時に寝そべって本を読んでいると時間はあっという間に過ぎてしまう。

「楽しい時間は過ぎるのが早いもんだな」と重なった本を本棚に戻す。なお、エロ本の収納場所はそこではないのでちゃんとそちらにも持っていく。日が暮れてきたので少し早いが夕食にする。

貰ってきた野菜も着実に少なくなってきており、香辛料を含めていずれまた確保をしに行くことになるだろう。食後の後片付けも手早く済ませ、いざ出陣。川に着くまでには辺りは暗く静まり返っていることだろう。

到着すると予想通りと言うべきか、川は暗闇に呑まれ水の音がその場を支配している。

（……聴覚、嗅覚に反応なし。エルフは周囲にいない）

水の中に潜んでいるということでもない限り見逃しはないだろう。俺はゆっくりと川を渡り、擬態能力を使用する。

（暗い森で能力使用というこの隠密力。破れるものなら破ってみろ……ってそう言えば八号さんがいたんだった）

自信満々に啖呵を切ったが、目の見えない聴覚に優れる彼女がいる以上、行動には慎重さが要求される。「思ったよりも難易度が高いかもしれない」と少し尻込みしてしまうが、ここで行かねば男が廃る。

俺は一歩踏み出し、川の先の森へと入っていく。ここで一つ気になることがあった。どうやら川を挟んで生態系が少し変わるらしく、仮拠点周辺では見ない植物がチラホラ見受けられる。中には昼に読んだ「食べられる野草」に載っていたものもあった。

（おっと、目的を忘れるところだった）

思わぬ発見に意識がそちらに行ってしまった。なるべく音を立てないように進んでいるが、流石にこの巨体でそれは難しい。可能な限り木の枝を折らないよう気を付けて歩く。エルフのことだから折れた木の枝で「何が通った」とか判別してそうだ。「森の人」というイメージが強い故の勝手な推測である。

さて、恐らく順調に進んでいるようだが、変化が全く無いというのも困りもの。何かを見つけるために偵察をしているのだから、何か成果が欲しくなるのは当然。なので少々危険かもしれないが、以前の調査で集落の位置と予想した場所へと向かう。

結果は微妙にハズレ——予想よりもう少し先だった。青白く光る球体が幾つもある大きな木を利用した人工物があることから、それがエルフの住居であると推測。奥には普通の木造建築物が存在していたが、一体どちらで寝泊まりしているのだろうか？

ともあれ遠くから様子を窺うが、僅かに聞こえる声は何を喋っているのかわからないので判断材料にはならない。仮に聞こえていたとしてもエルフ語はわからないので意味はない。外にいるのは警備兵と思しき少数の武装したエルフのみであることから、現状あまり警戒はしていないようにも思える。

（この程度で十分と思っている可能性もないわけじゃないが……情報としては価値はある。長居をすれば見つかる恐れがあるし、集落はこれくらいにしておこう。夜間の外出は少ないのがわかったことだし……今後も活動は夜で決まりだな）

一度の偵察で多くの情報を得ることができたが、今俺が最も欲しいのは地理情報。集落の位置なども把握に努めるが、水場が何処にあるかなどは知っておきたい。と言うわけでそろそろ擬態能力も時間だろうしこの場を離れる。

巡回するようなエルフは今の所見ていないが、いた場合を想定すると集落の近くで姿を晒せば警戒を強めることになる。俺は静かに移動を開始。川に着いたところで擬態を解除する。

どうやら使用時間が伸びているのか、擬態したまま戻ってくることができた。予想ではもっと手前で解除されると思っていたが、どうやら俺のパワーアップは能力にも適用されているのかもしれない。

しばらく待機して回復を待った後、場所を変えてもう一度森に入るとしよう。少しずつでもエルフ領内の情報を暴いていく。小さな積み重ねとなるが、それはやがて実を結び、必ずや俺に恩恵を与えてくれるだろう。

それからしばらくして本日二度目の偵察に向かうことを決断。夜明けにはまだ時間はあるので、もう一回行けると判断した。なので先程とは違う場所から森へと入る。具体的に言えば南側――八号さんを発見した付近である。

自分でも「攻めている」と思うが、この時間帯ならば寝ている可能性が高い。現状の懸念材料に彼女が入っているため、早めにその所在地を突き止めておくことは決して無駄にはならないはずだ。そういう理由で南側の攻略に向かう。

南側とは言うが、南西にはまだまだ元国境線が広がっている。しかしそちらには岩山があり、渓谷となっているのでエルフはいないだろうと判断しており、わざわざ行く必要性を感じていない。

（ここから先は先程よりも慎重に行く必要がある）

森へ入ると擬態能力を使用し周囲に溶け込む。そのまま周囲を警戒しつつ歩き続けたところ、二十分ほどで青白い光が視界に映る。こちらは先程の集落に比べて警備の人数が多く、やや物々しい雰囲気が感じ取れる。やはり川に近いということはそれだけ警戒も強くなるということだろう。

俺は木の後ろに隠れながら望遠能力を解除すると引き返す。まだ偵察開始初日なので、いきなり見つかるというのは避けたい。集落の位置を把握したので今回はこれで十分と言える。何せ相手は魔法に長けたエルフである。どのような手段を持っているかわからない以上、ここらで引くのが無難だろう。本拠点に戻って地図に集落の位置情報を忘れない内に書き込もう。


翌朝——数時間の睡眠から目覚めた俺は狩りを終え、長い鉄串に刺した焼いた肉を食べながら、昨晩エルフの集落の位置を書き込んだ地図を眺める。取り敢えずこの二つの集落間を行き来するならば、と考えながら開いている指でルートをなぞる。肉を咀嚼し、焼けた人参に串を刺す。

（うーん、やっぱ集落のこの間を避けた方が良いか？　だとするとこれ以上奥に入るなら集落を迂回することになるから……南は予想以上に大回りになりそうだ）

結論としては北側から奥へと回り込み、水場と監視に使えそうなポイントを見つけるのが最適解のように思える。再び地図を指でなぞりルートを確認する。

この地図にはエルフの村が書かれているが、それが正しいかどうかは不明。俺が書き込んだ集落の情報はなく、地形も変わっている恐れもあるので過信は禁物だ。仮にこの村が存在していた場合も考えておくが、どうして肝心の水場の情報が載っていないのか？

小さな川や池が記載されていれば楽ができたのだが、帝国軍はそこまで侵攻することができなかったということか？

もしかしたら防戦一方だったかもしれない。幾つもの戦線を突破されていることを鑑みれば、この地図があるだけでも十分だろう。食事を終えた俺は片付けを済ませて地図の保管場所を倉庫から本棚のある部屋に変更する。丁度良い入れ物があったので今度からはそちらに入れる。

さて、暇になったので読書を開始。まだ「食べられる野草」の中身がしっかりと頭に入っていない。これを持って拠点周辺の探索も良いが、ある程度は覚えておかねば、野草を見つける度に本を見なくてはならず効率が悪い。時間はあるが無駄遣いするのは好きではない。

必要最低限の知識くらいは身に付けておきたい——と言いながら気が付けば別の本を読んでいる。そもそも野草とか興味のない本を長々と読み続けるとかちょっと無理。なので今は料理本を読んでいる。

材料だけチェックをして作ることができそうなものが載っているページの端を少し折っているのだが、美味そうな料理があるとついつい見入ってしまう。もう食べることが叶わないであろうそれを見ていると食欲が湧いてくるのだが、空腹も満腹も感じたことのない体で食欲とはこれ如何に？

それはそれとして、この料理本を見ていて思うのは「どれも作れる気がしない」ということだ。

材料はあるのだが、この「塩釜焼き」なる調理法――どう見ても塩を使いすぎである。俺の所持量と相談するととてもではないが許容できない使用量。

結局、この本で折られたページの端はたったの五つ。料理本一冊で帝国の豊かさが証明されるという事態には、帝国臣民の俺も苦笑い。おまけにその五つにしても「材料的にどうにかなりそう」程度の感覚なので実際にやってみないことには作れるかどうかはわからない。

「前途多難」という言葉が頭に浮かび大きく溜息を吐く。そんなことを繰り返していると時間は過ぎていく。日も傾いてきたので夕食を調達しに行こうと本拠点から出たところで、不意に魚が食べたくなった。

(まあ、誰も来ないだろうし良いだろう)

きちんと周辺を警戒すれば良いだけの話なので問題が発生することはないはずだ。そんな訳で川へ着くなり周囲に人の気配があるかどうかを確認……誰もいない。早速魚を確保する。二匹、三匹と次々と撥ね飛ばされた魚が川辺に落ちる。

それを狙う動物がたまにいるのだが……今日はいないようだ。そんな具合に大小合わせて計十二匹を確保。川から上がって打ち上げられた魚を回収する。持ってきた鉈で魚を処理し、川の水で洗ってからクーラーボックスの中の容器に移していく。

その時、何か違和感を覚えた。手を止め周囲を見渡すが何もおかしなことはない。だが、何かがおかしい。見える範囲におかしなものはない。匂いも同様。耳が捉える音の中にも不審な点は何処にもない。

（わからない……だが何かおかしいと何かが訴えている？）

俺は警戒態勢を取りつつ、魚の処理を中断して周囲を見渡す。やはり何もない。だが違和感は増すばかりである。

（これ、は……ここにいるのはまずい気がする）

一歩後ろに下がる。クーラーボックスに手をかけ、この場から立ち去ろうとしたその次の瞬間――。

「――――！」

突如対岸に杖を構えたエルフが現れた。見た目四十代後半のオバサンなので相当年を食ったエルフと見たが、先程までいなかった場所に突然現れたことに驚き反応が遅れた。突き出された杖が光ったかと思えば、その光は俺を透過するように駆け抜ける。

俺は反射的に両腕を顔の前でクロスさせ防御に徹したが、何かが起こった様子がない。恐る恐るガードする腕を下ろすと俺の視界にニヤニヤと笑うオバサンエルフが映る。なるほど、どうやら死にたいようだ。冗談で済ませられるのは子供と美人だけである。

「――――！」

オバサンが叫ぶが当然お前は対象外。一体どうやって隠れていたかは知らないが、こちらへの攻撃が不発に終わった以上は覚悟してもらう。そう思って一歩踏み出そうとして――足が動かなかった。どれだけ力を込めても動かない。いや、それどころか指一本動かすことができなくなっている。

（体が動かない⁉　攻撃ではなく動きを封じる魔法か！）

「魔法というやつは何でもありか⁉」と叫びたくなったが、声すら出せないとわかって非常に焦る。何か無いかと周囲を見る。だが目の動きさえ次第に自由が利かなくなっていく。

「――――!」

頭の中にモヤがかかったかのように思考が覚束ない。

(待て、あのババアが何か喋る度、に……)

「――」

ニヤニヤと笑うババアが「こっちへ来い」と手で合図をする。俺の足が意思に反して川へと向かう。思考がままならない。川を横断し、対岸に着くとそのままババアの前まで俺は進む。

「――――!――――」

ババアが歓喜のあまり声を上げている。どういうわけかそれだけははっきりとわかった。

(んなことはどうでも良いだろうが。何でババアなんだよ。そこは巨乳美人エルフだろうが)

薄れゆく意識の中、その部分だけはしっかりと抗議をする。そこで俺の意識は途切れた。これが俺の最後の記憶のはずなのだが、意識が戻るとエルフの集落にいた。周囲はエルフに囲まれており、俺はただぼへーと突っ立っている。

(これは下手に動かないほうが良いな。というか体は動くのか?)

確かめてみたが動きそうなのはわかった。目もちゃんと動くので見える範囲で現状の把握に努める……が、当然さっぱりわからない。

(何か魔法を使われてここまで連れてこられたのはわかるのだが……もしかしてあの八号さんを助

けたからそのお礼でもしようっての？）

それなら魔法なんて使うわけはないな、と即座に思い付きを否定する。何か情報はないものかと必死に視界の情報を精査していると、あのババアが口を開く。

「やっとお出ましかい。随分と時間がかかったねぇ……」

「こちらにもこちらの都合がある。『来い』と呼ばれてすぐに来れるものか」

ババアの言葉に見えない範囲からやって来たと思われる成人のエルフが忌々しそうに返事をする。

（……あれ？）

「ほう『都合』！　あの『森林の悪夢』を捕食する化物の事案よりも優先する都合⁉　是非聞いてみたいもんだねぇ？」

嫌らしく笑うババアだが、何を話しているのかは理解できる。これはどうやらこいつの魔法のおかげで俺はエルフの言葉を理解できるようになったようだ。

（状況からそう推測する外ないが、まさかこんなことまでできるとは……魔法ってやつは本当に何でもありだな。帝国軍はこんな連中とやりあっていたとか尊敬に値する）

ともあれ、言語が理解できるようになったことは素直に喜ばしい。ババア呼ばわりは訂正しよう。もう少し特典を付けてくれるのであれば「お姉さん」と呼ぶのも吝かではないが、現状では親愛を込めて「小母さん」呼びくらいにはランクアップが限界だ。

「キリシア女史。あなたの研究意欲と熱意には頭が下がる。だが禁忌は禁忌だ」

「はっ、何が禁忌だ。私が研究を続けていなければ、この里がどうなっていたか言ってご覧。そいつはもう里の近くまで来ていた。あの『悪夢』を食らう化物だよ。そいつが里に入った時、どれだけの犠牲が想定されるか、言ってみろ！」

どうやらこの小母さんは禁忌とされるほどの強力、または邪悪な魔法で俺を無力化しているようだ。しかしまさかここであのタコ型モンスター……「森林の悪夢」とか呼ばれているのを食ってしまったことが、予想以上に脅威と見られ、このような事件に発展するとは誰が予想できただろう。

何か違法な手段を用いてでも俺をどうにかしようとしたのは、ひとえに俺の脅威を正確に認識してのことなのだ。と言うか俺が集落に近づいたのバレてたのか、何が原因だ？

「後で聞くことができるだろうか？」と言葉が理解できるようになった途端この危機感のなさには少し反省。でも言葉が通じるのであればやりようは幾らでもある。体の自由も取り戻せたようだが、下手に動くわけにはいかないので今は二人の会話から情報を得ることを優先しよう。

「言えないのかい？　だったら私が言ってやろう。男は皆殺しにされ女子供は皆食われる。一度にあれだけ食える化物だ。食う部分の少ないエルフなら全員腹に収まるだろうさ」

何か凄い大食いみたいな言われ方してるけど、俺はフードファイターではない。確かに体が大きい分食事量は多いかもしれないが、その言い方には悪意が含まれていると心の中で抗議する。

幾ら禁忌の魔法とやらを使う方便であったとしてもそれは言いすぎである。おまけに言葉がわかるようになった礼として多少の弁護はしてやるつもりだが、この言い方では印象が悪くなる。「もう少し考えて発言してもらいたいものだ」と呆れていると男が口を開いた。

「だが、どの理由であれ禁忌と定められ、封じられた『支配』の魔法を復活させた挙げ句、それを行使したということは大きな問題だ！」

どうやら俺に使われた魔法は「支配」というらしい。

（そうか支配か……支配ね）

前言撤回、お前クソババアで十分だ。思わず返ってしまった掌が目の前にいるクソババアの首を捻りかけたが、どうにかして指一本動かすことなく耐えきる。「支配」などという如何にもヤバそうな名前の魔法をかけてくれたお礼をしなくてはならないが、それをするのは早計である。

何せ今の俺はエルフ語が理解できる。これは恐らく支配の魔法の副産物と思われるが、術者であるこのクソババアを殺した場合、この効果が消えるのか残るのかわからないのだ。残るのであれば何も問題はないのだが、そうでない可能性がある以上、今ここでクソババアの首を捻るのはまだ早い。

言葉を理解できると言う利点は大きい。これを維持するためならば、多少の不便や労働は許容しよう。

（だが忘れるな。お前はただのクソババアだ）

もしもこいつが美人で色っぽいちょっと私生活がだらしなくて見えてはいけないアレやコレやが見えてしまう残念系で、色々と命令をしてくるものの俺が仕掛ける悪戯を自分のミスと思い込み「やっちゃった」と乱れた衣服でワガママボディーを毎日見せつけてくれるのであれば、長い付き合いにもなっただろう。

いや、そこに「研究者っぽく俺の体を調べるついでに胸を押し付けまくってくる」も加えておこう。「肝心なことを忘れるところだった」と安堵の息を心の中で漏らしたところで、俺の思考は現実へ戻る。

非常に残念なことに俺に支配の魔法を使ったのはこのババア——現実は非情である。そして俺は目の前で繰り広げられているクソババアと多分お偉方のエルフの言い争いを黙って聞いている。

その内容を要約すると「禁忌だろうが何だろうが、支配の魔法を復活させてそれで里を救った。私は正しいし、正しかった」と主張するババアに対し、お偉方は「結果論で語るな。お前の欲望が秩序を乱す。法の裁きを受けろ」と宣《のたま》う。

「知識は力。そして力とは適切に振るうからこそ価値がある。私ならば、たとえ禁術であってもその真価を発揮させることができる。いざという時の手段を使えぬなど愚の骨頂。賢人会議で一度と言わず話し合え、知と力はあるだけでは置物にすら劣るとな」

「本音が出たな狂人が。貴様の魔法に対する執念《しゅうねん》は買ってやる。だが何故先人が禁忌を、禁術を指定したと思う？　それは『あってはならぬ』と定めるほどの何かがあったからだ。その『何か』さえも秘匿されている実情で察することもできん者が賢者を気取るな」

話を聞いている限り、このクソババアの評価は「魔法狂いの危険人物」らしい。「これはまずいな」と状況の悪さを再認識。このババアがキレて俺をけしかけたり、お偉方がキレて俺ごと始末しようとしたりする未来が妙にはっきり浮かんでくる。

一触即発——そんな言葉が俺の脳裏に浮かぶ。だがここで思わぬ人物が介入する。

「お二人とも、そこまでにしてはいかがですか？」

そう言って周りを囲むエルフの中から出てきたのは六号さん。久しぶりに拝見したが、やはりご立派なものをお持ちである。子供にやりたい放題されている彼女ばかり見てきたが、真面目な雰囲気も悪くない。

その六号さんが二人の間に立つと言い争いを止め視線をそちらに向ける。クソババアは忌々しげに、お偉方はやれやれと言った様子だ。

「誉れ高き『フォルシュナ』の氏族の娘が何故出しゃばるか、聞かせてもらおうか?」

言葉に棘があるのは嫉妬からか?

クソババアが六号さんに介入の意図を問う。

「子供達が異変を察して怯えています。それに、たとえモンスターと言えど『支配』の魔法を使いその意思を奪うのは如何なものかと思いますが?」

「は！　流石、調和委員会は言うことが違う。『悪夢』すら捕食する化物もその対象かい」

(おっと、ここでまさかの調和委員会の名がババアの口から出てくるか)

正式名は「自然調和委員会」であり、その概要はモンスターを自然の一部と捉え、共存を目的とする組織であるが、その構成員の中にぶっ飛んだ人物がいたせいで完全にネタ扱いとなってしまっているのだが、まともな人は自然を他者より大事にする程度の至って普通のエルフである。

「モンスターに使用したことよりも、それを復活させたことの方が遥かに罪は重い。今すぐにでも捕らえたいが、それがいる以上そうも言ってられん」

男が俺を見ながら吐き捨てる。二百年前の情報だったので今と果たしてどれほど違いがあるか、少し興味があるのでもう少し話をしてほしかった。やはりまだ疎まれたままなのだろうか?

「ならば、今回の件は賢人会での沙汰を待つというのは如何でしょうか？」

六号さんの提案に男は頷くもババアが難色を示す。

「はっ、フォルシュナはゼサトと組む気かい？　賢人会議へ持ち上げれば望み通りの結果が得られるだろうね、その体を使ってな」

「そのようなことは致しません！」

ババアの言葉を即座に否定する六号さんを見て、ちょっとその光景を想像してしまう。相棒が健在なら危ないところだった。

（いかんいかん、お色気たっぷりの六号さんが近くにいると思考がどうにもピンクに染まる。フェロモンでも出してるのかね、このエルフは？）

ともあれ、話は続いたが結局この案件は賢人会議とやらに持っていかれることになり、この場は解散ということになったのだが、男性がババアを見据えて口を開く。

「キリシア女史。一つだけ言っておかねばならないことがある」

「言ってみな、ゼサトの坊やの忠告だ。有り難く聞いてやろうじゃないか」

「そいつは、カナン王国の軍隊と傭兵を無傷でねじ伏せた化物だ。少なくとも人間種とは明確に敵対をしている。扱いには注意をしろ」

そう言って立ち去る男を見送ったのだが、不意に立ち止まって「ああ、そうだ」と言い忘れたことがあったようでこちらに振り返る。

「そいつは『アルゴス』と名付けられたようだ。カナン王国が付けたらしいが、一応教えておく」

その言葉にクソババアが鼻を鳴らして「さっさと行け」と顎をしゃくると、男は立ち去りやがて見えなくなった。

（「アルゴス」ねぇ……まあ、変な名前ではないし構わないか）

当事者ではあるが、傍観に徹するしかなかったおかげで少しだがここの情勢を知ることができた。このキリシアというババアは後ろ盾を持たない魔法狂い。六号さんはフォルシュナと言う一族の権力者で、先程の男性はゼサトと言う権力を持つ一族の一人となっている。

（エルフ社会にも派閥というものはあるんだな。面倒なことになりそうだが……言語を理解できる魅力の方がまだ勝る。この状態を維持できているうちにエルフ語を覚えることが優先事項となるな）

取り敢えず俺は動こうにもババアの命令を待たなければならない。いっそ魔法が誤作動を起こしたフリをして六号さんに付いていくのも面白そうだが、流石にそれは我慢しよう。

幾ら魔法に関して無知な俺でも、そのような事態が発生しないであろうことくらいは予想ができる。もう少し六号さんを見ていたかったが、クソババアが歩き出す。

「行くよ、アルゴス」

ババアが言うので仕方なく付いていく。予想はしていたが、体が勝手に動こうとするのでそれに合わせて動く。こっそり抵抗してみたが、体の動きが目に見えて悪くなった。どうやら完全に支配に抗えるわけではなさそうだが、効果が切れては俺の目的が達成できない可能性もある。

なのでこれに関しては現状維持だ。確認したいこともまだまだあるので、しばらくは大人しく言うことを聞いてやる。

（だが、目的を果たした時が貴様の最期だ。クソババア）

最終的には死んでもらうつもりだが、そうなるとどういう演出が相応しいか考える。体が勝手に歩いてくれるので、俺は思考に没頭できるのだから実に珍しい経験だ。一応それとなく目を動かしてエルフを見てみるが、誰も彼もがこちらを警戒しており、中には完全に怯えてしまっている者もいる。

（エルフと一括にしていたが、戦えない者がいるのも当然の話だ。聞かされた情報と実際に目で見た情報は違うということか）

しかしそうなると所謂戦士タイプのエルフの強さを想定より上げる必要が出てくる。俺にとっては弱い個の集団よりも強い少数精鋭の方が厄介なのでこの情報は有り難くない。

あと袖なしの服を着用しているエルフ女性は横乳が素晴らしい。だが、あのタイプの服は六号さんが着てこそ真価を発揮する。残念ながら彼女は袖のあるものを着ていたので暑くなるのを待つしかない。そんな妄想に耽《ふけ》っていると、辿り着いたのは集落から少し外れた木造の大きな一軒家。

（これだけデカイ家なら俺でも入れそうではあるが……）

残念ながら家は大きくても入口は普通サイズ。入れないことはないだろうが、間取り次第では家の中を破壊しそうだ。

「アルゴス。お前はここで待機だ」

案の定俺は屋外。これでクソババアの首を捻るのに躊躇がなくなった。だが、この程度で音をあげる俺ではない。野外で寝泊まりなど最早慣れたもの、目標である言語習得のためならば、野宿くらい障害にすらならない。

ただ問題があるとすれば、この状態で本が読めるかどうかの確認がこれでは難しいということである。

（なんとか隙を見て本を手にすることができれば良いのだが……どうやって本を手にするかも問題なんだよなぁ）

前途多難とはまさにこのこと。問題だらけのこの状況を如何に打破するか——これは腕の見せ所である。クソババアの命令も聞く必要があり、中々に厄介なミッションとなるだろう。

だが、この潜入ミッションを無事終えたならば、エルフ語の習得に加え監視任務の復活も期待できる。つまり俺の意思は揺るがない。どのような困難であろうと、今の俺を挫くことは不可能だ。

そう意気込んだところで家からババアが出てくる。

「はいはい、お供すれば良いんだろ」と思ったのだが、その手には大きな肉の塊が載せられたトレイがあった。

「エサだ。食っときな」

そう言ってババアが地面に肉の塊を落とす。生肉を皿にも載せず地面に落ちたものを食えと申すか？

いきなりの高いハードルに俺の思考が停止する。

（覚えていろよ、クソババア。絶対に普通には殺してやらんからな！）

立ち去るババアの背中を横目で見送ると、俺は目の前に置かれた生肉をじっと見つめた。

支配の魔法にかかっているフリを続けて早一ヶ月あまり――正確には三十五日目となる。嬉しい誤算と言うべきか、危惧していた言語の習得は驚くほどの成果を挙げている。原理は不明だが、耳にするエルフ語が理解できた上に本に書かれた文字すら読めるのだ。これで進まない方がどうかしている。

加えて、俺の生活環境が決して良くないことも相まって学習意欲が向上したこともある。何せあのクソババアは俺が「何かの素材にならないか」と体の皮膚を削ったり血を採取したりと実験動物扱いである。まるで科学者のような奴だ。

いや、科学であれ魔法であれ探究者と言うものはこういう連中なのだろうと怒りを抑え納得する。だがそれで俺を支配する代価を安く済ませてやるかどうかは別の話だ。あいつの行動力と理念は理解した。ならばどうすればこのクソババアに最も大きなダメージを与えることができるか？

それを考える楽しみがあるからこそ、俺はここまで我慢することができる。プライドが高いのはわかっている。だからそのプライドをへし折るのが良策。その為には何をすることが最も効果的か？

（ああ、実に楽しみだ）

怒りというのは溜め込みすぎるといっそ笑えてくるらしく、どうにも無意識に頬が吊り上がるのを感じる。表情筋の都合で本当にそうなっているのかは不明だが、気が付けば笑っている自分がおり、自制の日々を送っている。ふとした拍子にクソババアの頭と胴が離れていたり、首がぐるりと一回転していたりしていては困るのだ。

（そうだ！　研究だ！　あいつの目の前で研究成果を灰にしてやるというのはどうだ？）

ダメだ。それだけでは足りない。あいつは名誉を欲している。故にプライドを粉々に粉砕し、そこに不名誉をたっぷりとトッピングしてやることを忘れてはならない。後世語られる愚か者として名を残す手伝いをしてやろう。果たしてそんな都合の良いシチュエーションはあるだろうか？

（さあ、考えろ。一体どんな状況で、何をすれば俺は満足できる？）

まあ、そんなポンポンと案が出てくるわけもなく、思案に耽って時間が過ぎていく。日によっては今日のように放置されることも珍しくはなく、最近実験の成果が芳しくないのか、クソババアの機嫌が悪いせいで二日ほど飯をもらっていない。

こういう時は頻繁に金切り声を上げてその苛立ちを俺にぶつけるが、痛くも痒くもないので無視するようにしている。そもそも遺伝子強化されたとは言え、元人間の体の一部が一体何の役に立つというのか？

何を試みているかは存ぜぬが、レアアイテムが必ずしも有用ではないということを貴様も知るべきである。日が暮れて外に夜の帳が下りる頃、俺の時間がやってくる。このババアは存外眠るのが早く、眠った後であれば学習に時間を費やすことができる。

十日目に倉庫を改造された車庫のような場所で寝泊まりするようになってからは、ここに積み上げられた本が俺の教科書である。魔法に関するものがほとんどだが、それでも文字が読めると言うだけで語学の教科書となるのだからこの能力は大いに活用させてもらう。

言ってみれば暗記さえしてしまえば良いだけなので、ある意味ここまで楽な勉強もない。文字を見ればそれがどのような意味でどう発音するかがはっきりと理解できる。単語や文章であっても同じで、理解ができるから覚えるだけで済むという実に簡単なものだ。

目に見えて成果がでる勉強がこんなにも楽しいものだったとは知らなかったと感動すらした。だが、時間が経てば感動も薄れる。今やあのババアへの制裁を早くしたいがための勉学に励む姿には、その名残は何処にもない。

問題があるとすれば、ここにある本だけでは常用単語の網羅すらできているとは思えず、些か不安があるということくらいだ。残念ながらここにある本は全て読み終わっているため、これ以上の学習には新たなものを必要とするのだが……手に入れる手立てがなく困っている。夜は見張りもいるので尚更だ。

この倉庫には窓がなく、入口を背にして塞いでしまえば何をしているか見えなくなるのは本当に都合が良かった。倉庫の中には魔法の道具も幾つかあり、微弱であれ発光する物があったのも助かった。幾ら夜目が利くとは言え、真っ暗では本が読みにくいのは確かなのだ。

こう奇跡的に状況が揃ってしまうのは少々怖いものがある。だが考えていても仕方がない。ご都合主義だろうが何だろうが、使えるものは使うし、どんな状況でも利用できるならやってやる。今の俺には贅沢を言う余裕などない。あのクソババアを制裁することでいっぱいなのだ。

言語の学習は新しい本が手に入らないとあって既に頭打ちと言って良く、後はいつどうやって制裁するかを決めるだけなのだが、肝心なそれが未だに決まっていない。

（研究成果やそれに類する物は全て破壊。これは確定。次にどうやってあのババアのプライドをへし折るか、だが……良い案がない。理想としては大勢の前で大恥をかかせてやりたいところだが……その状況がそもそも来る気配すらない）

研究者というインドア派故か人と関わることが少なく、大衆の前に出るようなイベントが発生しない限り、俺が望むシチュエーションというのは作られることがない。ぶっちゃけ俺がババアを殺して暴れるだけで目的は達成したようなものなのだが、それをやりたくない理由がある。

一つはエルフが完全に敵に回るのは厄介である。この支配の魔法を含め、禁術に指定されている強力な隠し球を持つエルフが手段を選ばず俺を殺しに来た場合、果たして生き残ることができるかどうか不明なのは言うまでもない。

完全ではないとは言え、一時的に支配の魔法によって意識を失っていたのだから、これはその間生殺与奪を握られていたに等しい。なので警戒は当然。そしてもう一つの理由なのだが、それは俺が今食べている果物にある。

どうやら俺を監視している者達の中に六号さんの手の者がいるらしく、俺が何も食っていないと知るとこうして何か持ってきてくれる。量はないが味は中々のもの。品種改良が施された帝国産と甲乙付けがたい美味さには俺も驚いた。六号さん自身が持ってきてくれることもあったので、できるだけ彼女に迷惑がかからないようにやり遂げたいというのが最後の理由だ。

ちなみに会話内容から俺を監視しているのは、ゼサトと呼ばれるババアと言い争っていた氏族と自然調和委員会である。どうやらクソババアは敵を作りすぎたようだ。

(はー、これじゃ俺が手を下さずとも他がババアを潰しそうで……)

ふとリンゴの咀嚼が止まる。今何かを閃きかけた。

(ババアが他に潰されるとして……それはどこがやる？　多分ゼサトとかいう氏族だ。ではどうやって？　権力を持った奴がやりそうなことと言えば？)

考えがまとまり始める。必ずしもそうなるとは限らないが、これは一つの案としては最高ではないか？

(そうだ！　見せつけてやれ！　あのクソババアが「やらかしてしまった」と言うことを盛大にぶちまけてやれ！)

性能の隠蔽は二の次だ。既に傭兵達に悪戯したくてやっちまっている上、俺に付けられた名前が伝わっていると言うことはいずれ知られることとなる。俺は頬が吊り上がっていくのを感じたが、それを抑えることはしなかった。

口の中で小さく「がっが」と笑う。後は、その機会がなかった場合のことも考えよう。ゆっくりとだが確実に平静に戻されていくテンションの中、俺は再び思案に没頭した。

支配三十七日目――今日は生憎の曇り空である。基本寝る時以外は屋外の俺には雨はあまり好ましくないが、水浴びは疎か体を拭くこともできないでいる現状では、むしろ降ってほしいとすら思ってしまう。

朝から俺の硬い外皮を削るよう命令を下したクソババアは、屋外に設置された椅子に座り、刃こぼれしたナイフを見ては忌々しげに舌打ちをする。言われるがままに言われた通りのことだけを行う俺は、生半可な刃物では通らない硬い皮に刃を押し当て、削るようにナイフを動かしてはダメにする。

「モンスターなので刃物の使い方がわかりません」と言わんばかりにナイフを使い物にならなくしてやる。一度は魔剣を使って俺の体を削ったは良いが、どうやら他人の物を無許可で持ち出し使ったらしく、その持ち主が物凄い剣幕で抗議に来ていた。

多数のエルフを従えて脅しをかけていたことに加え、支援を打ち切ると言われてはババアは何もできず魔剣を返却せざるを得なかった。その時の悔しそうな顔は実にいい気味だった。それ以降、どうやら何もかもが上手く行っていないらしく、最近のクソババアは常時不機嫌。

しかもそれに輪をかけるように俺が命令を微妙に履き違えたり、望む結果を出さないように動くため更に悪化。

「クソ、クソ、クソ！　どいつもこいつも私を馬鹿にしやがって！」

他の要因もあるだろうが、今ではこのように不満が口に出るくらいには良い感じに仕上がっている。

「これはひょっとするとひょっとするのでは？」と俺もわくわくしていると、五人のエルフが書状を携えてババアを訪ねてきた。

ババアは立ち上がって彼らの正面に立ち睨みつけるが、それを意に介した素振りも見せず一人の男が前に出ると、書状を広げそれを読む。

「キリシア・レイベルン。賢人会議での決定をあなたにお伝えします。あなたの持つ第一及び第二、第三の探究者権限の凍結。加えて禁忌に該当する魔法及びそれに関連する資料の破棄。これらを制約の儀によって強制する」

クソババアの手から杖が落ちた。乾いた音が鳴り、杖が地面を転がるがババアはそれどころではなく「信じられない」というより「そこまでするか？」という顔をしている。それに比べ、五人の使者は必要なことは伝えたのでもう用はないとあっさりと立ち去る。

クソババアは杖を拾うこともなく、ただ呆然と彼らの背中を見送っている。使者とすれ違うように武装した多数のエルフ達がやって来ると、その内の一人がニヤニヤと笑いながら声をかける。

「さて、制約の儀を執り行いますのでご同行をお願いします。キリシア女史」

「……ああ、良いだろう」

同行を請われてもしばし固まっていたクソババアがようやく絞り出すようにそう答えた。ゆっくりと杖を拾い立ち上がるが、その顔は伏せられたままだった。武装したエルフに囲まれたババアが歩き出す。

俺はその姿を黙って見ていた。何故ならば、俺の耳にははっきりとその口から笑い声が聞こえた。最高のタイミングがきっともうすぐそこである。

「杖は預からせてもらおうか。それがなければ制御できないのは知っている」

代表と思われる一人がそう言ってクソババアの手から杖を奪い取ると、後ろの男に預ける。「そう言えば命令をする時はいつも持っていたな」と思い出し、エルフも魔法を使うために補助となる道具を使用するケースがあることを知る。恐らくは支配が大変難易度の高い魔法であるのが理由だろう。

(禁術と定められているようだし、多分あってるはずだ)

それから抵抗らしい抵抗を見せず、黙って連行されるクソババアを見送る俺には何もしないのかと思ったが、三人は残るようだ。その内の一人がアックスを持っていたが、匂いからただの鉄製というのは確定。そんな物で俺の首が落ちると本気で思っているのかね？

「よっし、じゃあそいつの首をさっさと落とすか」

はい、思ってた。大斧を持った男が袖をまくって構える。と言うか「魔法は使わないのか？」と疑問に思いながら棒立ちしていると、当然ながら高さが足りないので一時中断。真っ直ぐ立っていなくとも頭二つ分以上上にあるのだから、体重を乗せて振り下ろすなら相応の高さの台にでも乗らないと無理だろう。

男三人が俺に屈むよう命令してるが当然無視。首を薙ぎ払いはしたものの力が全く足りておらず、当然無駄に終わる。しばしの相談の結果「じゃあ、飛んでやってみるか」という結論が出たので実行に移すも、アックスを振り下ろした男が手を離して逆に怪我をする始末。

落とした斧が足を直撃し、膝を抱えて転げ回る。「手が痺れる」だの「刃がかすった」だの大騒ぎである。情けなさすぎて怒りすら湧いてこない。コメディアンに死刑を任せるとこうなるのか、とテレビを見る感覚で眺めていると、離れていくババア達の会話が聞こえてくる。

「制約の儀は政務所の儀式室で行われる。見届人はゼサトとフォルシュナの氏族から一名ずつだ」

「そうかい。それはよかったね」

クソババアはまるで全部諦めたかのような態度だが、恐らく切り札をまだ隠し持っている。憶測になるが、俺に命令するために必要な物は杖だけではなく、別の物でも可能なのだろう。でなければあっさりと杖を手放すはずもない。

ならば出番を待つことにしようと周りで騒ぐ三人を見る。コメディアンのトリオは俺を早く片付けたいらしいが、持ってきた斧ではどうにもならないとわかると魔法を使い始めるが……これもダメ。

（と言うか、この程度ならおっぱいさんの魔法の方が遥かに強力だったんだが……こいつらマジで何やってんだ？）

エルフにも強弱があるのはわかっていたが、何故ここまで酷いのが俺の始末に選ばれたのか疑問である。まさか「動かないなら誰がやっても同じだろう」と役に立たない連中にやらせたのだろうか？

彼らの言動を見るにその線が濃厚である。しかし芸人として見るならば優秀である。火の魔法を使っては自分が燃え、風の魔法で切り裂こうと言っては目に砂が入ったと転げ回る。土の魔法が得意な奴もいたようだが、何をすれば良いのかわからず途方に暮れていた。

仕方なく斧で俺の足を叩くと手の痺れから得物を落として自爆する。おかげで退屈せずに済んだ。

【来い、アルゴス。周りの兵士を殺して私の下に駆けつけろ】

クソババアの呼び出しが頭に響くまでの時間潰しには丁度良かった。適当にデコピンで三人をふっ飛ばして気絶させると、ババアが連行された方角に向かって走る。村を駆けるとエルフ達は何事かと騒いで道を開ける。逃げ出す者もいるが、気にする余裕は今はない。

しばらく走っていると言い争うような声を耳が拾う。その中にあのババアの声もあったので、位置的にあのでかい建物の中にいるのだろう。

「バカ共が！　命令に使う魔具を複製していないとでも思っていたのかい⁉」

ババアの叫びで位置は特定できた。出番はもうすぐなので少し急ぐ。聞き取れる話し声からも俺の出番はもう間近に迫っている。

「彼女を取り抑えなさい！」

「もう遅い！」

六号さんの声にババアの声が続く。急いだことでほんの少しだけ余裕を持てたので、ここはかっこよさ重視で登場させてもらう。俺は走る勢いをそのままに垂直に大きく飛ぶ。狙いは正確、速度も十分。その直後――。

「来い、アルゴス！」

ババアがそう叫ぶと同時に俺は建造物の屋根を破壊して登場。木片が舞う室内にドスンと大きな音を立てて着地する。位置もクソババアの前と完璧な位置取りである。机や棚が倒れていたりと中々に乱雑な状況から察するに、結構このババアも暴れたようだ。

「クソ！　動かぬモンスターの首を落とすこともできんのか、バカ共が！」

自分の腕の隙間から見えた俺を見て、命令が失敗したことを理解した男が吐き捨てるが、その姿を見てクソババアが心底楽しそうに笑っている。

「形勢逆転だねぇ、ゼサトの坊や」

嫌らしく笑うババアを見て思わず首に手が伸びそうになるがまだ我慢。今、物凄い勢いでシナリオが出来上がっているので、もう少しだけ時間を延ばしてくれると大変有り難い。両者の間に立つ俺は、腰を落として両手を広げて「先に行かせない」という構え。

それに対して六号さんは両手を胸の前で結んでおり、お偉いさんは拳を握りしめ、いつでも後ろに控える兵士を投入できるように身構えている。

「さて、さてさてさて——一体何処の誰がこの素晴らしい研究成果を認めないのか？」

ババアが両手を広げて悦に入るように自らを賛美する言葉を続ける。

「我々の歴史を振り返るに、困難は乗り越えるものである。そのためには知識が、そして力が必要だ。たとえ禁忌とされ、手にすることを危険視されようとも……それを乗り越えて見せてこそ探究者というもの。私こそが、本物の探究者だ」

今度は広げた手を戻し、大きな溜息を吐くと頭を振る。

「……だと言うのに何だ、お前達は？　人の研究の邪魔をしたばかりかその成果すら認めない。人間のように権力闘争に明け暮れるだけの阿呆。股を開いて爺共に取り入るしか能がない売女。こんな愚物が幅を利かせている」

「私はそのようなことを——」

「黙れ！　淫売《いんばい》のフォルシュナが！　貴様らはいつもそうだ！　男をたらし込むことにばかり精を出す。男を囲んでやりたい放題の一族が……ああ、良いことを思い付いたよ」

激高していたと思えば、スッと表情を変えたクソババアがニチャリと音を立てて笑った。俺の耳だと本当に聞こえてくるのだから気持ち悪い。「一体どんな碌でもないことを考えたのやら」と心の中で悪態をつくが、ここで全く予想していなかった命令が来た。

「アルゴス、その女を犯せ」

「え、いいんですか⁉」と思わず後ろを振り返りそうになった。この状況で罠を仕込んでくるとは、やはりこのババアは油断ならない。だが残念な――まさか帝国軍人である俺に「女性を犯せ」などというふざけた命令をするとは死にたいようだな？

「どうしたアルゴス？　その女を犯せ、お似合いの末路をくれてやれ！」

ババアが叫ぶが俺は動かない。そのつもりが一切ないのは勿論だが、別の理由もある。「もう良いかな」と思っていたところ、顎に手を当てて首を傾げたお偉いさんがズバッと一言。

「……そいつはメスではないのか？」

「いえ、男です」と言いたいが、声を出しても「がおがお」なので黙っていると、六号さんまで「あ、生殖器が……」なんて言い出す始末。あなたみたいな色っぽい人に見られながら「生殖器」なんて単語使われたら、お出かけ中の相棒が帰って来るかもしれないので止めて――いや、止めないでください。

そんなことより、ババアのミスを指摘してやったとお偉いさんがくっくっと笑う。

「くははははっ……生物の、雄雌の区別も、付けられなくて何が賢者か！」

天井に大穴の開いた部屋に彼の笑い声が響く。どうやら本気で笑っているらしく腹を抱えている。

「こいつらを殺せ！　アルゴス！」

怒り心頭に発したクソババアがその命令を発した直後、俺の腕がゆっくりと動きはじめると、まだ笑い顔のお偉いさんが迎え撃つかのように構えて兵士達が前に出る。そして床に叩きつけられるクソババア。

何が起こったのか理解できず、顔面を俺の左手で床に押し付けられながら「え、は？」と言葉にならない言葉を口から発している。

「なぁにをしている！　あいつらだ！　この手をさっさとどぉけろ！」

それを無視して俺は空いている手で落ちている羽根ペンを拾い、中身をぶちまけているインクを付けて喚くババアからよく見える位置にこう書いてやる。

『お前はもう用済みだ』

意味がわからないのか、クソババアは放心したかのように黙ってその文字を見ている。もしかしたら俺が文字を書いたことを驚いているのかもしれないな。仕方がないので付け加えてもっとわかりやすくしてやろう。

『言語、魔法の学習は完了した。お前が自分の魔法が成功したと疑わなかったおかげだ。感謝する』

つまり「お前の魔法は効かなかったけど、都合が良いからかかったフリをして魔法の勉強させてもらうね。もう覚えることも覚えたし、君用済みだから死んでいいよ。あ、一応礼を言っておいてあげる。君がマヌケで本当によかったよ、ありがとう」と言うことだ。

禁忌を復活させ、強大なモンスターである俺を支配し、里の危機を未然に防いだと思っていたようだが……それが一転して「手に負えないモンスターに利用され、知識を与えてさらに厄介なものにした」のだから、ババアの主張を完全否定したどころか真逆の結果に終わっている。

「ちが、う……私の、魔法は完璧で……」

「なら、何故そいつはお前の命令を聞いていない？」

セリフをお偉いさんに取られたが、書く手間が省けたので良しとしよう。しかも完璧と思っていた支配の魔法が不完全だったと思わせることにも成功したようだ。クソババアのプライドは木っ端微塵に砕け散り、その上エルフの天敵である「悪夢」よりも更に強力なモンスターを誕生させたとあらば、その実績は未来永劫語り継がれてくれるだろう。

そしてそれを即座に理解できるくらいには頭が良かったのも、俺にとっては好都合。まさに「神がかっている」と言って良い。「勝った」と思ったところから一気にここまで落とされた気分はどうだ？

そう聞いてやりたいところではあるが、それをやると逆効果になる恐れがある。このババアにはこのまま絶望して死んでもらうのがベスト。

（後は俺がエルフの脅威となることで……って、ダメだ！　それをやると川に誰も来なくなる！）

当初の目的を危うく忘れるところだった。再びあの光景を堪能――ではなく、エルフ監視任務の再開を目的として活動していたのに、これでは逆の結果になってしまう。

(考えろ！　俺はどうすれば良い⁉　ババアを生かす？　嫌だ。こいつは絶対殺す！　ならどうする？　最大限の制裁をするなら……するなら？　あ、別に死んだ後のことなら関係ないな)

このババアに絶望と不名誉の死を与えてしまえば制裁は完了する。その後、エルフが俺が脅威と思わなくなったところで、ババアが讃えられるわけでもなし、殺った後で敵対せずに帰れば問題はないのではないか？

かなり希望的観測が含むが、向こうには自然調和委員会がいる。言葉が通じる以上、俺が積極的に敵対する意思を見せないのであれば、元に戻る可能性は十分ある。なので、俺は最後にクソババアへこれを贈る。

『では、我を使役した対価を払ってもらおうか』

交渉など成立しない事実上の死刑宣告である。

「お前は、私を、利用して……」

そこまで言ったところでババアの首をグルリと回す。下手に苦痛を与えて甚振るようなことをすれば警戒度や脅威度が上がってしまう。最終目標はそこではないのだ。こんなババア如きのために、俺のモンスターライフを邪魔されてたまるかという話である。

(正しく気分爽快！　この瞬間のために我慢した甲斐があったと言うものだ！)

「何という清々しさだろうか」と大きく体を伸ばして大声を出したい気分である。だが、やるべきことがまだ残っている。クソババアが死んで支配の魔法の影響がなくなった所為か、耳に入る周囲の声が完璧には理解できなくなっている。このことから仕組みが少しわかったが、あのババアと何らかの繋がりがあったと言うのはやはり気分が悪い。

（考えてみれば意思の疎通ができなければ命令もできない。当然の事なんだろうが、嫌なものは嫌なんだよなぁ……）

どのような効果だったかは確信は持てないが、結果を見るならば「言語の理解」または共通化と言ったところだろう。それがなくなったことで俺が学習した範囲でのみの理解となったため、このように会話の内容は理解できるが自信はない、と言う結果となっている。

俺はそのように結論を出し、少し難しくなったエルフ語の翻訳をしながら周囲を見る。囲んでも無駄とわかっているのか、兵士を前面に出して自分を守らせるお偉いさん。それとは対照的に自身が前に出て兵士を下がらせている六号さん。

恐らく彼女は意思疎通が可能なことから戦闘を回避できると踏んでいる。しかしお偉いさんは俺を殺すよう命令していたことをうっかり話してしまっている。俺がクソババアを殺した際に書いた文言から、自分は攻撃対象となり得ることを理解しているようだ。

「あなたに聞きたいことがあります」

口火を切ったのは前に出てきた六号さん。彼女が最初に口を開くのは予想通りだ。

「何故、キリシアを――彼女を殺しましたか？」

六号さんは首が一回転した愉快なオブジェクトを指差し俺に問う。俺としてはもっと踏み込んだ質問をすると思ったのだが、思った以上に彼女は命のやり取りがお嫌いのようだ。なので納得がいくであろう答えを提示する。俺はキョロキョロと書ける物を探し、散乱した書類の裏にインクを付けた羽根ペンを走らせる。

『研究対象。実験動物。生命危機。殺害理由アリ当然』

ちょっと文法に自信が持てずカタコトになったが、意味は通じているはずだ。俺の書いた文を見て六号さんが難しい顔をする。

（……通じてるよな？　心配になってくるからその顔を止めて？）

俺がポーカーフェイスで六号さんの出方を窺っていると、お偉いさんが口を挟む。

「なるほど……生命の危機を感じさせるほどの扱いだったが故に殺害か。ならば何故今なのだ？支配が効いていないのであれば、お前は何時でもキリシア女史を殺せたはずだ」

おっと、これは確かに疑問に思うことだ。なのでここは本当の事も話してやろう。

『支配効果抵抗、時間必要。抵抗可能以前、生命危機アリ』

ちなみに生命の危機というのは生肉を食わされたことだ。幾ら俺でも生食ができない肉を食わされれば命に関わる可能性が十分ある。なので嘘は言っていない。

「そうか、彼女が復活させた支配の魔法は、失敗したのではなく未完成だったか……」

流石に魔法に関することを多少勉強できたがそこまではわからない。なので何も言わないでおく。

「彼女の命を奪った理由は理解しました。では、もう一つ聞かせてください。あなたは何故このようなことをしたのですか？」

この質問は少々考えさせられる。

「このようなこと」というのが「クソババアを騙したこと」なのか「学習をすること」なのか、そ

れとも「わざわざクソババアを追い詰めたこと」を言っているのか判断がつかない。

もしかしたら六号さんの質問を完璧に理解できていなかっただけなのかもしれないが、中々面倒な聞き方をしてくる人である。薄々感じていたが、やはりただのおっぱいが大きい優しい女性ではないようだ。

『質問意図不明』

正直に「質問の意味がわかりません」と書いたが、恐らく「わからないフリをしている」と思われている。お偉いさんが思いっきり舌打ちしてたことからもこの憶測は恐らく正しい。人間だったら聞こえなかっただろうが、俺の耳には丸聞こえである。

「あなたはどうして我々の言語を、魔法を学ぼうとしたの?」

六号さんが質問を絞る。これはまた悩まされることを聞いてくる。用意できる回答の中で最も彼女の好感度を稼げるものは「エルフへの理解」なのだろうが、下手をすればこれは一般のエルフからは脅威と見做される。

かと言って「脅威への対抗」などと魔法の部分を前面に押し出せば、弱みを晒すことになる上、エルフとの敵対の可能性が高い。

(考える時間もない……ここはアレでお茶を濁すか)

なので俺が書いた答えは「暇つぶし」である。実はこれ、結構真面目な答えである。そもそもの話、俺は川での監視任務の再開が目的でエルフの集落にまで出張っている。その最中にクソババアから支配の魔法を受けたが、当初の目的に変更はなく、言語の学習は丁度良い機会だったから、というだけの理由だ。

そして、俺が監視任務を希望する理由は「退屈しのぎ」という部分が結構な割合を占めている。なので、ある意味では正直に答えている。だが俺の回答に二人は難しい顔をする。

（……俺が書いたの「暇つぶし」で間違ってないよな？）

ちょっと心配になってきた。自信満々に「お前はもう用済みだ」とか言ってババアを殺したけど、これで言語学習が不十分だと知られたらかっこ悪いと言うレベルではない。しかし二人は黙っておりその可能性が否定できない。沈黙に耐えきれなくなった俺は恥ずかしさのあまり、この場から逃げ出すように立ち去ろうとする。

「待ってください！」

やはりと言うか六号さんは追ってくる。お偉いさんは身の危険を考えて俺を放置することにしたようだ。戦っても勝てないのがわかっているから、攻撃してこないのであれば干渉する気はないということだろう。

けれども俺の理屈を適用するならば、自分は害されることがないと判断してか六号さんはグイグイ来る。流石は自然調和委員会。時が過ぎてもモンスター相手にここまでできるのだから筋金入りの変人集団である。

彼女が特別という可能性もあるが、果物を貰った手前突き放すのも気が引ける。精神衛生上先程の答えはなかったものとして、もう一度六号さんの相手をしよう。村をドスドスと歩く俺の後ろを走って追いかける六号さん――絶対胸が素敵に揺れているだろう。

（まだだ！　まだ振り向くな！　もう少し距離を空けてからにするんだ！　そうすればその姿を少しでも長く拝むことができる！）

そして十分距離が空いたところで俺は振り向いた。同時に跳躍する六号さん。開いた距離があっという間に縮まり、彼女が目の前にふわっと着地すると俺を見上げた。六号さんがしょんぼりする俺に語りかけるが、話の内容が頭に入ってこない。

（……着地するなら揺れるところが見たかったな。いや、まあ川ではいっぱい見たけどさ。望遠能力なしの間近。生で見たいのよ、生で）

大したこだわりでもないが、シチュエーションを変えたりして楽しみたいと思うくらいの情熱は持っているのだ。取り敢えず「騒がしい周囲を大人しくするために協力してもらう」という名目で六号さんを掴まえて肩に乗せる。

勿論指がそのたわわな果実に当たるように調整しつつ丁寧に乗せさせていただきました。六号さんが何か言っているが、今は目的地に着くことを優先。一応急いで済ませておきたい用事なので、少しの間我慢してもらう。

要人が俺の肩の上にいることで集落のエルフ達は危険がないと判断したのか、騒ぎはするがパニックには陥っていないようだ。そして目的地に到着。俺の顔にしがみついてくれていたので、丁寧に地面に降ろす。

「ここで、何をする気ですか？」

やって来たのはクソババアの家――俺から削り取った体の一部や採取した血液を調べた研究施設

でもある。なのでそれらは完璧に破棄させてもらう。その旨を伝えて、この家を燃やす手伝いを要求するも六号さんは難色を示す。集落とは言え森の中。火を使うことに抵抗があるようだ。

なので仕方なく倉庫にある物の中で発熱する魔法道具を片っ端から持ってくる。俺の本気度を察した六号さんが止めようとするが、どうやら持ってきた物の中に危険物があるらしい。なので「火を付けてくれないならここにある物全部使ってこの家燃やすよ？」とやんわりと脅迫。

渋々放火の手伝いをさせられた六号さんが悲しそうにしていたので、こちらのもう一つの都合を押し付ける。

「我、訪問理由ナシ」

これで俺がここに来る理由はなくなった、と地面に書くと、それを読み取った六号さんが天を仰ぐ。

「あなたの目的は何ですか？」

その質問には既に答えているはずなので、俺は黙ってクソババアの家が燃える様を見続ける。

「あなたは、我々をどうするつもりですか？」

流石に「覗き続けます」とは言えないので黙っている。

「……あなたは、エルフに何を望みますか？」

（んー、おっぱい？　いや、尻や太ももも必要だ。まとめると裸？　やっべ、俺最低だな。でもエルフって美人な上スタイルもいいから見てて飽きないのよねー）

当然これも言えないし、言っても「がおがお」になってしまう。特に何も思いつかなかったので「また果物でも頂戴」と書いてみたところ、六号さんはしばらくその文字を見続けた後静かに笑い始めた。少々字が汚すぎたかもしれない。

立ち上る煙に集落のエルフ達が駆けつける。一匹のモンスターと一人のエルフが燃える家を隣り合って眺めている――この光景を集まったエルフ達はどのように捉えただろうか？

それがわかるにはまだ時間が必要だろう。

とある警備兵の泣き言

自分で言うのも何だが、弓に関してはそこそこ自信がある。いや「あった」と言うべきか？

同期の中では確実に頭一つ抜けていた事は紛れもない事実だが、全体で見るならば「まあ、優秀だな」と言われる程度だった。そんなこともあってか、俺は戦士としての道を諦め警備兵となった。

安定した職ではあるし、モンスターに襲われている女性を助けてそこから親密な関係になったりすることもあるだろう。五年警備を務めて一度もそのようなことは起こらなかったのは、不運ではなく襲われる女性がいなかった幸運を喜ぶべきである。

俺の名はスピンクス・ガーデル――二十六歳の若き警備兵であり、絶賛恋人募集中の何処にでもいる独身男性。趣味は読書とガーデニング。つまり無趣味だ。これがせめて「弓の練習」とかであればもう少し注目を集めていたかもしれないが、残念ながら才能のある奴というのを見た後ではそんな気には到底なれない。

さて、警備兵をやっていれば当然モンスターとの戦闘もある。とは言っても、それを「戦闘」と呼べるかどうかは怪しい。魔法を使って脅すだけで、連中は勝手に逃げていくのだ。警備隊に入って初めての仕事でそれを見せられて拍子抜けした。実情を知っている者からすれば、警備隊というのは大変楽な職業らしい。

そうとは知らず入ってラッキーかと思いきや、そう言った事情もあってか女性と縁があまりないそうだ。軽くショックを受けた。おまけに同じ警備隊の女性は皆お相手がいるというではないか。出会いを求めるも成果を得られず時間だけが過ぎていった。そしてあいつが現れた。

そう「森林の悪夢」だ。死んだと聞いていたのに生きているとか酷い話である。「悪夢」がいなくなったからこそ、俺は警備隊に入ったのだ。それなのにこの仕打は酷すぎる。おまけに緊急事態と言うことで「除隊は認められない」との旨を隊員全員を集めて発表。ヤバい、逃げ道がなくなった。

だが、我々エルフにはまだ最強の守護神がいる……え、まだ傷が癒えてなくて戦えない？

待って、いやホントに待って、お願いだから。あの「悪夢」が里に来たら俺も戦わなきゃいけないんだよね？

確か魔法が全く効果がないんだよな？

で、矢が凄く刺さりにくい。俺いる意味あるの？

あ、時間稼ぎですか、そうですか。絶望した。恋人もできないまま死んでいくのかと思ったが、どうやら巫女を作るらしい。記憶が確かなら感知不能な「悪夢」に対抗すべく、視覚を封じることで聴覚を鋭くし、その位置を把握するための訓練を受けた者のはずだ。別に女である必要なくね？

そう思ったのだが、戦うのは大体男だから女の方が都合が良いらしい。俺は「ごもっとも」と大いに納得した。問題は、選ばれた巫女がアーシルーだったことだ。俺と同じ「ガーデル」の氏族の女で胸がめちゃくちゃデカイ。これは周囲の男が張り切るであろう人選である。

しかし「毒にも薬にもならない」と評判の凡骨しか生まれないガーデルから巫女が出てくるとは……何が起こるかわからないものだ。もしかしたらうちの氏族の発言力が少しは強まるかもしれないな。え、そういう意図はなくて、痴情のもつれ？

あー、ゼサトの……うっわ、もしかしてうちの氏族災難？

勘弁してよ……ただでさえ空気と思われがちなうちの氏族がゼサトみたいなとこに目をつけられたらヤバいだろ。そう思っていたら同じ氏族という理由で「悪夢」討伐に参加させられることになった。俺、兵士じゃなくて警備隊なんですけど？

あ、弓の腕前を買ってくれるんですか、そうですか。でも俺くらいならそこそこいますよね？

ああ、そこそこいるから警備隊の俺なんですか、わかりました。「わかるかボケェ！」と怒鳴り散らしたいが、相手が悪い。どうやらこの討伐の編成は「死んでも構わない」中から選ばれたようだ。流石ガーデル、扱いが酷いぜ。

こうなると生存は絶望的と思われたが、話を聞くとどうやら「悪夢」は腹が膨れると生き残りを殺さずに何処かへ行ってしまうこともあるそうだ。おい「食われる」って何だ？

エルフを好んで食う？

どこ情報だよ、それ……あ、確定情報なんですね、疑ってすみませんでした。俺食われるの？

殺されるだけのケースもある？

ああ、抵抗が激しいと殺されるだけだったりするわけですね。だから死ぬ気で抵抗しろ、と……ははは、俺まだ二十六なんですけど？

普通こういう役って若いの外しません？

無理ですか、そうですか。ゼサトの……ああ、あの陰湿な女がアーシルーを的にしてるわけですか。それだと俺もろにとばっちりじゃありません？

結局何を言っても無駄に終わり、氏族からは「逃げたら地の果てまで追いかけても殺す」と脅され、心休まる時はなく、討伐当日を迎えた。前日に氏族の長が訪ねてきたかと思えば、俺を監視するそうだ。そこまで信用ないのか、と肩を落としたが「お前なら逃げかねん」と止めを刺された。泣くぞ？

しかも討伐に出発する間際まで俺を監視してやがった。クソジジイは「我が氏族から巫女が選ばれるとは」とゼサトの陰湿女に媚を売っていた。我が氏族事ながら泣きたくなる。まさかそうでもしないと危ういほど今のガーデルは状況が悪いのか？

流石に普段無関心の俺でもこれがおかしいことくらいわかる。俺は長の心中を察することができなかったことを心の中で詫びた。ところが討伐に出発する直前に自分の孫の命惜しさに俺を差し出していたことがわかった。よし、戻ったら覚えてろよ。

そうは言っても戻れるかどうかは運次第。討伐部隊の数名を除き、本気で「悪夢」を倒すつもりでいるようだが、事前情報を見る限りここにいる全員でかかっても勝てる気がしない。半ば諦めた俺はアーシルーの歩く度に揺れる豊かな胸を横目で凝視しながら進む。

川を越え、森に入ってからしばらくして巫女の耳が怪しい音を捉えたようなのだが、どうやらそれは「悪夢」ではないらしく、部隊長が本命を見つけろと怒っている。正直なところ「見つかりませんでした」ということにして帰りたい。ただひたすら「見つかりませんように」と願いながら進んでいたら――目の前で一人消えた。

「悪夢」の襲来を巫女は直前で察知したが、それではあまりにも遅すぎた。一人、また一人と食われ、殺され、部隊の数が減っていく。

（ああ、俺もここまでか）

そう諦めかけたその時、アーシルーを捕まえた「悪夢」に何かが飛びかかった。見たことのないモンスター――灰色の肌でオーガ並の体躯を持つそいつは「悪夢」を地面に引きずり下ろすと攻撃を始める。

運の良いことに「悪夢」の足の範囲から逃れることができた俺はその光景をじっと見ていた。俺達エルフが為す術もなく食い散らかされた「悪夢」をそいつは食らっていた。そいつの腕にしがみついていたアーシルーは、意外なことに引き剥がされた後丁寧に地面に置かれる。

どうやらエルフは眼中にないらしく、あいつは「悪夢」を食うことに夢中になっている。俺はアーシルーをこちらへと誘導するが、突然彼女は目隠しを外し「悪夢」が捕食されている様を見ると後ろに倒れた。思わず「何やってんだ!?」という大声を出してしまったが、幸いあいつは食べることを優先していたのでその場から立ち去ることができた。

巫女をおぶって逃げる役目を引き受けることができたのは一生の思い出になるだろう。それ以上にあの「悪夢」から逃げ切ったことは、一生分の運を使い果たしたと言っても良い出来事だ。俺は「悪夢」が食われたという情報を里に持ち帰った。

そしたら監禁された。生き残った七名全員から事情聴取を行うためそういう措置になったらしいが本当だろうか？

結論から言えば、俺達が解放されたのはそれから二日後。「悪夢」の死亡が確認され、里では大騒ぎとなっていたが、新モンスターについての話題は一切なかった。ゼサトの意向で情報が制限されたらしい。「俺としては生き残れただけでも満足だ」と殴り倒された氏族の長を足蹴に格好をつける。

だが、それからしばらくして急遽北側の里へと向かうことになった。一体どういうことかと思ったのだが、里の周辺に大きな足跡が確認されたそうだ。俺はすぐさまあの新種のモンスター絡みだと理解した。なのでどうにかして他の生き残りになすりつけることができないかと思ったが、既に全員が満場一致で俺になすりつけていた。覚えてろよ。

そして、目的地へと辿り着いて事情を聞いていると、妙に里が騒がしい。それもそのはず、魔法キチと名高いあの魔女が話題のモンスターを引き連れて里へと入ってきた。思わず「あいつだ」と呟いてしまったが、それで確認が取れたことで俺は一先ず解放された。その後、ゼサトの長の長男と魔女の間で非常にまずい空気が流れたが、フォルシュナのお嬢さんが間を持ったことでどうにかなった。

翌日――俺としては帰りたかったのだが、向こう側にも都合があるらしく一泊せざるを得なかった。朝の訓練の代わりに里の周囲を軽く走る。すると、魔女の家は噂通り里の外れにあったようで、あのモンスターの姿が見えた。ただじっと棒立ちしているあいつの近くに何気なく近づく。

危ないとは思うが、本当に支配の魔法が使われたのであれば「近づく者を殺せ」とか命令されてない限り大丈夫なはずだ。俺はそいつの近くに行くとポツリポツリと「悪夢」を討伐する破目になった経緯を話す。完全にただの独り言だが、こいつのおかげで生き残れたことには感謝くらいしても良いだろう。

それに、同じ氏族ってこともあるんだが、あのご立派な胸を見ることができなくなるのは悲しい。こいつに言っても仕方のないことかもしれないが、あいつを助けてくれて感謝している。気が付けば感謝の言葉を口にしていた。

（はは、モンスターに「ありがとう」とか何言ってるんだろうな、俺も……）

って今頷いたような……いや、気の所為だ。魔法はちゃんと効いていて、こいつは動かなかった。うん、俺の勘違い、気の所為。さあ、用件はこれで終わりだから里に戻るとしよう。それはもう急いで戻ろう、今すぐ戻ろう。手を離せ！

俺は里の警備隊として留守にするわけにはいかないんだ！

とある傭兵の後始末

日が沈み、夜が訪れてもレコールの町はまだ賑わっている。傭兵の多いこの町では、酒場や娼館にとってこれからが稼ぎ時である。その喧騒とは打って変わって傭兵ギルドの応接室は静まり返っていた。

足を組んでソファーに座り、窓から町の明かりを見ていると、面倒事を全て投げ出してあの中に入りたいとすら思ってしまう。

「どうしても、か？」

「ああ、そうする以外道はないだろう」

傭兵ギルドのギルドマスターであるアーンゲイルの問いかけに俺は即答する。何度も話し合った。何日も考えた。だが、これ以上の手は今の俺達にはなかった。

「傭兵団『暁の戦場』は解散だ」

俺の言葉に再びアーンゲイルが黙り込む。責任がないとは言えない。しかしどうしようもなかったことくらいは理解している。傭兵ギルドと言う組織が長年抱え続けている問題を、ただの個人が解決できるはずもない。ましてやその背景に国が関わっていると言うのであれば尚更である。

むしろ、今回の件に関してはよくやっていると言うべきである。そうでなければ始末する目的で受けさせられた高額な依頼の報酬が、全額しっかりと出てくるはずもなく、追加の依頼もないと言うのだからアーンゲイルには感謝すらしている。貴族と言うのはそれほどまでに厄介なものなのだ。

「団員の半数は武器、防具が使用不能。七割が負傷。団がこんな状態で一発逆転の大物狙いの依頼を受けて無事成功。そしてその報酬を使い見事傭兵団は復活を遂げた——そんなお伽噺があるものか」

「一体何があったんだ？　討伐証明として持ち帰ったジャイアントヴァイパーの頭部から、尋常ならざることがあったのはわかる。それはどうしても口を噤まなければならないほどのことなのか？」

「言ったところで誰も信じないだろう。それにこの情報が原因でお前が死んだら夢見が悪いしな」

今思い出しても信じ難いというレベルの話ではない。一体誰があんな馬鹿げた話を信じるというのか？

「次が来る前に逃げ切らないと、俺達の命が危うい。だから運良く討伐依頼は完了したが、再起不能となって解散する以外選択肢はない。ケチをつけられる前に報酬を配ったおかげで、団員全員どうにかできるだろうさ。感謝しているよ、ギルドマスター」

「よせ、俺はお前達を死地に送り込むことを止めることができなかった無能だ」

俺は「それでも」と頭を下げる。実際、アーンゲイルでなければ俺達は別の形で終わっていたのは間違いない。

「それよりも……傭兵団を解散したからと言って、俺が見逃されるとは思えないんだが？」

「ああ、その通りだ。上はお前だけは逃がすつもりはないようだ。『貴族の面子に関わる』んだそうだ」

ソファーにもたれ天井を見上げると、その言葉に「つまらねぇ死に方だな」とぼやいてしまう。

戦場で死ぬ覚悟はあったが、この結末には幾ら俺でも文句を言いたくなる。

「お前に与えられるのは新種討伐での囮《おとり》役だ」

「……つくづくあいつと縁があるな」

俺のうんざりとした様子にアーンゲイルがすまなさそうな顔をする。どうやら俺一人が生贄になれば済む話のようなので、この条件ならばむしろ「まだマシ」と言える。

(それにあの姉ちゃんのように上手くはいかないだろうが、やりようはあるはずだ)

僅かではあるが希望はある。ある意味絶望的ではあるが、あいつを相手に生き延びるには何をすべきかはある程度予想がついている。

(後は交渉の材料だが……魔法薬で大丈夫だろうか?)

問題はそれをどうやって伝えるかなのだが、今から絵を描く練習を始めるにしても誰かに教わった方が良いだろう。独学の限界は嫌というほど身に沁みている。そんな風に考えているとアーンゲイルがテーブルに身を乗り出し真剣な表情で俺に訊ねる。

「何か策でもあるのか？」

「策と言うほどのものじゃねぇよ。ただ生き残るために何ができるかを考えていただけだ」

「アレを相手にか？」

恐らくアーンゲイルは気づいている。真っ当な勝負では勝ち目がないことを――たとえ軍が本気を出してあの新種のモンスターを討伐しようとしても、それが叶わぬことだと俺の反応から察している。

そこから相手の強さを想像し、俺が戦って生き残ることができないと判断している。それは正しい。アレは人間が戦ってどうこうできる相手ではない。

「オーランド、正直な意見を聞きたい。あの新種の強さをどう見る？」

「天災級。竜と同じ扱いでいい」

俺は即答してやった。これで確証を持つには十分だろう。

「無理か」

「恐らくな。この国に竜と戦える英雄がいるなんて話聞いたことがない。それこそ、帝国が存在していた時代に起きた大戦の英雄でもない限り、あいつと戦うのは無謀だろうな」

俺の予想を聞いたことでアーンゲイルが考え込む。僅かにその口からは「二百年前。エルフならばあるいは？」と思考が僅かに漏れている。

「ま、死なせたくないのがいるなら、あいつには近づけさせるな。奴の異常性は強さだけじゃない。その知能の高さも脅威となるレベルだ」

「そう言えば……あの戦いの死者の少なさをお前はこう言っていたな。『遊ばれた』と」

アーンゲイルの言葉に俺は頷く。その答えは今も変わっていない。あの日見たあいつの異常性を考えれば「人間を玩具として見ている」というディエラの推測も間違いとは思えない。そこに付け入る隙があればまだ良かったのだが、それができるほど人間は強くはない。

「人間との戦闘能力の差を理解した上で弄ぶ、か……脅威以外の何ものでもないな」

考え込んだアーンゲイルを見て同意する。俺も初めはそうだった。

(だが、奴は火を使い文明的な生活をする。いや、それさえも奴にとっては「遊び」だった可能性がある。この情報は決めた通りに秘匿するべきだ)

そもそもこんな話を一体誰が信じるというのか？

どれだけ熱弁したところで「頭のおかしい奴」と思われるのがオチである。最悪な場合「自分達の手に負えなかったから、その箔付けにデタラメを言っている」などという噂が立ちかねない。

そうなれば傭兵稼業はやっていけない。傭兵団は解散するが、傭兵として生きることを辞められない奴がほとんどなのだから、こう言った悪い噂というのは立たせるべきではない。

「ああ、言い忘れていた」

考え込んでいたアーンゲイルが不意に顔を上げる。

「あの新種の名前が決まった。『アルゴス』……だそうだ。例の貴族が張り切って名付けていたよ」

それを聞いて乾いた笑いが口から出る。「お気楽なことだ」と言うと二人で笑った。それから酒を持ってきてくれたアーンゲイルとしばらく他愛ないことを話していた。「何処の酒が美味い」だの「何処の店の女が良い」だの……本当にどうでもいいことを話し続けた。

だが夜も更け、話すことがなくなってくると時間が来たのだとわかってしまう。アーンゲイルが立ち上がる。それに続き俺も立ち上がると、持ってきた書類を小さな鞄から取り出し姿勢を正す。

「『暁の戦場』団長オーランド。傭兵団解散の申請を致します。書類は既に用意しておりますのでこちらをご覧ください」

かしこまった口調でそう言うと、一枚の紙を両手で持ってギルドマスターへと渡す。

「傭兵ギルド『レコール支部』ギルドマスターアーンゲイル。『暁の戦場』の解散を受理する」

しばし真面目な空気のままお互いそのままの姿勢で固まっていたが、どちらからともなく吹き出した。いや、正直に言おう——俺からだ。やはり長年傭兵なんかをやっていると、こういう形式張ったことが苦手になる。

「それにしても、こんなことを律儀にやる必要はないいんだが？」

アーンゲイルが腹を抱えて笑いながらこちらを見る。

「うるせー、ケジメだ。ケジメ」

「ああ、そうだった。騎士になりたくて、傭兵になったんだよなぁ……お前」

その言葉に俺は舌打ちをする。

「十八年か……長いようで、あっという間に過ぎちまったな」

「ああ、あの口の利き方も知らないガキがここまできた。よくやったよ、今じゃ誰もがお前を認めている」

そうでない奴もいるけどな、と俺は返す。照れくさかったのもあるがそれも事実だ。

「後は、治療院でふてくされてるおてんば娘をどうやって説得するか、だな……」

「……言ってないのか？」

アーンゲイルの言葉に「おう」と短く答える。

「よりにもよって一番説得が厄介な奴が残ってんだよ。何か良い方法はないか？」

俺はそう言ってアドバイスを求めたが、アーンゲイルは首を横に振った。

とある冒険者の引き際

セイゼリアに戻ることができた私は一先ず世話になった知り合いのところに挨拶へ向かう。まだ敵国ではないとは言え、関係が決して良くないセイゼリアとカナンを魔術師が行き来するというのは難しい。次がないことを祈るばかりだが、万一を考えるといざという時のために繋ぎはあるに越したことはない。

さて、懐具合は幾らかマシになったとは言え、今後を考えるのであればあまりに少ない。なのでここは一つ稼いでおきたいところである。ハンター……ではなく、冒険者としての仕事である。

私が蛇退治に赴いている間に恐らく情報は伝わっていると思われるので、この情報はそれはもう非常に高く売ることができると言う確信がある。何でも冒険者の仕事の中には「未知のモンスターの情報を集める」ことも含まれているそうだ。

ハンター時代であれば、モンスターの情報など同業者同士で金を払うなり交換するなりして、基本的に仲間内で効率の良い狩りを秘匿していたものだ。もっとも、そのおかげでモンスターの駆逐に時間がかかり、国が動いて改革に傾いたと言うのが冒険者ギルドができた理由だと何処かで聞いた覚えがある。

待たせている妹分の下にすぐに帰ってやりたいのは山々だが、その前に一仕事を終えて先立つものを手にしておかなければ、今後の選択肢があまりにも少なくなってしまう。女二人がハンターとして稼ぐには、今の情勢は決して良いとは言えない。ここらで別の道を行くことも考えるのも悪くはないだろう。

（内容はこんなもんでいいかね？）

挨拶を終えて冒険者ギルドに寄った私は書き終えた手紙を受付に渡す。内容は簡単に言うと「魔剣は取り戻したが、ちょっと王都で一仕事してから戻る」というものだ。

金を支払いレナ宛の手紙を送った私はついでに受けられる依頼がないかを確認するも、やはり一人とあってはそのような都合の良いものがあるはずもなく、馬車の乗車賃を護衛という立場で小銭に変えるのが精一杯だった。

こういう時に魔術師は便利である。蛇退治の金はまだ十分残っているが、折角冒険者ギルドの本部がある王都へ行くのだから土産は必要だ。持ち込む情報が如何ほどの金額になるかは不明だが、それがすぐに手に入るかはわからない以上節約はしておいた方が良い。

（できるなら服を幾つか新調したいんだよねぇ）

馬車に揺られながら王都での予定を考える。レナへの土産も何にするかしっかりと吟味する必要がある。何せ目的を達成したにもかかわらず、真っ直ぐに帰らずに寄り道をするのだ。生半可なものではご機嫌取りは難しい。

そうして考え込んでいると馬車の持ち主である中年の商人が声をかけてきた。候補を絞るにしても商売人の意見は参考になると思い、ここは愛想良くしておこう。

「しかしまさか『キノーシタ』の名を持つ貴方を護衛として雇うことができるとは……少し安すぎると思い疑ってしまいましたよ」

「ああ、ちょっと今は杖が予備の物でね。これで相場を頂くのは気が引けるのさ」

そう言って杖を見せると「そういうものですか」と男が頷く。私は「ディエラ・キノーシタ」という名前も持っているが、これは家名ではないので貴族ではない。あくまで「キノーシタ流」という魔術の流派を修めた証として贈られたものだ。

ただの農村の娘だった私は八歳の時に魔術の才能を見出され、師匠に引き取られその才能を見事に開花させた。そう言えば聞こえは良いのだが、当時の私は一刻も早くあの気持ち悪い師から逃げ出したくて必死だっただけである。

如何にも魔術師風の格好を好む初老の我が師「ブンロ・キノーシタ」は筋金入りの幼女趣味だった。単に村で見つけた私を気に入って「才能がある」と嘯《うそぶ》いて攫ったは良いものの、本当に才能があったというだけの話だ。

私が十一歳の時、ブンロが「予定と違う」と酒を飲んで頭を抱えての独り言を聞いたことでわかったことだ。そういう環境にいれば当然とも言うべきか、気づかない内に私は生娘ではなくなっていた。時期が不明な上、そのような記憶が全くなかったことは救いと言える。

まず間違いなく相手は師匠。寝ている間にやられてしまったのだろうが、発覚が遅れてしまった故に、回数を想像できなかったので師を見る目が一瞬で変わった。そんな気持ちの悪い男から早く逃げ出したい一心で魔術を学び、研鑽したことで十四歳となる頃にはブンロから学ぶことはほぼなくなっていた。

また既に成人女性の平均的な胸のサイズであった私は、師匠にとって欲情の対象ではなくなっていたらしく、私を追い出そうとする動きがあった。自分の努力は何だったのだろうかと今でも思う。

そうやってあっさりと師の下を離れ、キノーシタを名乗ることを許されたのだが、余程のことがない限りこの名を使うことはなかった。しかしここセイゼリアという魔法国家のお国柄故か、こうして名のある魔術師と言うのは案外顔が知られている。

それはさておき、師から逃げ出すことができた私を待っていたのは、モンスターの襲撃によって廃村となっていた故郷だった。その後のことは今更言うまでもなく、村人の生存が絶望的と知った時、私は復讐に駆られハンターとなっていた。

運良くソロで動くことの危険性を同業から叩き込まれることになり、私は既存のチームに雇われる形で活動を開始したのだが、思えばこの辺りの人生は自分でもどうかしていたと少しばかり後悔している。

何せ騙されて犯された回数が片手で足りるのが救いと言えるのだから、あの頃の私はモンスターを殺すことにばかり囚われていた。そんな時に出会ったのが、リゼルとレナという兄弟だった。

その後、彼らとよく組むジスタも加わり即席のチームとして何度も狩りを行った。結果から言えば彼らとの出会いは私を大きく変えた。苦難を何度も共にし、生死を潜り抜けたことで即席のチームではなくなっていた。

そしてハンターから奪った魔剣を持つオーガとの戦いを経て、私達は本当のチームになっていた。この時の私は二十歳――六年間復讐に走り、ただただモンスターを狩るだけの人生はようやく終りを迎えた。

もっとも、そんな時間も僅か三年足らずで終わりを迎えてしまったのだから、私はつくづく後悔の似合う女だと自嘲する。

（この世界には「あの時ああしていれば、こうしていればよかった」と思うことが多すぎる）

きっと誰しもそうなのだろうが、我が身のこと故尚更そう感じてしまうのだろう。商人との会話が終わった私は、やることがないのかこうして物思いに耽る時間が多くなる。おかげで余計なことばかり考えてしまう。

道中何事もなく十日の旅程を終え、王都に着いて商人の男と別れた私は真っ直ぐに冒険者ギルドの本部へと向かう。一応こちらにも用件は伝えていたのであっさりと私は応接室へと通された。

随分と長い間待たされた結果、ギルドマスターの他に明らかに身分のある人物が二人入ってくる。

「これは絶対面倒なことになるな」とテーブルのティーカップを手にして冷めたお茶を一口飲んだ。

「金貨で二百。それだけの価値はある情報だからこの額を提示しているのよ。吹っ掛けてなんていやしないって何度言わせる気だい？」

「ふざけるのも大概にしろ！　新種のモンスターの情報如きにそんな金が払えるか！」

予想通り取引は難航した。さっきからずっと同じようなやり取りを繰り返しており、見ての通りの平行線である。

「だからさ、買った情報をどうするかはそっちが好きにすれば良いんだから。元なんて簡単に取れるって言ってるだろ？　これ以上安くしたら、私があまりにも大損をするって言ってるんだ」

「何処の世界に、金貨二百枚もするモンスターの情報がある⁉　いい加減にしろ！」

どうやら冒険者ギルドの財布を握る人物は少々情報の把握が甘いようだ。

「この金額に不満があるのなら、カナン王国から買いますか？　どれだけ吹っ掛けられるか知りませんけど」

少数とは言え領軍を無傷で一方的に蹂躙するモンスターである。そんな化け物の活動範囲にセイゼリアが入っているとなれば、その対処のために情報は少しでも多く欲しいだろう。後手に回ればどれだけの被害が出るか？

それを考えれば金貨二百枚は決して高い金額ではないのだが、どうやら思った以上にあいつは過小評価されているようだ。

（ま、あいつの脅威は見た人間にしかわからんだろうし、仕方ないと言えば仕方ないんだけどねぇ）

正直に言うとこの怒鳴り続けるハゲ頭が気に入らない。明らかにこっちを見下している上に、こちらの胸を見る視線に遠慮が全くない。

「この服止めようかな」と思わなくもないが、流行というのは厄介だ。もしも「田舎者」と思われようものなら、同業や同性からの意味不明な格下扱いで面倒事に巻き込まれる。目の前でテーブルに唾を吐き散らかすハゲ頭を見ながら「どうしたもんか」と溜息を吐く。

「一つ確認したい。それだけの金額を提示する以上、相応の内容だというのは想像できる」

ここで黙っていたギルドマスターがようやく口を開いた。

「だが、その内容に我々が納得できなかった場合――君はどうする気だ？」

「するから問題ないよ。と言うより、間違いなく『信じられない』ような内容だからね。これを知っているか否かで生存率が全く違う」

私の言葉にギルドマスターが「ほう」と髭の生えた顎に手を当て小さく漏らした。

「つまり、君が売りたいという情報は『新種のモンスターから生き延びる手段』が含まれている、ということかね？」

「少し違うけど……まあ、殺されないために知っておくべきことだけ言っておくよ。少なくとも、あのモンスターがセイゼリアで活動しても、商人の死人は確実に減るだろうね。それに、あの新種の能力だけでも金貨二百枚に相当すると断言しとくよ」

「そこまで危険か……」

考え込むギルドマスターとは違い、ハゲ頭は反対の意見を変える気が全くないようだ。もう一人の貴族のような格好の若い男は未だに何も話さず黙っていたが、ギルドマスターの長考が気になるのかそちらをずっと見ている。

「では私が支払いましょう」

そして初めて口を開いたかと思えばこの発言である。金貨二百枚もの大金をポンと出せるということはやはり貴族で間違いないようだ。

(しかしそうなると面倒なんだよねぇ)

何処もそうだが貴族がかかわってくると厄介なことになるのは世の常というものだ。だが提示した金額を払うというのであれば、こちらも話をせざるを得ない。

「これから話すことは信じるも信じないも自由だよ。でも、それは間違いなく私が体験した話とそこから導き出した答え。どのように修正するのかはそっち次第だから、そこんところは責任が取れないよ」

前もって言うべきことは全て言った。だから話してやろう。あの常識外れの怪物の話を——。


「そんな話が信じられるか!」

私が語り終えた途端、案の定ハゲ頭が噛み付いてきた。だがその言葉には同意する。私自身、未だ完全に信じることができないでいるのだから当然だ。

「信じるも信じないも勝手だよ。ああ、そうだ。参考にしたいなら、私の魔法の威力を見せるよ。渾身の一撃を拳一つで潰されたんだ。もうプライドも何もこっちにはないよ」

私がお手上げのポーズを取るとギルドマスターが顎髭を何度も擦りながら内容を確認する。今更だが一体誰がこんな与太話を信じるのだろうか?

彼らが話を最後まで聞いたのは、私がそれなりに名の通った魔術師だからである。これが何処にでもいる一介の冒険者だったならば、話の途中で退出させられていたのは間違いない。私でもそうする。

「つまり、その新種は『並大抵の武器が一切通用せず、魔法にも凄まじい抵抗力を持ちながら、ジャイアントヴァイパーに巻き付かれても強引に解くほどの腕力を有しており、人間と交渉可能なレベルの知能まで持つ』と言うのか？」

「付け加えるなら、真っ暗な森に潜むその蛇を嗅覚……もしくは聴覚で探し出せる。後、人間の識別が可能だね。傭兵団の団長や私は覚えられていた。ああ、言い忘れてた。そいつ、冒険者の道具で火を付けて肉を焼くし、塩や胡椒で味も付けてたよ。何処からか鉄板を調達して、その上で肉を焼いて串に刺して食ってた。人間の道具を扱えるほどの知能もある、と付け加えておくよ。ああ、鍋でお湯を沸かして布で体を拭いたりもしていたね」

私がそう捲し立ててやると、金を出すと言った貴族が「ええ……」というあの光景を見た傭兵達の反応そのままだったので、思わず笑ってしまう。

「一体誰がそんな話を信じると言うのだ？　狂人の戯言にしか聞こえない」

「私もそう思うよ。でも、その光景を目の前で見せられたこっちのことも考えてくれると嬉しいね」

ギルドマスターの当然とも言える言葉には全面的に同意する。だが、それを見せつけられたこっちの苦悩も知っておいてほしいものだ。とは言え、説得できる言葉を持たないのも事実であり、私はソファーにもたれかかるように天井を仰ぐ。

「こんな話を信用すると言うのですか⁉」

「できるわけないだろう……」

「残念なことに、それ全部私が見てきたことなんだよねぇ」

ハゲ頭はまだ文句を垂れているが、金を出すのはそこの貴族である。どうやら「冒険者風情が」と罵《ののし》るタイプの人物のようだが、その前に私は魔術師でありハンターでもある。

「冒険者」という枠組みを作った関係者辺りだとは思うが、見た目では商人にしか見えない以上、何処か名のある商会の人間だろう。ギルドマスターも納得がいかない様子だが、これぱかりは仕方がないのでそんな目で見るのは止めてほしい。

「ふむ……では若き魔術師である君に聞こう。この新種をどう見る？」

しかし金を払うと決めた貴族は真偽はさておき意見を求める。

「実際に戦った傭兵はあの新種を『天災級。竜と同じ扱いで良い』と評価したけど……私はそこにこう付け加える。ブレスを吐かない飛べない小さな竜だ、とね。恐らくだけど、純粋な力比べでもあいつは竜に引けを取らないと思うよ。あいつの怖さは頑丈な体でも魔法に対する耐性でもない。あの異常な腕力だ」

私が話を始めたことでハゲ頭が黙るが、こちらを睨みつけるのは止めようとしない。この商人から恨みを買った覚えはないが、もしかしたら既にあいつの所為で損失が出ているのだろうか？

「想像してご覧よ。サイズはオーガと変わらないのにジャイアントヴァイパーを掴んで引き千切る——それだけの力があれば何ができる？」

私の問いかけに答える者はいない。一名を除いて想像できないのではなく、私の答えを聞きたいがっている。

「大きさというのは長所もあれば短所もある。体が大きくなればそれだけ目立つ。重くなればそれだけ動きも鈍くなる。ドラゴンにも比肩しうる力を持ったオーガサイズのモンスターが、身軽に動き回ることができるんだよ？　これがもしも人間の街に入った場合、どうなると思う？」

答えは恐らく私と同じ。おまけにそのサイズ故に発見が決して簡単ではないという歩く脅威――まさに天災だ。

「デカければ良いというわけじゃない。あれはモンスターとしてある種の最適解の姿なのかもしれないよ」

「そして君はそんな脅威を前にして三度も生存し、そこから身を守る術を導き出した」

貴族の言葉に私は考え込む素振りを見せる。

「身を守る」とは少し違う気もするからだが、確かに見方を変えればそう思えなくもない。

「『身を守る』というのは少し違う気もするけど……少なくとも、殺されない可能性は確実に上がるね」

「その方法は？」

「何もしないことさ」

お手上げのポーズを取って戯《おど》けるように言ってやる。

「あいつは基本的に攻撃をしない人間を相手にしない。最初に出会った時に、オーガの前で棒立ちしていた理由も、私が見逃された理由もそれで説明がつく。これはハンターとしての勘になるけど、稀にモンスターの中には『戦闘を楽しむ』奴がいる。恐らくだが、あいつもその類だよ。そうでなければ戦闘となった傭兵団が見逃されたことや、戦闘の際に死者が少なすぎることにも説明がつかない」

ここまでは良い。自分でも一応納得がいく程度のものだ。

（ただ一つ懸念があるとすれば、あいつが人間を玩具のように捉えているフシがあると言うこと。つまり、奴は積極的に人間に干渉する。流石にこれは言えないよねぇ）

積極的に人間に近づいてくる歩く災害——人はこれを何と呼ぶか？

そんなものを国が野放しにできるだろうか？

この部分を話さないのはただの憶測に過ぎないからである。決して、再びあのスケベモンスターの前に出る破目になるのが嫌だからと言うわけではない。

「簡単な話なんだよ。あいつは高い知能を持っている。それこそ人間と交渉が可能なくらいにね。だからあのモンスターに襲われると言うことは、あいつが欲する何かがあると言う可能性が高い。だから抵抗せずに差し出してしまえばいい。そうすれば命は助かるだろうね」

「ふざけるな！　カナンでは街道で襲われた商隊がいたんだぞ！　それを黙って見過ごす？　どれだけの損失が出ると思っている！　いいからさっさと討伐のための話をしろ！」

「人の話聞いてんのかね、このハゲは……」と溜息を吐く。

「だから言ってるだろう？　『ブレスを吐かない飛べない小さな竜』だって。火を吐けなくても竜は竜。飛べなくても、小さくても、竜は竜なんだよ。あれを倒したいならドラゴンスレイヤーでも連れてくるんだね」

「そんな者がいるわけないだろうが！」

このハゲ頭が言うように「ドラゴンスレイヤー」と言うのは物語の中の存在だ。遥か昔エルフの戦士が竜を倒したという話もあるにはあるが、定かではない上に当のエルフが「そんな話聞いたこともない」と否定するお伽噺である。

類似しているものに「ドラゴンバスター」の称号があるが、こちらは竜を退けた者や、その被害をドラゴンと戦い防いだ者に与えられるとされているが、実際は政治的な意図が絡む名ばかりのものである場合がほとんどだ。

「では、新種のモンスターを本気で倒す場合、貴方ならどうしますか？」

貴族の男性の言葉に腕を組み、その後足も組んで考える。必要なものは何か？

兵は要らない。あれと戦えるほどの強さを持つ者となれば――。

「……英雄クラスを五十人。装備や道具は金に糸目をつけない。最低でも上物の魔剣に相当するものを前衛全員が装備すること。エルフの協力も必要だね。最低二十は欲しい。可能なら戦士も何人か欲しい。ああ、魔術師は私以上を揃えておくれ。残念だけど、今言った中に入れる気がしない」

欲を言うとこの倍は欲しいが、アレを相手に数が多いというのが必ずしも有利に運ぶとは限らない。そう考えればこの辺りが適切ではないかと思われる。

「そんなことができるわけがないだろうが！」

やはり噛み付くハゲ頭。自分でも結構好い線を言っていると思った矢先これである。現実的ではないことは認めるが、だったら他にどうしろと言うのか？

「まあ、私ならこうするという話だから、新種を討伐すると言うのであればご自由にどうぞ」

「その場合、君を呼び出すことになるが――」

「ギルド長。私は今日限りで冒険者を引退するよ。待たせている娘もいるんでね。新種の討伐はそっちでやっておくれ」

私がギルドマスターの言葉を遮りバッサリとその思惑を切り捨てる。

「認められない、と言ったら？」

「おや、冒険者はなるも去るも自由だったはずだけど？」

「なに、特例なら作れる」

この糞爺と舌打ちしつつ、どうしたものかと天井を見上げる。

「言っておくけど、私の魔法はどうやっても通じない。キノーシタ流が得意とする火と土は相性が悪いと思うよ。魔術師を確保するならヤメイダかホーンダ辺りにしときな」

「君は自分の流派ではなく他派を勧めるのか？」

貴族の男が驚いたように言う。魔術師が優遇されるお国柄であるが故に「何処が上だ」のと言う諍いは絶えない。そんな事情など知ったことかと「自分の流派では無理です」と言えば、国内における権威を喪失しかねない。なのにそれを平然と言った私を「信じられない」と驚愕の表情で見ている。

「単に自分の未熟さを知っているだけ。それに、ある程度本気でアドバイスをしておかないと後が怖い。どうやら討伐に動くみたいだからね」

そう言ってハゲ頭を見ると、鼻を鳴らしこちらを睨みつけていたのか目が合った。こいつがどこの誰かは知らないが、軍を動かして勝てる相手なら、カナンでの戦いはもう少しマシな結果になっていた。

それを理解できないのだから、商人は損得にばかり気を取られているのだろう。無理を言って兵を動かし、それが壊滅するのをわかって何もしないのは気が引けるが、こちらも巻き込まれてはたまらない。

(はあ、さっさと冒険者を引退して教師でもやろうかと思っていたけど……これは難しいかもしれないねぇ)

レナは教会があるので大丈夫だが、私は今回の金を元手に何かを始めるかして金を稼ぐ必要がある。私は一つ溜息を吐くともうしばらく彼らの話に付き合うことにする。もっとも、冒険者を辞めることを諦めるつもりはないので、そこのところはじっくりと話し合わせてもらう。

結局、日が暮れるまで続いて決まったことは「冒険者の引退は認めないが、新種討伐には不参加」という形で収まった。しかし新種のモンスターとの交渉経験を鑑み、最終手段として説得を試みる役を押し付けられた。どうやらどうあっても私を巻き込みたいようだ。

「それに君の憶測が正しいのであれば、恐らく君は殺されることはないはずだ。なら金貨二百枚分の価値を証明するために、それくらいは引き受けてくれてもいいだろう?」

貴族様のこの発言が決定打となってしまったのだから、少々吹っ掛けすぎたと反省する。しばらく服装はこのままなので、王都の流行が変わっていないことを祈るばかりだ。

Ⅳ

崖の中程にできた出っ張りと窪みを活用し、周囲の枝を強引に曲げることで隠密性を確保したこのエルフ監視用拠点——我ながら道具もなしによくぞここまで作り上げたものだと感心する出来映えである。

その拠点で尻尾を曲げて這いつくばり、川に来たエルフの集団を監視するのが、今はなき帝国の兵士である今の俺の最重要任務である。遺伝子強化兵という特殊部隊も真っ青なスペックを誇る俺が就く任務とは思えないが、エルフを侮るなど以ての外である。

周辺国全てを敵に回して国土を守り切っていた帝国の守りを唯一突破した種族である。またこの遺伝子強化兵である俺を禁忌の魔法である「支配」を用いて従属させた実績すらある。これを警戒しないなど帝国兵として有り得ない。

既に国はなくとも、俺は祖国に忠誠を誓った身である以上、心は未だ帝国軍人。仮に相手が女子供であったとしても油断なく監視を行う。この強化された目を以ってすれば、距離が離れていようが細部までしっかりと見ることができる。

言語を理解したことで声も拾うことが可能であるが故に、如何なる機密も漏らさず確保。俺は決して焦らない。たとえ成果は少なくとも確実に秘密を暴いていく。それが今の俺に与えられた任務であり、帝国軍人としてなすべきことである。

「こら、返しなさい！」

片腕では隠しきれないたわわな胸を揺らし、男子達に奪われた上着を取り返そうと川を走る六号さんを見続ける。相変わらずこの人は子供達に良いようにされており、今日も今日とて日々進化する悪戯に引っかかり水に濡れて透けた肌着を奪われている。

走る度に腕から飛び出したおっぱいがゆっさゆっさと揺れる様を眺めながら、この微笑ましい光景にウンウンと頷く。そう、これこそ俺が求めていたものだ。

俺がエルフの集落を去ってから早五日――本拠点に戻った俺は雑務に追われた。何せ一ヶ月以上放置していたのである。掃除も必要だが、使用可能設備の確認や地上部分にある調理器具などの点検も必要だった。

掃除を手早く済ませ、本拠点周囲を入念に調べてゴブリン等の生物が立ち寄っていないかのチェックも行った。これには何者かの痕跡《こんせき》と思しきものが見つかったため、三日も費やす破目になった。ちなみに結果はただのはぐれたオークだった。

基本的にオークとゴブリンは縄張り争いをする関係にあり、この森ではゴブリンが優勢であったかのように思えた。しかし俺が立て続けにゴブリンのコロニーを壊滅させたおかげか勢力図が変わりつつあるのかもしれない。

そんなわけで四日目にしてようやく川の監視任務に戻ることができた。そこには元気に子供達に悪戯される六号さんの姿があった。どうやらエルフは俺を然程脅威と見做さなかったようだ。そう思っていたのだが、他の監視ポイントにエルフが現れる気配はなし。やはり自然調和委員会である六号さんは俺に対する認識が他と違うようだ。

「しかしそれで子供達を巻き込むのは如何なものか？」と思わなくもないが、文字で意思疎通が可能であることを知っている彼女からすれば、委員会の理念に適う相手である。ここまで都合の良い存在が目と鼻の先に生息しているともなれば、多少の危険も許容範囲なのだろうか、と六号さんの強かさを感じて少し見る目が変わる。

（そう言えば結構な立場の人物らしいし、組織や派閥みたいなドロドロした中で生きているわけだからそういう一面もあっても仕方がないか）

そんなことを考えながら綺麗にすっ転ばされた六号さんから、見惚れるほど素晴らしい動きで下着を抜き取った男子がそれを掲げて勝利のポーズ。はためく白い布を幻視したが、普通に濡れて少し透けた感じのする下着である。

丸見えになったお尻を眺めながら、怒った六号さんの逆襲を眺める。肌着と下着を奪われた六号さんはほぼ全裸という姿なので正に眼福である。捕まった子供達はちゃっかり彼女の胸に顔を押し付けるなどして子供時代を思う存分に堪能している。

その光景を見る女子の目つきが大変厳しいものになっていることに今更気づく。だっていつも六号さんばっかり見ているのだから仕方がない。なのでその内の一人がザブザブと川の水をかき分けながら六号さんに近づくのを見逃した。

俺が気づいた時には少女は両手を彼女に向かって伸ばしており、六号さんの手は悪戯小僧を掴まえているので対処ができない。そして、少女の手が彼女に届く。同時に六号さんが子供を掴んでいた手を慌てて離したが――既に遅かった。

少女の手が六号さんの胸を揉みしだいた。彼女の胸を鷲掴《わしづか》みにしようとして手を埋めている女の子が「これが諸悪の根源か！」と叫んだ。十歳くらいの女の子が言うセリフではない。どうやら女の戦いが始まっている模様。

これには「かかわるべきではない」と本能レベルで察している俺は、戦利品である六号さんの白い下着を掲げて振るう男の子の将来に「爆死しろ」とエールを贈る。きゃあきゃあと叫ぶ声をBGMに六号さんのあられもない姿をじっくりと堪能する。

久しぶりの「六号さん劇場」に満足した俺は、彼女達が帰っていく姿を見送ると他の監視ポイントをもう一度確認しに行く。何だか今日は良いことが起こりそうな気がする。そうして時間を潰しつつ川からしっかりと距離をおいて全てのポイントを確認した結果、一切何の変化もないことが判明した。日は傾き、そろそろ夕日が川を染める時間が迫っている。

（この時間帯はもう一度六号さんとそのお友達が来る時間！　急ぎ戻らねば！）

ダッシュで監視用拠点に戻り備えていたところ、良いタイミングで六号さんと友人三名がやって来る。残念なことに下着姿ではあるが、水に濡れた肌着は透けて張り付き、大変素晴らしいものだった。

新たな扉が開きそうになっていたが、彼女達の表情を見るに警戒をしているらしく、頻りに森を見ているので純粋には楽しめていないようだ。

「本当に大丈夫なの？」

一人がそう不安そうに六号さんに訊ねているのがわかったが、聞かれた彼女は笑顔で応じている。もしかしたら彼女は俺が襲ってくるとは微塵も思っていないのかもしれない。そう思って彼女達の会話に耳を傾けつつ、生足で川の水をパシャパシャしている姿を拝見。

如何せん距離があるので結構集中しなければ日常的な声の大きさでははっきりとは聞こえない。小声で話されていた場合はその内容を聞き取ることはできないのが、この監視拠点の欠点とも言える。そうして彼女達が帰るまで見届けた結果、ある程度のことがわかった。

どうやら俺の扱いについては未だエルフの中でも揉めているらしく、議論が続いているとのこと。それに先駆けとして、六号さんを始めとする自然調和委員会がその牽制にあのように無防備に川まで来ているようだ。

付き合わされた友人達は最初から最後までこちらの森を気にしていたので、一般的なエルフにとっては俺は危険な存在なのだろう。エルフの天敵である「森林の悪夢」を食い散らかす新たな脅威と言う認識が今は強いと判断。このことから下手に姿を見せず、遠くから見守るのが現状ではベストではないだろうか？

明日からの楽しみを得た俺は監視用拠点で一泊することにして、夕食となる魚を確保しに川へと向かう。ついでにしっかりと体も洗う。本拠点にある水道から出る水量ではやはり満足ができないこの巨体。体を洗うのなら川に限る。そして川で魚を獲っていると気配を感じた。

（うーん……誰がこっちに来ているのか想像がつくんだよなぁ）

正直に言うと今はまだ会いたくない相手である。遠くから陰でコソコソと見る分には良い女性なのだが、その立場から考えられる目的故に現状関わるのは遠慮したい。傭兵達のように悪戯を仕掛けるのは逆効果となりかねないので、ここは黙って大人しく距離を取る。

もう少し魚を獲りたかったが、今晩の食事は控えめにしておくとしよう。俺が立ち去った後に六号さんが川に沿って移動をしているのを確認した。やはり俺を探していると見て間違いないだろう。

（良い人なのはわかるんだが、下手に利用されると面倒事に巻き込まれるのは目に見えているのが玉に瑕だよな。そうでないなら、いっそペットみたいに可愛がられるのも——いや、悪くないか？）

容姿やスタイルはかなり理想的だ。はっきり言うと物凄く好みである。問題は彼女が自然調和委員会であるということ。だが、俺がペット化してその問題点が逆にメリットとして作用するとしたら？

（俺にベタベタする六号さんか……悪くないぞ！）

暴走を続ける妄想に耽っていると気が付けば朝だった。よし、冷静になれた。飯を食って後片付けをした記憶がないほどに集中してしまうとは不覚である。そもそも何処の世界にどデカイモンスターを食べ散らかす凶悪な面構えのモンスターを愛玩動物扱いする変人がいるというのか？

「いや、いるかもしれないな」と思わず僅かな可能性を模索してしまった。どうやら思った以上に俺の性癖は歪みつつあるらしい。取り敢えず朝食を確保しようと思い、昨晩の予定だった魚をもう一度確保しに行く。

エルフの集落にいた時は魚は一度も出てこなかったので、その反動かどうにも食べたくなってしまうのだ。時間的に六号さんと子供達が来るのはまだまだ先である。それでも一応注意深く川に近づいたわけなのだが――少し離れたところで、川を越えて森に入るエルフの一団を察知した。

（何やらイベントが発生しそうな予感だが……さて、どうするか？）

川を渡るエルフの一団を察知したは良いのだが、これにどう対応するべきかと頭を悩ませる。地形や距離の関係上その姿は見えないが、数名武装をしてるような気配がする。彼らの目的が俺にあるか否かが問題だ。

俺を討伐する気なら人数が明らかに少ない。足音からわかる人数は恐らく十名前後――これで俺を倒せると思うほどエルフは愚かではないだろう。

（となると別件か……仮に俺に用があるとしても、時間的に長引くと監視任務に支障が出る可能性もある）

これは放置で構わないと判断し、俺は朝食のために獲物を探す。獲った鹿を解体し、不要部分を埋めて手を洗ってから鉄板で肉を焼く。野菜の残りが全て腐っていたのが本当に痛い。いっそ適当に狩った動物と野菜や果物を交換しようかとも思ったが、無闇にエルフと馴れ合うのも帝国軍人として問題がある。と言うか、絶対面倒事に巻き込まれる。

エルフの集落で見たやり取りを見れば、下手に関係を持てば派閥争いに巻き込まれるのは必定。それどころか自然調和委員会と言う存在がある以上、深入りがほぼ確定したようなものなのだ。

適度に距離を置きつつも、敵対しないようにするポジションを保つことが重要である。単身でエルフと戦争をするなど正気の沙汰ではない。焼けた肉を頬張りながら次の方針を考える。

（冷蔵庫を常時使えるほどの電力はない。野菜はすぐに消費することを前提とするならば、やはり自分で栽培するのが良いか……こんなことなら農業関連の書籍も持って帰ってくるべきだったな）

何をするにしても欲しい物が後から出てくる。農地の確保もしなければならない上、それを守る手段も必要になってくる。ここはだだっ広い森なのだ。野生動物などちょっと歩くだけですぐに見つかる。

（自家栽培は現実的ではないかもしれんなー……）

食べ終わって後片付けを済ませ、食休みがてら森を散歩する。ゴブリンがいれば投石の的にでもしようかと思ったが発見はできず。どうやらここらのゴブリンはしっかり減らせているようだ。己の活動の成果に満足して頷くと、監視拠点へと戻り任務に備える。

待つことしばし、子供達を連れた六号さんがやって来たのだが、なんと彼女には秘策があった。散々悪戯小僧共にしてやられ続けてきた彼女は、上下一体型の肌着を着て登場したのだ。

ワンピースの水着のようにも見えるが、そのような伸縮性のある素材ではないようでぴっちりとはしていない。しかし背丈に差がある以上アレを脱がすことは、まだ子供である彼らには困難を極める。

自陣の不利を理解したか、男子が六号さんに抗議するが「きちんと授業を受けるように」と日頃の不真面目な態度を叱られてしまう。どうやら男子諸君は少々おいたが過ぎたようだ。

だが、案ずることなかれ。たとえ上下一体型と言えど色は白——水に濡れればしっかりと透けて見えてしまう。そして彼らは決して諦めない。必ずや六号さんの隙を突き、その肌着を引きずり下ろすことだろう。

俺は少年達の飽くなき挑戦と、その成果に期待しつつ彼らを見守る。結果は敗北——今日のところは六号さんの勝利に終わったが、少年らは明日に備えて作戦会議を行っている。次回が実に楽しみである。と言うわけで本日も堪能させていただいたので去りゆく彼女に手を合わせて一礼。モンスターとなってしまったが礼節は大事。

さて、それでは他のポイントも念の為に見て回ろう。毎日のように訪れるからこそ、微妙な変化すら見逃さない我がスペック。誰かが利用しているとあらば、即座に張り付き監視してやろう！

但し、野郎は除外するものとする。そんなわけで第二、第三チェックポイントを見て回ったが、利用された痕跡はなし。ところが川を渡った形跡はあるが、戻った形跡は見当たらない。つまりあの一団はまだこちら側の森にいるということだ。

（一応様子を見ておくか。編成や武装を見れば何を目的としているか予測ができるかもしれない）

ついでに追跡の訓練でもしようかと思ったのだが、どうもこの一団は自分達がいることを主張したいのか痕跡を残しまくっている。と言うより不自然なほどある。例えば掘り返された土の上に突き立てられた先が赤く塗られた棒。

（はっ！　まさかこれはエルフ流のマーキング⁉　この俺を相手に縄張り争いを仕掛ける気か⁉）

当然そんなはずもなく、一定間隔で残された痕跡から測量でもやっているのかと勘ぐってしまう。だがそれにしては余りに雑だ。そのことから測量と言う可能性も否定される。

（これではまるで見つけてほしいと……あれ？　これもしかして俺に対する何らかのサインか？）

記憶を掘り起こし、これに関する記憶があったかどうか頑張って思い出そうとするが、俺が読んだ書物の中にそんな記述はなかったと思われる。エルフ同士の何らかの暗号という可能性もないわけではないが、このように目立つ物をあちらこちらに設置する意味とは何か？

それを考えると俺宛のメッセージだろうかと疑ってしまう。ともあれ、これを残している集団を探した方が早いと思い追跡を再開。意外なほど奥まで進んでいることに驚きはしたものの、この辺りに出てくるモンスター程度ではエルフを止めることはできないことに気が付く。

加えて森は彼らのテリトリーと言っても過言ではない。それが集団なのだから、この前出くわしたレッドオーガくらいならどうにかしてしまうのではなかろうか？

念には念を入れて警戒度を上げ、擬態能力を使用して追跡を行う。しばらく足跡を追い続けていたところ、ようやく声を拾うことができた。

「本当に襲われないんだろうな？」

「いい加減しつこいぞ！　襲われようが襲われまいが、やるしかないんだよ、俺達は！」

「クソ！　あの引きこもりめ！」と悪態を吐いた男がスコップを地面に突き立てた。どうやら誰かに命令されてこんなところまで杭のような棒を地面に刺しに来ているようだ。

人数は全部で九人――近づいてみると八人が武器を持っていることが判明。そして残りの一人が知っている人物だった。手に縄をかけられ、猿ぐつわをつけられている巫女っぽい衣装の八号さんが絶望したかのような目で連れられていた。

「目のハイライトが消えているなら事後」という謎のメッセージが頭に浮かぶが、取り敢えずは近づきつつ様子見である。

「はあ、何だって俺がこんなことを……」

「ボヤくなよ、あの引きこもりが好き勝手できるのも今の内だ」

「え、何？　ゼサトの連中何かやらかしたのか⁉」

「幾らガーデルとは言え、人一人を独断で化物に差し出すんだ。他の氏族にとっちゃいい攻撃材料だ。おまけにガーデルの長は許可も出していない上、他の氏族からは明確に反対されてたんだぜ？」

これで問題にならない方がどうかしていると訳知り顔で背の高いエルフが宣う。それを聞いていた八号さんが暴れ始めるが、がっしりとした体格のエルフにあっさりと押さえつけられた。その姿を見ていた妙に細いエルフが呟く。

「なあ、やっぱこいつ化物にやるの惜しくないか？」

場の空気が凍り、八号さんが目を見開くと、男達の視線が一点に集中する。

「あのニキビ面のことだからさー『こういう事態』も含まれていると思って良いんじゃないか？」

続く言葉を誰一人と否定する者はおらず、八号さんが必死にもがき逃げようとしている。そこにヒョロエルフの手が伸びた。

（あー、それはダメだわ。エルフ同士のことならいざ知らず、俺をダシにするならこっちにも考えがある）

俺は連中から見えない位置で擬態能力を解除すると、わざと音を立ててのっしのっしとエルフ達の下へと歩く。目視も容易な距離なので、地面に腕を拘束された八号さんに跨がっていたノッポがギョッとした顔で俺を発見。続けて他のエルフも一斉に俺を見た。

手に縄をかけられた上に、地面に拘束されているおかげで脱がすことが困難な衣服は無残にも破かれており、大きなお山が二つ見えてしまっているが男性陣はそれどころではない。

「アルゴス⁉　このタイミングでかよ！」

若干一名既にズボンを下ろしており、焦ってそれを戻そうとした結果前のめりに倒れて木に顔面をぶつけているが、それは見なかったことにして真っ直ぐ向かう。俺が到着する時には、八号さんを除き全員が立ち上がって敬礼のようなポーズを取っている。

「ジイスの里より、我々の脅威であった『森林の悪夢』を屠ったあなたに礼がしたいと、ゼサトの氏族、族長の代理マリアーヌ様より感謝の印として、彼女を――『巫女アーシルーをあなたに仕えさせよ』との命令を受け、あなたを探しておりました！」

八号さんのパンツを脱がそうとしていた男が恐怖で顔を引きつらせながら口上を述べる。言っていることは多分これで間違いないと思うが、内容から察するに八号さんを俺に押し付けようとしている――というのは何となくわかった。ちょっと……いや、かなり魅力的なお話である。だが、それはそれ、これはこれだ。

「内容把握。女、状態説明要求」

ちょうど地面に突き刺さった棒があったので、それを引き抜き地面に文字を書く。書かれた文字に黙ったままのパンツエルフ――そこにヒョロエルフが横から口を挟んだ。

「彼女の状態が気になるようでしたなら、私から説明を――我々はマリアーヌ様より『身一つで仕えさせるように』と命じられておりまして、何かを所持していないかの確認を行った次第であります。衣服の中を入念に調べ上げた結果、このような状態となりました。命令の詳細を確認していなかったこちらの不手際を深くお詫び申し上げます」

流れるように口から出るでまかせには逆に感心した。

（エルフに持ってたイメージがどんどん削られていくわー……やっぱ見ると聞くじゃ違うもんだなー）

これは追及してものらりくらりと躱されるだけだと思い、これ以上は何も言わないでおく。俺がじっと八号さんを見ていると、男性陣が「それでは、我々には次の任務がありますので」と、早口に次から次へとまくし立てるように用事を述べ、驚くほどの連携を見せこの場から全速力で立ち去った。

その一切彼女には配慮がない清々しい逃げっぷりに声を失った俺は、そのまま彼らの後ろ姿を見送ってしまった。ハッと現実に戻った俺はあられもない姿の八号さんに視線を戻す。

（やっぱでっかいなー、この娘）

恐らく魔法で作られたであろう、土の枷で逃げ出すことができない彼女は絶望しているらしく涙を流し身動き一つ取らない。その気ならば事前に止めることができたのだが、予想以上に彼女は心に傷を負ってしまったようだ。

若干の罪悪感もあって一先ず安心させることを優先し、八号さんの猿ぐつわを下にずらして喋ることができるようにする。しばらく何もせずに落ち着くのを待っていると恐る恐る口を開いた。

「……食べ、ないの？」

流石に人型は食べるのに抵抗があるので「食わんよ」と見える位置にある木に文字を刻む。

「殺さ、ない？」

少し考える素振りをして「理由がない」と再び同じ木に書く。それからしばし、胸を出しっぱなしの八号さんが固まっていたが、突如目に生気が宿ると口を開いた。

「あいつら絶対ぶっ殺す！　あのクソ女もだ！　まずは全員の玉を踏み潰して晒し者にしてやる！誰を犯そうとしたかわからせてやる！」

その後もしばらくぎゃあぎゃあと叫び、暴れ続ける姿を見て思う。

（あれ？　この娘ってこういうキャラだっけ？）

まあ、どこがとは言わないが、暴れている部分は大変眼福であったと言っておく。しかし彼女の扱いはどうしたものか？


取り敢えず彼女が落ち着くまで待つこと数分——息を切らした八号さんがこっちを見て一言。

「あの、これどうにかしてもらえます？」

確かに腕を拘束するものは邪魔になるが、隠すことができない乱れた服から見えるのが非常にそそられるので、もう少しだけ時間を稼がせてもらう。

「冷静」

見える位置にそれだけ書くと八号さんがコクコクと頷いた。最後に「暴れるな」と書いて返事を待つと、これにも頷いたのでタイムアップ。俺は彼女を拘束する固まった土を指で摘んで破壊する。腕が自由になるや否や八号さんが胸をポリポリと掻く。女の子という幻想にそれはそれは見事な正拳突きが炸裂《さくれつ》する。「あー、痒かった」と一息ついた彼女が服装を正そうとするが、あまり上手くは行ってない様子。

「……これで我慢するしかないか」

左右の横乳ががっつり見える程度にどうにか繕《つくろ》ったが、腰から下の破かれてできたスリットまでは戻せず、こちらはそのままである。ただ破れた部分を折ったり押し込んだりすることで隠しているだけなので、大きな振動でもあればまた見えてしまいそうだ。

「もう一度確認したいんだけど、食べないし、殺さない……よね？」

やはり信用なんてされないのは当たり前。なのでちょっとだけ悪戯を決行。しばし八号さんを見た後に指でそのたわわな膨らみを突っつく。すぐさますごい形相で胸をガードされたが、地面に書いた文字を見て青ざめる。

「可食部、少」

「食べ物じゃないから！　私のおっぱいは柔らかいだろうけど食べ物じゃないから！」

後ずさる八号さんには「美味そうじゃないから食べないよ！」と伝えてどうにか冷静になってもらおうとするが、明らかに逃げようとしている。

「二足歩行は食わない」という文面でようやく落ち着きを取り戻したが、距離は空いたままである。

当然と言えば当然なのだが、この後どうしたものだろうかと頭を悩ませる。取り敢えず時間稼ぎの意味を込めて話を聞くことでお茶を濁す。

「指名、理由」

何故八号さんがこのような役目を引き受けることになったのか、それを訊ねたのだが、これが失敗だった。

「だからあのクソ女が全部悪い！　こっちだって若くて有望な男を捕まえたいのよ！　私ももう適齢期入ってんだから色目くらい使うわボケ！　しかも出された名前の男なんて眼中にねぇ！　あんな乳しか見ない男なんざ願い下げ！　それを何度言わせんのよ！　お二人の恋路の邪魔をする気はないし、したこともない！　勝手に恨んでおきながら、人を横恋慕の悪女みたいに言ってんじゃないっつーの！　大体お前みたいな引きこもりの陰険ニキビの貧乳が男より好みしてんじゃねー！　こっちが理想の男捕まえるためにどれだけ努力してると思ってんだ！」

まあ、よく喋ること喋ること。今度は幻想に上段回し蹴りが炸裂したが、こういうキャラなんだろうなと少しずつ諦めの感情が広がり始める。

（って言うか、口から出るのが愚痴ばっかり……相当溜まってんな、この娘）

吠えまくる八号さんに少し引きながらも今後のことを考える。「彼女をどうするか？」という一見簡単そうに見える問題が非常に厄介なのだ。彼女の境遇から集落に戻すというのは現状難しい。戻すにしても時間が必要だ。でなければ、最悪八号さんは殺されてしまう。

それがわからないほど馬鹿な娘ではないならば、戻るという選択を取ることはしないだろう。次に俺がお持ち帰りをする場合なのだが——どちらに持っていくか、が最大の問題となる。

監視用拠点は論外。あの場所を知られるわけにはいかない。それこそ八号さんを殺さないのであれば、あそこは近づけるべきですらない。では本拠点はどうか？

よくよく考えてほしい。俺が一体何を拠点に持ち帰っているのかを……そう、数々のエロ本だ。データディスクのパッケージも危ない。地上部分に留まってもらうという選択もあるが、エルフの能力なら地下に行くのも容易だろうし、それを完璧に止められるとは思えない。ならば彼女を放置するか？

助けておきながらそれはない。と言うか八号さんの戦闘力次第ではサバイバルもできずに屍を晒す可能性もある。目下の問題としては、まずヒートアップしている彼女をどうにかしなくてはならない。

（こういう場合はどうするのが正解なのか？　妹がヒステリックに叫び始めた場合は確か……）

何分完璧過ぎる姉を持ったが故に、事あるごとに比較されていた妹はよく不満をぶちまけていた。本人のスペックも俺からすれば十分に高いのだが、高学歴に加えモデルの仕事をする傍ら母の仕事の手伝いに家事までこなすという欠点と呼べるものが見つからないパーフェクトシスター。そんな姉を持つ出涸らしと呼ばれた弟である俺が、兄としてできたことと言えば——。

「嫉妬。考慮不要」

止まることのない愚痴を吐き出す八号さんの肩を指で突き、地面に書いた文字を見せてやる。しばし固まるようにそれを見ていた彼女は顔を上げ俺を見た。

「そうよね！　そう思うわよね⁉」

こういう場合、事実よりも都合がよくわかりやすい理由を提示してやると納得してくれる。どうにもならない怒りの矛先を、本人が納得の行きやすい方向へと誘導することで沈静化を図る。どうやらこの手法は事実はどうあれ八号さんにも効果があるらしく、目に見えてクールダウンしてくれている。

「モンスターでもそう思うんだから、やっぱり私ってばスタイル良すぎよね……いや、魅力がありすぎるってのも困りものね。いい女ってのは同性から嫉妬されてこそ、よね」

問題は少々都合が良すぎる解釈が始まったことだ。取り敢えず俺の中で八号さんが「面倒くさい女」という枠組みに収まった。

（エルフで美形。おっぱいは最高。でもこの性格かぁ……まあ、欠点がわかりやすくある方が親しみは感じるか）

付き合い方を考え直す必要があるのは間違いないが、まずは彼女の意思と能力の確認をしよう。そうでなければ何も決められない。

「いやー、まさかモンスターに諭されるとは思っても見なかった。希少な経験で益々私に磨きがかかる……あ、そう言えばまだお礼言ってなかったね。助けてくれてありがとう。今回もだけど、前回は本当に助かったわ」

モンスターである俺に礼が言えるくらいなのだから、悪い娘ではないとは思う。

（女は笑っている姿が最強、か……）

少なくとも、俺に笑って礼が言えるのだから少しは信用してやっても良いだろう。一先ず「今後の予定」を彼女に訊ねた。

「そりゃ勿論、あのバカ共の玉を潰しに行くに決まってんでしょ！」

うん、頭は少々残念な娘だ。取り敢えず考えられるケースとして、今戻れば問題が発覚、拡散される前に始末される可能性が高いことを教えてやる。それに対して「え、何で？」と素で返されたのだから頭を抱える。

その引きこもりとやらが強硬手段に出た結果、自分がここにいるのだから今戻れば手段を選ばず消しに来ることを何回か説明したところでようやく理解したのか、八号さんは先程までの勢いは何処に行ったのか青ざめてオロオロしている。

「あれ？　もしかして私もう里に戻れない？　え、森でサバイバルなんて無理なんですけど？」

どうやらサバイバル能力や戦闘能力は低いようだ。取り敢えずまた騒がれても面倒なので「落ち着け」と地面に書いてそれを見せる。

「いやいやいや、この状況どうやって落ち着けって言うのよ？　私狩りなんてさっぱりだし、森の中で何が食べられるかなんて……はっ、あなたがどうにかしてくれるのね!?」

初手が他力本願とは中々に良い性格をしていらっしゃる。ともあれ、彼女は戻ることが危ないことを理解できた様子なのでどうしたいのかを訊ねるのだが――。

「まずあいつらの玉を潰す。そしてあの引きこもりを外に引きずり出してこれまでの悪行を訴える」

聞き方が悪かった。

「今後、生活、手段有無」

手っ取り早く「どうやって生きるつもりだ」と聞いてやるとまた顔が青くなった。頼れる人はいないか訊いてみたところ「そんな人がいるなら巫女なんてやらされてない」とハイライトの消えた目で返事をする。

つまり、放置はできないというわけである。俺は溜息を一つ吐くと、先程書いた文字の横に「住処有」と連れて行ってやらんでもないと意思表示をしてやる。それをしばらく眺めていた八号さんが顔を上げて俺を見る。

「……安全？」

「周辺モンスター排除済み」

「屋根と寝心地の良いベッドとちゃんと食べられる物を要求します」

俺が立ち去ろうとしたところ尻尾にしがみつかれた。

「嘘！　冗談だから、エルフジョークだから！　待って、行かないで！　一人にされると死ぬ！」

尻尾を勢いよく持ち上げて八号さんを放り投げると右手の上にストンと乗せる。ここまで器用に動かせるようになったのも修練の賜物。「褒めていいのよ？」と変わらない表情のままドヤ顔でこぼれたおっぱいをガン見する。

手の上に座る八号さんが「おおう」とバランスを取ってピタっと両手を真っ直ぐ横に伸ばしたポーズを取って停止。それからいそいそと衣服を正して俺を見た。

「えっと……時間が経てば里に戻れるんだよね？」

「可能性大」

「それまで、面倒見てくれるかな？」

何で俺がそんなことをしなければならないのかと問い詰めたいが、現状彼女には味方がおらず、放置すればまず間違いなく死ぬことになる。本人もそれを認めているのでこれは確実。だから俺がしばらく保護をしなければ彼女の命はないわけだ。

六号さんを頼るという手段も取れなくはないのだが、その場合どれだけの対価を支払うことになるかわかったものではない。やるとすれば問題が発覚し、八号さんを彼女が受け入れるメリットができてからでなければ、最悪始末されて終わりということもあり得る。相手の情報が今の俺には少なく、取れる選択肢も少ない。

なので、彼女には俺の拠点に来るメリットを提示してもらう。だが「何ができるか？」という質問に対して、八号さんは沈黙を保つ。もしや秘匿技能でも持っているのかと思ったので、まずは一つ提案する。

「料理」

俺が地面に書いた文字を見るとふるふるふると首を横に振る。

「掃除」

また首を横に振った。洗濯は必要ないので解体――もダメ。何か特技はあるかと訊けば、しばらく考えて胸を自信有りげに持ち上げた。

（乳以外に取り柄はなし、か……これ、まさかとは思うが無能過ぎて間引き目的だったわけじゃないよな？）

あの男達の話からその可能性は低いと見るが、もしも上司士の話し合いで「こいつ無駄飯食いだから好きに使ってＯＫ」とか合意があった場合、集落への帰還は楽観視できるものではない。

これ以上面倒なことになってほしくない俺は空を見上げて息を吐く。俺の反応がお気に召さなかったのか「もっとマシな反応しなさいよ！」と涙目で指を叩いてくる。いや、ホントどうしたもんかね、これ？


八号さんこと本名「アーシルー・ガーデル」を担いで本拠点に到着したは良いのだが、地上部の研究施設跡を見た彼女のテンションがめちゃくちゃ高い。

「お、おお？　おー、マジで？　マジ？　これもしかして、もしかしなくとも旧帝国の建造物？　うっは、これ中にある物持って帰ったら金持ちになれる？　なれちゃったりする？　働かなくても生きていける？」

このように大変俗物全開で興奮していらっしゃる。これはますます地下で好き放題されては堪らない。まずは地上部で彼女を降ろし、地下のエロ本やエロデータをきちんと処理してからでなければ大変なことになってしまう。

取り敢えず肩の上に座る興奮しすぎて俺の頭をベシベシ叩くアーシルーの服の胸元を指で摘んで寄せ、その暴力的なまでに豊かな胸を露出させて黙らせる。

「あんたはどうしてそう私の胸を弄ろうとするのよ⁉」

「鎮静、手段」

慌てて胸を隠し、地面に書かれた文字を見て「ぐぬぬ」と黙り込む。流石に自分でもはしゃぎ過ぎたことは自覚があるらしい。ちなみに移動中はしっかりとおっぱいを押し付けさせたり、わざと振動を大きくしてポロリをさせたりして楽しんでいた。

そのおかげで大分あの大きさの衝撃にも慣れてきたので、最早押し付けられた程度では妄想が暴走するようなことはない。そう、一見ただの欲望に忠実な行動のように思えても、それは訓練として必要なことだったのだ。

(いや、ほんとおっぱいだけは桁違いに凄い。あの大きさで形まで良いんだから反則級だ)

六号さんといいエルフの体は造形美が危険域に突入している。モデルであった姉が霞むレベルがわんさかいるのだから、それはもう薄い本に引っ張りだこというのも頷ける話である。

一度沈静化させたにもかかわらず、アーシルーは「早う中へ!」と俺をバシバシ叩いている。と言うか、いい加減降りたらどうだろうか?

仕方なく施設内部へと入って彼女を降ろし、俺がキッチンとして使っている部分まで移動する。

「え? ここでご飯食べてるの?」という顔をして俺を見るアーシルーを無視して、地下への入口まで移動しようとしたところで肝心なことに気がついた。

「危険排除、待機」

これを書くために一度彼女を持って外に出ることになった。喋ることができないというのは本当に不便なものだ。紙とペンを常備する必要がありそうだな、とアーシルーを地上部分に残して地下へと降りる。そして急いでエロ本やエロデータのパッケージを回収。

だが全てを隠す必要はない。ここの研究員が隠し持っていた等の理由で存在するのは決しておかしなことではないからだ。未使用の部屋にある丁度よい崩れた外壁の向こうにある空洞に大部分を隠し、その手前に彼女では動かせないような重い棚を配置して隠蔽完了。

テレビ等は隠すスペースがないので、ケーブル等を抜いた状態にして倉庫の中に置いておく。一部エロ本は本棚の中に混ぜておき、それを「回収した本の中にあった」という風に偽装する。ジャンルがバラバラであるからこそ通じる理屈だ。

断じて「エロ本を見た女性の反応を見てみたい」という理由からではない。後は割れたガラス片などを一箇所に固め、それを運び出せば言い分通りで怪しまれる心配はない。姉と妹に囲まれて育ち、エロ本を隠し続けた弟の技量は残念おっぱいエルフに見破れるほど浅くはない。

と言うわけで割れ物を袋に詰めて地上へと戻り、物珍しげに施設の中を探索しているアーシルーを見つける。手にした袋を見せて、最低限危険な物を取り除いたことを知らせると地下へ行くかどうかを身振り手振りで確認。

「行くに決まってんでしょ！　お宝よ、お宝！」

地下にあるものが何かを知っている身としては彼女の反応が容易に予想できるのだが、本人がその気になっている以上止めるのは気が引ける。

（止めたら止めたで、無理をしてでも降りるだろうしな）

昇降機の扉を開け、下まで彼女を担いで飛び降りる。悲鳴を上げていたが気にせず着地。溢れた胸を指でポンポン持ち上げると、文句を言いながらも衣服を戻す。非常に心地よい重みだった。

「うう……無事な服が欲しい」

その言葉に服を調達してやろうかと思ったが、真っ先に思い付いたのがコスプレ衣装。胸が全く収まらないバニースーツとか凄く見てみたいが、流石に無理があるだろうと頭を振って地下の扉を開けた。

「おぉ……まだ無事な帝国の地下施設。これは探索が捗りそうね」

ニマニマとした笑いが止まらないアーシルーが「早う降ろせ」と足をバタバタ。

俺は溜息を吐いて彼女を降ろすと、走り去る彼女が明かりの魔法を使って施設内部を照らすのを黙って見ていた。

(腐ってもエルフ。それくらいはできるか)

まず彼女が入ったのは俺が倉庫として使用している部屋。中の状態が気になるのか首を傾げて物色中のアーシルーの背後からヌッと手を伸ばし、紙とペンを探し出す。彼女は驚いた様子を見せるが、この部屋を物置き場としていることを把握したらしく、興味を失い別の部屋に移動する。

「お宝出てこいー」と能天気に次の部屋に入ると机の中を物色開始。残念ながらそこらの部屋は既に俺が探した後なので目ぼしい物は何もない。彼女を見張る必要はあるが、取り敢えず寝床の用意くらいはしてやろうと俺が使用している布団の一部を引っ張り出す。

「ほうほう、ほうほうほう……」

わかった風な素振りを見せながら施設内部をうろついているが、間違いなく何もわかってはいない。目につくものが珍しいのか、色々手にとって眺めたり触ったりしているが、僅かながらこの施設には電力がある。下手に触られてゲートが閉まるようなことがないように釘を刺しておく。

「ふむ、ここの施設が何なのかわからないし、下手に動かすと危険かぁ……それっぽいものには触らなければ大丈夫よね？」

そう言ってアーシルーは俺が入れない奥へと走っていく。ちなみに「この施設の操作はさっぱりなので下手に触るな」と書いたつもりだった。特にやることがないので座って本を読む。

今回も「食べられる野草」を選択したが、一月以上時間が空いた所為で内容がほとんど頭から抜けたので仕方がない。それからしばらくして予想通りのことが起こった。

「きぃやぁぁぁぁあああああぁぁぁぁっ！」

恐らく蜘蛛男の失敗作でも見たのだろう。悲鳴が聞こえてきた方向を見ていると、涙目で飛び出した片乳をばるんばるん揺らしながら全力で走ってくるアーシルーが現れた。そして胡座をかいている俺の足へと飛びつき大きな胸を押し付けてくる。本人にその気はないのだろうが、サイズがサイズなので事ある毎にそうなってしまう。

「ばけ、ばばば、化物！　化物がいた！」

「死体」

俺は用意していたメモを見せ、乱れた衣服を直してやる。勿論、おっぱいを仕舞う時はしっかり触っているがね。

「あれ、死んでるのよね？　本当に死んでるのよね？」

「接触危険。酸、毒」

最後に「持ち出し不可」と書いたメモを見せると、本を床に置き頭を撫でてやる。

「あれ何？　おかしいわよ。生物として有り得ない。上半身が人間で下半身が蜘蛛とか……まるで別の生き物同士をくっつけたみたいじゃない！」

まあ、何も知らない人間からすれば、ここにあるものに拒絶反応を示すのも当然だろう。

「……でも、お金にはなりそうよね？」

しばらくは優しくしてやろうかと思った矢先、この俗物が本領を発揮した。

「冷静に考えれば、これって凄い発見よね？　位置情報や建造物の情報——そしてこの中身！　はっ、資料とか残ってないかしら？　あればきっと高く売れる！」

うん、心配して損した。そしてそんなことは許しません。その旨を伝えるとアーシルーは露骨に機嫌を悪くする。

「えー、何でよ——」

口を尖らせ、ぶーぶーと文句を垂れる彼女の前に一枚の紙を突き出す。

「可能性提示。実験対象増加」

最後にアーシルーを指差すと、意味がわからないのか彼女も自分を指差し首を傾げる。なので文字を隠し「実験対象」の部分だけを見せ、もう一度指差す。意味を理解したのか、テンションが下がって真顔に戻ると考え始める。

「えっと……大丈夫じゃない？　そこまで神経質に考えなくとも……大丈夫よね？」

俺は心配そうに訊くアーシルーを無視して読書を再開する。しばらく「大丈夫って言ってよ」と俺の足を叩いていたが、反応する気がないと悟ったのか大人しくなった。これで勉強の再開ができる――そう思った矢先、また彼女が口を開く。

「あんたそれ読めるの？」

読めてなければ本なんて手にすることはないだろうに、と無視して「食べられる野草」を読み進める。まあ、写真が多い本であることは認めるが、それでも文章量は少なくはない。

俺が黙って黙々と本を読んでるのが気に食わないのか、アーシルーがその間に体を割り込ませると、文章の一つを指差した。意味を答えろとでも言うのだろう。「食用」とだけ紙に書き、それを見せると再び本に視線を戻す。

「はー、エルフ語だけじゃなくてフロン語まで読めるとか……あんた一体なんなのよ？」

何を言われようが相手をせずに読み……まて、今こいつ何て言った？

（俺が読む本の文字をフルレトス語ではなく、アーシルーはフロン語と言った。それはつまり……）

これが一体何を意味するか？

帝国人が他の土地へと移り住み、国名が変わったのだと俺は真っ先に考えた。しかし喜ぶ前に事実を確認するのが先だ。なので「フロン語」の詳細をアーシルーに求めた。

「え？　あんた『フロン評議会』を知らないの……ってモンスターが国の名前とか知ってる方がお

かしいわよね」

国——そう、今彼女は国と言った。やはり帝国は滅んでも人は残ったのだ。と言うより冷静になって考えれば帝国の人口は一千万を超えていたのだ。帝都と周辺都市を吹き飛ばすほどの爆発事故が起こったところで、その人口は半分も減ることはない。ならば他の国に大量の移住をすることも十分考えられる。

「まあ、わかりやすく言えばこの大森林があった場所にあったフルレトス帝国っていうデッカイ国が滅んで、そこに住んでた人が南に大勢向かったの。で、向かった先にあった国を乗っ取っちゃったのよ。それでできたのがフロン評議会。フロン評議国とも呼ばれるけど、私は評議会ね」

自慢気に話すアーシルーを見ながら今の言葉を整理する。

(南ということはレーベレンとハイレだ。民間人が大量に流入したところで連中の対応などわかりきっている。つまり、帝国は残存兵力で南を切り取ったんだ！　そこで新たな国となった！)

爆心地を見た後では皇族の生死は言わずもがな。帝国という体を維持することが困難となったが故に、フロン評議会と名を変え存続したのだろう。

(帝国の血は、途切れていなかった)

もしかしたら家族の子孫がいる可能性だってある。家族の誰かが帝都を離れており、南へと移動する住民の中にいたならば、十分に現実的と思える話である。胸に込み上げるものがある。

(こんなに、嬉しいことがあるか？)

もしも、この体が涙を流せるのならば、きっと俺は泣いてしまっていただろう。だからこの喜びを表現するためにアーシルーの肩に両手を置き、服ごと手を下にずらすと同時に持ち上げる。

「ちょっ、何すん――」

そしてその顕になった白い柔肌を舐めまくる。それはもうベロンベロン舐めてやった。ヌルヌルになったおっぱいが俺の舌で形を変えて大暴れしている。舌で持ち上げる乳の重みのなんと心地よいことか。ちなみに言葉が途切れたのは初めに顔面を舐めたからである。

（はっはっは、遠慮するな！　これはご褒美だ！　勿論、これはダメおっぱいへのものじゃなく、自分のためのご褒美だ！）

これまでモンスターの姿で頑張ってきた。僅かとは言え希望の光が灯ったのだから喜ばずにはいられない。心で笑い、声に出して「がっがっが」と笑っていたところ、不意にスイッチを切るかのように平静に戻った。

（あー、忘れてた。最近感情の起伏があまり大きくなかったからなー。こんなのがあることすっかり忘れてたわ）

一先ず顔を含め上半身が涎まみれになったアーシルーを床にそっと戻してやる。ついでに「ドヤ顔でイラッとした」という内容を書いたメモをべとべとになったおっぱい丸出しのアーシルーの目の前に突き出した。

だがそんなメモには目もくれず、彼女は顔に付いた涎を手で拭い、それを振って地面に落としている。胸より顔を優先しているのは息を止めているからだろう。顔の涎をある程度取り払うと「ぶはっ」と勢いよく呼吸するアーシルー。でもまだ目が開けられないらしく、拭くものを探して手が彷徨っている。

　多分俺になすりつけるつもりなのだろうが、そう思い通りにさせてやる気はないのですすっと距離を空ける。すると俺が動いたのを察したのか、ゾンビのように両手を前にフラフラと近づいてくる。仕方がないので手の届く範囲にあったタオルを取ってぬるぬるのおっぱいを拭いてやると、アーシルーはそれを奪い取って顔を拭く。

「何すんのよ！」

　もう一度書いたメモを見せてやると殴ってきた。そして殴った手を痛みで押さえるダメおっぱい。可哀想になってきたので「ご飯にする？　それともお風呂にする？」と書いたメモをそっと差し出す。

「両方！　でもお風呂が先！」

　そう不機嫌に叫んだアーシルーの前で顔を傾けて舌を横に出し、腕をクロスしバッテンを作る。残念ながら風呂なんてありません。からかわれたのを理解したのか今度は俺に蹴りを入れてきた。そして蹴った足を痛みで抱え込む学習しないダメおっぱい。

　とは言え流石に涎まみれの相手をするのは嫌なのでシャワーのある部屋を指差す。水が使えると知ったアーシルーは走って移動。最後まで胸は出しっ放しだったが、服が涎で汚れるのが嫌だったのだろう。

　さて、俺はシャワールームには行けないのでタオルの用意でもしてやろうと物置部屋へとのたのたと移動を開始。その直後、シャワールームから「ひぃやぁぁぁ！」という叫び声が聞こえてきた。

（まあ、最初に出てくる水は濁っているだろうからな。それを浴びたらそうなるわな）

何せ俺が移動できない場所にあるのだから、一度水を出しっ放しにして綺麗な水が出るまで待つ必要がある。

「ふざけるのもいい加減にしなさいよ！」

部屋から出てきた全裸のアーシルーがシャワールームを指差し俺を怒鳴りつける。俺は溜息を一つ吐いて手招きすると、別の蛇口がある場所まで移動。壁の一部が壊れたトイレの洗面台から綺麗な水を出して、それをやって来た彼女に見せる。「しばらく水を出し続ければ綺麗なものが出てくる」と紙に書く。

「それを先に言いなさいよ！」

そして俺の足を蹴ってまた蹲る。鎮静手段として胸を揉んでみようかと思ったが、そろそろ限界が近そうなのでタオルを何枚か渡してシャワー室に行く彼女を見送る。お湯は使えず水しか出ないので外で火を付けようかと思ったが、丁度時間的には昼飯時を過ぎた辺りである。

ならばここは食料の調達をしておこう。扉を閉じていれば上にはあがらないだろうし、そもそも上がる能力があるかどうか疑問だが、念の為に「狩り」と書き置きを残しておく。

そんなわけでサクッと猪を捕まえて解体。肉の塊を調理台に置いたら手を洗って地下へと降りる。するとそこには集められた紙束を横に、手にした一枚の書類に目をやる白衣を着たアーシルーがいた。

「あ、やっと帰ってきた」

扉を開ける音でも気づかなかったので集中して読んでいたようだが、まさかこのダメおっぱいは帝国語が読めるというのだろうか？

確認がてら帝国語で「ダメおっぱいはそれが読めるの？」と紙に書いてみる。

「誰がダメおっぱいよ！　って言うか、あんたフロン語も書けるのね……まあ、読めてたみたいだからそうじゃないかと思ってたけど」

驚きの事実が発覚した。俺が驚愕を顕にしていると「あんた結構失礼な奴よね」と厳しい目を向けられる。好感度を下げすぎるのも考えものなので、ここは一つご機嫌取りのために「飯」と書かれた紙を見せる。

アーシルーは喜んで立ち上がり、俺は塩と胡椒を取ってくる。そして彼女を担いで上に上がる。全裸に白衣も悪くはない。横乳も良かったが、谷間全開の衣装も良いものである。また下着も履いていないらしく、尻から太もものラインも良い仕事をしていた。

さて、肉を焼く準備をして取り分けた肉塊を切るのだが注文が多い。

「あ、そことそこは私が食べる。あと厚さは薄めにお願いね。ちゃんと焼く前に筋切りくらいしなさいよ。私はか弱い美女なんだから……気が利かないわねぇ。あ、そこ脂身多いから切っといて。ちょっと胡椒ケチんないでよ！　臭み消しの香草がないんだったら香辛料で誤魔化しなさい！」

料理ができないと言っておきながらこの注文のつけようである。余りにも横で煩いので手を伸ばしたところ、即座に胸をガードしたので無防備な顔面を指で摘み力を少し込める。

「いた、痛いって、割れる！　頭が割れる！」

「ほんと何なんだろうな、こいつ？」と首を傾げながら肉を焼く。焼けた肉を美味そうに頬張るアーシルーを見ながら、随分と久しぶりに昼食を食べたなと思う。食後に後片付けを命じたところ、

いつまで経ってもやる気配がなかったので「裸にひん剥くぞ」と脅してようやく行動する始末。

おまけに「鉄板が重い」と文句を言うのだからこいつの能力の低さを舐めていたと言う外ない。結局重いものだけは多少手伝ってやり、後片付けが終わったので地下へと戻る。さて、そろそろ真面目な話をするべきだろう。

「お前さんに幾つか聞きたいことがある。まずはフロン語が読める理由」

「ん？　ああ、単に評議会から出版されてる本をよく読むからよ。翻訳なんて待ってもされないこともあるから覚えたのよ」

意外な理由で勉強していたことに驚いた。どうやら興味があることに関しては努力をする傾向にあるようだ。少しばかりこいつの扱い方がわかってきた気がする。では、いよいよ本題に入るとしよう。

「次の質問だ。お前が知る限り最も強いエルフは誰だ？　またそれに匹敵するような強者はどれくらい存在している？」

俺の最大の懸念材料――それがエルフの戦士である。かつて帝国の前線を崩壊に導いたのは何れも少数精鋭の部隊であったと聞き及んでいる。ならばその者達を知ることでエルフとの付き合い方も決まる。

これまではエルフが俺にとってどの程度の脅威となるかがわからなかった。それ故に敵対をしないように注意を払ってきたが、その実態を知ることができれば「どこまでなら許容できるのか」が予測可能となる。重要な内部情報を渡せと言う言葉を投げかける――その意味は俺もよくわかっている。

（俺に差し出された以上、知ってることは洗いざらい吐き出してもらうぞ）

俺は厳しい目つきでアーシルーを見た。

「んーとね、一番強いのはシュバード様って言う剣聖って呼ばれてるおじいちゃん。他は知らなーい。でもシュバード様と同じくらい強い人の話とか全く聞いたことないわねー。大体さー、戦士の嫁になったら外聞とか物凄く気にしなくちゃいけないの、わかる？　そんなの狙うわけないじゃない」

俺の質問にアーシルーは用意してやった布団に寝そべって本を読みながら、足でふくらはぎを掻いており、心底どうでも良さそうに知ってることを全て答えた。多分……いや、確実に俺は聞く相手を間違えた。

夜――俺の寝床から一メートル程離れた場所に敷かれた布団の上で眠るアーシルーを見て思うことがある。「よくこいつ熟睡できるな」と――もしかしたらこいつは大物なのだろうか、という錯覚をしてしまうが、こいつはただのポンコツおっぱいエルフだ。今日一日でわかったことをまとめると、このダメおっぱいは大体こんな感じのエルフである。

・生活能力が皆無であり、基本的に自堕落な性格。
・まともにできる家事がなく、毎日食っちゃ寝しつつ楽をして生きたいと願っている。
・そのために体目当ての男の中から金と権力を持つ男を捕まえる。それが自分にはできると本気で思っており、それ故か無駄に自信家で我儘かつ恐ろしくポジティブな思考を持っている。

・見た目モンスターの俺にすら「養ってもらおう」という意思が透けて見えることから、プライドや尊厳とは無縁と思われる。
・趣味は読書。小説を好んで読む傾向にあるらしく、学術的な本には余り関心がない。漫画も好む。興味対象以外には無関心であることが多く、自勢力の有名人すら知らない。
・戦闘能力は皆無。運動神経も悲惨の一言。学習能力の低さも露呈しており、平均的なエルフと比べると全体的に満遍なく低スペック。
・魔法を苦手としており、使用できる属性は火と土のみ。火力はお察し。ちなみに明かりの魔法は生活魔法に分類される「子供用」の魔法とのこと。
・おっぱいがとても大きい癖にエルフらしい細身の反則ボディー。

ここに付け加えることがあるとすれば、後は「国家に対する忠誠心の低さ」が挙げられる。俺は頭を抱えて隣でぐーすか眠るアーシルーを見る。

（……これの面倒みなきゃならないの、俺？）

こう言ってはなんだが、このダメおっぱいは生活する上で必要な労力を一切捻出できないという致命的欠陥を抱えたエルフだ。

その胸についたたわわな果実で癒やされるのは事実であるが、同様にこのダメっぷりで苛立たされることもあってか、収支をプラスにするには相応のサービスを要求しなくてはならない。と言うか徴収でもしなければやってられない。

なので布団と服をめくってその裸体を拝んでやる。やはり素晴らしい体であると称賛するが、腹を掻く姿には溜息が出る。

（うん、ダメおっぱいだ。残念エルフでも良かったが、俺はこいつのことを女としてではなく「おっぱい」として見ている）

よし、こいつのことはこれからおっぱいとして扱ってみよう。エルフの集落の状況が変化するには最低でも数日を要することだろう。これはそれまで辛抱するために必要な措置である。と言うわけで隣で眠るおっぱいに悪戯しつつ夜を過ごした。

翌朝、活動時間の割に睡眠をあまり必要としない体故に目が覚めるのは意外と早い。隣で眠る乳丸出しのエルフに布団をかけてやり、起き上がった俺はまずは顔を洗う。朝から肉を食うことに最早抵抗がなくなった身ではあるが、隣のおっぱいには少々重い朝食となるだろう。

なのでひとっ走り川へと向かい、監視拠点の荷物も持ち帰る。どちらかと言えば後者が本命。いつ起きるかわからないのでさっさと行って帰ってこよう。既にルートが決まり、獣道のようなものが出来上がっているせいか、移動に時間がかからなくなりつつあるこの監視拠点。

バレないように何かしら細工が必要なのかもしれないが、今はそうするだけの暇がない。川に入って十分な魚を確保し、クーラーボックスに処理を済ませたものを放り込んで帰路につく。

帰ってくるなり魚を焼き、地下に降りるがまだおっぱいは眠っていた。なので布団を引っ剥がし、ついでに服も引っ剥がして全裸にする。ダメおっぱいは目が覚めるなり俺を見て悲鳴を上げたが、自分が裸であることに気づいて再び悲鳴を上げた。

「飯にするからとっとと顔を洗ってこい」と書かれたメモを押し付けると、剥ぎ取った白衣を持ったまま一度地上へと上がる。魚の焼き加減をチェックしつつ食器を用意。長い鉄串に刺さった魚を皿の上に載せて簡素ではあるが完成。

地下へと戻り、内股で胸を腕で隠すダメおっぱいを回収し地上へ上がると、白衣を渡して生着替えを見ながら焼き魚に齧り付く。

「魚かぁ……」

そう呟くダメおっぱいを睨むが、それが通じていないのか特に気にした様子もなく魚の刺さった串を手に取る。

「あんたって肉ばっかり食ってるイメージだったんだけど、魚も食べるのね」

そう言って一口食べて「おっ、良い塩加減」と美味そうに魚の腹を齧る。内臓を処理していることには何も言わないのだから結構いい加減な奴である。黙々と食事を済ませ、後片付けをダメおっぱいに強要し、それが終わったら文句を言いながらも地下へと移動する。

「真面目な話のお時間です」

そう書いた紙をそっと差し出すと、布団に隠れたので尻を出してパンパン叩く。そして布団にしがみつこうとする涙目のダメおっぱいを引き剥がし、冷たい床に座らせてもう一度紙を差し出して次を書き始める。

「厳選なる審査の結果、あなたには自慢の乳以外に価値がないことが判明しました。また、その乳の価値も不明であることから、あなたの処遇について話し合いたいと思います」

そのような内容の紙をダメおっぱいの前に差し出すと、それを読み取った途端顔を横に向ける。見ないふりをするつもりなのだろうが、今度は目の前に持っていくと目を瞑って見ようとしない。無駄な足掻きをするなと頭を指で摘んで力を少しずつ加えていく。

「いた、痛い！　割れる、割れるから！」

俺の指をペチペチ叩く目を開けたダメおっぱいの真ん前に紙を持っていく。

「ワタシ、フロン語ワカリマセーン」

カタコトのエルフ語で目を逸らす。なので今度はエルフ語で書いてやる。するとダメおっぱいが涙目で俺の足に縋り付いてくる。

「待って！　私今里に戻ったらやばいんだよね⁉　匿ってくれるって言ったじゃない！　私のことは遊びだったの⁉」

さらっと言ってもいないことを捏造し、勘違いしそうな言葉を吐くダメおっぱい。なので俺も厳し目に事実を突きつける。

「そんなことは言ってない。あとお前には遊べるだけの知性がない」

そう書かれた紙を見て「え？」という顔をするが、こいつの頭の中は一体どうなっているのだろうか？

「いやいやいや……待って、もしかして私物凄く下に見られてない？」

顔の前で手を振って笑う乳だけエルフにトドメを刺すべく紙を追加。高等教育課程で記憶にある計算問題を書き、それを「解いてみろ」とペンを渡す。そして固まるダメおっぱい。

「ふっ……適当に書いたものなんてどうせ解けないようにできてるんでしょ？　っていうかあんたこんなの書いてるけど意味わかってる？」

勝ち誇った顔にイラッときたが黙々と計算式を解いていくと、ちょっと懐かしくなって頬が緩んだ気がする。サクッと解いて間違いがないかを見直した後、解答用紙を提出するとダメおっぱいが真顔になった。

「ああ、なるほどー丸暗記したのね。えらいえらい、記憶力あるのねー」

立ち上がって手を伸ばし俺の頭を撫でるが口調はおかしく目が泳いでいる。繕うのに必死なところを懇切丁寧に紙を六枚追加して、どのように計算式を解いたのかを教えてやった。「おわかりになりましたか？」と煽るように丁寧な言葉で三度目の確認を行う。

表情の抜け落ちたダメおっぱいが俯いたまま動かない。しばらく待ってみたが再起動する気配はなし。それほどショックを受けたのかとも思ったが、こいつの性格を考えるに「このまま何も言わずに黙っていれば、きっと勘違いして現状維持ができる」とでも考えていそうである。

なのでペンを持って新しい紙に思い付いたことを書き、それを俯くダメおっぱいにそっと差し出す。

1：自分の価値を提示する。
2：エルフの里に帰る。
3：自力で生きる。
4：非常食。

ダメおっぱいはその紙をしばらく見つめた後、すっと立ち上がると本棚のある部屋に真っ直ぐ歩いていき、一冊の本を持って戻ってきた。そして俺の前に座ると持ってきた本を広げた。

（やはり見つけていたか）

アーシルーが持ってきたのは俺が混ぜておいたエロ本――さて、一体どんな理論が展開されるのかワクワクしてきた。俺が期待に胸を膨らませていると「まずはこちらをご覧ください」とナイスバディの女性が裸でポーズを取るページを開き、真剣な顔で説明を始める。もうこの時点で吹き出しそうだ。

説明の途中から自画自賛が始まったので、要約すると以下のようなことを言っている。

「このように女性の裸を見ることができる本というのは価値があり、モデルの容姿や体型にその評価は顕著に影響を与える。故に、この胸の大きさを見てわかる通り、私は絶賛されるだけの価値がある。その証拠として、こちらの人気上位を占めている女性は巨乳が多く、彼女達より私の方が胸は大きい」

このようなことをバカっぽく語ってくれた。なので俺は首を傾げてエロ本を手に取り、開いたページのポーズを取る裸の女性を指差し、次にダメおっぱいを指差す。両膝を床に付け、両手を頭の後ろで胸を反らした色っぽいポーズと目線が実にそそる。

これをやってみせろという俺の意図を挑戦と受け取ったか、ダメおっぱいが鼻で笑い写真の女性と同じポーズを取った。しかし白衣は着たままなので、俺は無慈悲に「服」と書いた紙を見せる。

拳を固く握り歯を食いしばるダメおっぱい――しかし意を決したのか勢いよく白衣を脱ぎ捨て、裸になってポーズを取った。

「表情が硬い」

プロを舐めるな、と言わんばかりに被写体の女性との差異を紙に書いて見せつける。文句を言う度に言いくるめ、何度も何度もポーズを取り直し色んなことをやらせてやった。結果、取ったポーズは三十種を超え、気づけば昼になっていた。

（いや、良い時間潰しになった。六号さん劇場には間に合わなくなってしまったが、中々有意義な時間を過ごさせてもらった）

やはりこのように扱うのが正解のようだと頷きながら、疲労で動けなくなって倒れたダメおっぱいに溜息を吐く。ともあれ、これならもう数日は面倒を見てやっても良いだろう。少々早いとは思うが、俺はアーシルーを集落に戻すつもりでいる。

その受取先に六号さんを指名する予定なのだが、彼女に借りを作るのは後が怖い。なので俺はこう主張することにした。

「お前らはあの穀潰しを俺に押し付けたのか？」

全く以て、物は言いようである。俺はこのダメおっぱいを預けるのではなく返品するのだ。これならば借りを作るではなく、それどころかアーシルーのスペックの低さ故に貸しができる。自分でも惚れ惚れするような名案に思わずがっがっと笑い声が出た。

ちなみにダメおっぱいの評価については「よくわからんから、明日また頑張ってくれ」ということにしたので、明日もきっと楽しめる。南の確認がもう少し先の話になってしまうが、たまにはこういう休暇があっても良いだろう。

まさに眼福――その一言に尽きる。俺は目の前で繰り広げられるヌードショーを首を傾げながら見ているが、ポーズを変える度にゆっさゆっさと揺れる双丘や突き出される尻にしっかりと目が行っている。映像として残しておきたいのは山々だが、残念ながら使用可能な器材を手に入れることができなかったので脳に焼き付けるレベルで記憶する。

「それでね、ここのポーズと……このページのを合わせてこうなるの」

胸を強調するように俺に見せつけるこのエロおっぱいだが、昨日とは打って変わってノリノリで雑誌で見たヌード写真のポーズを真似たりアレンジしたりを繰り返している。何故このようなことになっているのか？

その理由は昨晩まで遡る。散々な扱いを受けたとイジケながらもしっかり用意した晩飯を完食したダメおっぱいだが、流石にこのままではまずいことになると理解したのか俺に話しかけてきた。曰く「私にピッタリの楽して稼げる仕事って何？」である。

それをモンスターにしか見えない俺に訊ねる辺り、まずは頭の病院を紹介すべき案件だと思うが、折角なので「まずはその性根を叩き直さないことには始まらない」と言うことを身に沁みてわからせるべく、俺は一つ芝居を打つことにした。

「お前は自分の体が自慢であり、価値があると主張する。ならばこの本に写る女性のようなことは仕事にならないのか？」

このようなことを言ってみたところ、ダメおっぱいは「その手があったか」と目を輝かせた。写真の技術がエルフにあるかどうかはさておき、春画のモデルくらいにはなれるだろうとこの時はワザと教えることはしなかった。

それからすぐにダメおっぱいは本棚を漁り、女性モデルが写っている雑誌を片っ端から抜き出していく。他の部屋にあるエロ本やアダルトデータディスクのパッケージを探し出し、何かを呟きながら真剣に見ていた。

声を出して笑ってしまったが、ダメおっぱいはそんな俺を見てニヤリと不敵に笑うだけだった。もしかしたら妙な対抗心でも燃やしたのかもしれないが「モンスターである俺にそれはどうなのか？」と少しばかり彼女の頭が気の毒に思えてきた。

そしてその翌朝——朝食後にダメおっぱいが自信満々に挑戦状を叩きつけてきた結果、現在に至るというわけだ。「男に見られている」という意識が完全に抜け落ちたことで、俺に肌を見せることを躊躇することがなくなり、朝から大変良いものを見させていただいている。

要するに「体以外に取り柄がないならモデルをやれば？」的なことを言ってみたところこの有様というわけである。

（このダメおっぱいは本気でモデルになるつもりだ。確かに体以外一切取り柄がないのであれば選択肢としてはありなのかもしれない。しかしそんな仕事が帝国以外にあるのだろうか？　他の国なら

「そんな回りくどいことをせずに体を売れ」となるだろうし……）

エルフの文化や風習は未だよくわかっていないが、少なくとも「娼婦になる」という思考が欠落していることから、その手の職業はないのかもしれない。色々と考えさせられるが、結局は「まあ、ダメおっぱいのことだし別にいいか！」となる。

そんなことより今は目の前のおっぱいに集中だ。ポーズ一つ一つを自分なりに解釈して解説するのは良いのだが、基本的におっぱいに意識が行っているので半分も聞いていない。いやはや、体だけは素晴らしいだけあって本当に眼福である。

そのボリューム故に腕の位置で形が変わり、柔らかさが視覚を通して伝わってくる。完璧とまでは言わないまでも素晴らしい造形美を誇るエルフの肢体は、アンバランスに主張の激しい胸のおかげで性的なものへと見る者の股間を直撃するだろう。

（問題は俺の相棒がうんともすんとも言わないことなんだよなぁ。それに、幾ら体が良くても、表情がどれも同じだと見る者の想像力に訴えかける……）

ふとモデルをやっていた姉の言葉を思い出し、紙にアドバイスを書いてやるとそれを胸を腕で持ち上げるポーズ中のダメおっぱいに差し出す。

「……表情にもっと気を使え？」

人間だった頃の記憶だが、姉が写っているファッション雑誌が家に送られてきた際、該当するページを見せながら撮影の苦労を語ってくれたことがある。実際はただの愚痴だったのだが、結果として「良いものができた」と満足そうに笑っていたのをよく覚えている。

その時の言葉の中に「モデルは容姿や体だけじゃ不十分。撮影場所やコーディネートでそれに合った表情を作るのが大事」というものがあった。ただ指示通りに表情を作るのではなく、自分から挑戦していく姿勢が必要なのだと力説していた姉を思い出す。

結局、姉がモデルを辞めた理由は聞くことはなかったが、今のこいつにはもしかしたら必要なアドバイスなのかもしれない。そう思っていたのだが――。

「バカじゃないのあんた？　この体が目に留まらない男がいると思ってんの？　下手な小細工するくらいなら同性に『うわ、あざとすぎ』って引かれるくらい自慢の胸を強調してやるわ！」

うん、ダメおっぱいはやっぱりダメおっぱいだった。もうちょっと楽しんでから返品の予定だったが、今日の昼に六号さんのところに持っていこう。予定を前倒しにしてでも壊したい笑顔があることをこの日の俺は知ることができた。

そして早めの昼食後、俺は後片付けをさっさと済ませ、さも当然のように手伝いもせずにくつろぎ始めたダメおっぱいに用意していた紙を見せる。

「ところでモデルになりたいのはわかったが、そういう仕事がエルフにはあるのか？」

いつの間にか作られていた長椅子に足を組んで寝そべっていたダメおっぱいの鬱陶しい笑顔が目に見えて曇っていく。

「だ、だだ、だだ大丈夫、よ？　エルフの街に行けば需要なんて幾らでも？」

「ならいい」と追及はしないでおくが、ダメおっぱいが「どうしようどうしよう」と呟いている。

狼狽っぷりもそうだが、勝手に自分を持ち上げるだけ上げておいて、一気に落ちていく様は最早コントである。

後片付けを終えた俺は再び用意しておいた紙をブツブツと呟くダメおっぱいに差し出す。

「今日エルフに引き渡すから」

不安そうな顔が一瞬にして真顔になりフリーズした。それからゆっくりと自分を指差すダメおっぱいに「そうだよ」と頷いてみせる。

「どうして⁉　私頑張ってるよね⁉　私魅力的だよね⁉　ほら、おっぱい大きいからエロいでしょ⁉　あんただってずっと私のおっぱい見てたでしょ⁉」

そう言って涙目で白衣のボタンを外して胸を見せてくるが、予定を変えるつもりは微塵もない。ずっと見てきたことは否定しないし、このダメおっぱいがエロいのも認める。しかしだ――俺にも設定というものがある。

「それはエルフ同士で通用する話ではないのか？」

新たに書いた文章を見せるとダメおっぱいがまた固まった。こいつは俺を一体何だと思っていたのだろうか？

現在の俺は一応モンスターに分類されており、ゴブリンやオークのように人型ならば何でも対象にするような連中と同列に語られないようにはしているつもりだ。もっとも、できないだけなので可能なら間違いなく襲っている。蜘蛛男の葛藤が理解できるようになってしまった自分が少し嘆かわしく感じてしまう。

「待って、私まだ死にたくない！　お願い、何でもするからそれだけは勘弁して！　トイレ掃除だってちゃんとやるから！」

初日にトイレの位置を教えたところ「トイレ掃除くらいあんたがしなさいよ」と言っていたが、そもそも俺はトイレを使用しないどころか、排泄する器官がない。相棒不在で「まさか……」とは思っていたが、排泄の必要がなく食べたものを完全に吸収してしまう体なのだから、帝国の技術は不思議の領域に突入している。と言うより普通に怖くなるが、考えても仕方がないのでこの件は早々に思考を放棄することにした。

さて、俺に縋り付くことで押し付けられるおっぱいの感触は気持ち良いが、あまりイジメすぎても後が面倒。なのでさっさと種明かし。

「落ち着け。引き渡すのは別の集落だ。ゼサトという氏族が好き放題やっているらしいが、それをよく思わない人物にお前を預かってもらう。それならば安全だ」

俺が書いた文章を読んでいたダメおっぱいが「ほんとに？」と涙目で確認してくる。それに頷くともう一度確認してきたので「フォルシュナという氏族」と紙に書き足してやる。大きく目を見開いたダメおっぱいが紙をぶん取りそれを顔に近づける。

「あ、ああ……」

ワナワナと震える手で紙を持ち、何度も俺に確認を取る。それに対して俺は何度も頷いてやる。するとダメおっぱいが俺の顔に向かって手招きしたので、膝をついて身を屈め、目と鼻の先に顔を近づけてやる。

「ありがとう！　ほんっとにありがとう！」

感謝の言葉を口にして俺に飛びつき、豊かな胸を俺の鼻先に押し付けながら額にキスをする。落ちないように飛び上がったダメおっぱいを手に座らせ、その感触を大いに楽しむ。

「あんたってところどころ嫌な奴だったけど、やっぱり根は良い奴だったのね！　神様『こんなのが運命の相手？』とか思ってゴメン！　めっちゃ良い奴でした！」

折角なのでここで好感度でも稼いでおくかと、六号さんに預けることが安全に繋がる理由も補足しておく。内容を簡単に説明すると「ゼサトと対立しているフォルシュナにとって、専横の証拠であるお前はきっと役に立つ。むざむざ殺されるようなことにはならないだろう」というものだ。

「最高！　あんたってばほんっとに最高！」

それを見たダメおっぱいが瞳を潤ませさらに胸を押し付けキスをしてくる。なんて現金なやつだと思いながら「お礼の用意くらいはしとけよ」と紙に付け足す。

「よろしい、私の魅力で男に貢がせたんまりと用意してくれるわ！」

無理だった場合を問うたところ「その時は私の体を好きにしろ！　処女でもなんでもくれてやる！」と自信満々に言い放つ。またニヤニヤと笑う姿から、俺が自分に欲情するような生物ではないと認識していることが窺える。

なので「ダメだったら貰うわ」と冗談を冗談として受け取った風に返事をすると「いつでも来い」と威勢よく啖呵を切るダメおっぱい。勿論やれるなら頂きに行くので新たな目的が生まれてしまった。当然のことながらこやつの目論見通りに行かないことは前提のようなものだ。

ともあれ、ダメおっぱいを担いで川へと向かう。そろそろ「六号さん劇場」の時間なので少し急ぐ必要がある。なのでダメおっぱいにはしっかりとその乳を押し付けてもらい速度を出した。ちなみにそのままの姿ではただの痴女なので、ロッカーから新品の白衣を取り出し、一枚を腰に巻きつけている。

さて、そろそろ川に到着するかと思いきや、突如ダメおっぱいが何かに反応した。

「あ、今警報鳴った」

音が聞こえなかったので魔法的な何かだろうが、六号さんがいつも無防備で川にいる理由がわかった。彼女達が退散する前に川に辿り着かなければならないので、更に速度を上げてダメおっぱいを自分の顔に押し付けるように支えてやる。

「ひぃやぁぁ」と悲鳴を上げながら森を抜けると、子供達の前に立つ杖を持った全裸の六号さんがいた。そして俺を見た悪戯小僧の手から戦利品が滑り落ち、俺の下へと流れてくる。

「アルゴス？」

俺の姿を見た六号さんは驚いたように目を見開く。流れてきた肌着を掴み、ザブザブと川を歩いて六号さんへ向かって歩くと、子供達が前に出て両手を広げる。

（小さくても男の子だな。そういうのは嫌いじゃない）

ともあれ、まずは用件を済まそう。肩に乗せたダメおっぱいを降ろし、六号さんに予め用意していた手紙と肌着を渡す。それをニコニコと笑顔で見守るダメおっぱい――そして手紙を読んでいた六号さんの顔が曇り、ダメおっぱいを見ると溜息を吐いた。

首を傾げたダメおっぱいの心の声を代弁するならば「あれ、なんか思ってたのと違う？」だろう。

何せ「返品」扱いである。その本人があんなにニコニコしていれば溜息を吐きたくもなるだろう。

突如現れた巨大なモンスターを前に、少年達は守るべき者のために勇気を振り絞って前に出た。しかし、そこに新たにイレギュラーサイズのバストが現れ、男女等しく子供達の視線が一点に集中する。ダメおっぱいの就職先は決まるのか？

次回六号さん劇場——夢の共演、少年戦士達の戦い——夢見て育てよ、子供達。以上、現実逃避終了。俺にしがみつくダメおっぱいが子供の前でみっともなく喚いている。

「安全だって言ったじゃない！　悪い扱いにはならないって言ったじゃない！」

その姿を冷たい目で見る六号さん。子供達は状況が理解できないらしくただ見ているだけである。目の前で泣き喚くダメおっぱいが「ダメな大人の見本」となることを切に願う。

さて、押し付けられる胸の感触を楽しむのも良いが、これは半分くらいは意図して俺が起こしたものだ。「無駄飯食いは返品」という名目で突き返されたダメおっぱいは、自然調和委員会の六号さんからすれば「折角の機会を潰しやがった阿呆」となる。

目下、共存が可能なモンスターとして槍玉に挙げられている俺としては、この一手は距離を取り直すには程よい塩梅のものである。支配の魔法のような禁忌とされる強力なものがある以上、無策での敵対はまさに愚行。離れすぎるのもまた危険——だからこそ、このダメおっぱいの返品なのだ。

数日とは言え、俺と過ごしたその中身を六号さんは知りたがるだろう。ダメおっぱいから齎される情報は、きっと彼女の想像を遥かに超えたものとなる。

（多少の情報は漏らしても構わない。戦闘能力に関する部分は未だ秘匿状態にある。ならば、俺の知能の高さを改めて確認すれば、確実に六号さんならば交渉の場を設けようとするだろう！　それはつまり俺を討伐しようとする勢力を抑えることと同義。そして六号さんはかなり高い立場のエルフであることも確認済みだ！）

付け加えるならば、俺の討伐を推し進めようとするような連中は限られるが、一体誰が好き好んで危ない橋を渡るのか？

それは危険を冒してまで俺という脅威を排除することで得られるものを欲する者達。より大きな発言力を得たい勢力——この場合は、ゼサトという氏族がそれに当たる。その権力を欲するゼサトのやりたい放題の証拠となるダメおっぱいの身柄が、六号さんの手に渡ったのだ。

（まさに完璧な計画！　その中核を担うのがあのダメおっぱいであることを除けばなぁ！）

あのおっぱいのダメさ加減はたった数日で身に沁みて理解できた。だからこそ、六号さんがあのダメおっぱいを「丁重に扱う」ような状況を作りたくなかった……のだが、完全に人選を誤っている。今更だが「やってしまった」と言いたい気分だ。

あいつならきっと俺の予想通り自分の置かれた立場に甘えまくる。結果、愛想を尽かされた場合どうなるかが予想できない。愛のムチで厳しく更生させられるのならば御の字。自分の状況が悪くなったことで、逆にゼサト側へと寝返る可能性すらある。

しかし最初から厳しくされている状況ならば、自分の命と天秤にかけて我慢くらいはするだろう。そう思ってのことなのだが、俺の想定を超えるこの情けなさ——こいつは一体何を期待していたのだろうか？

恐らく「自分って大事な大事な証人だからきっとチヤホヤしてくれるし、身の回りのことは全部やってくれて安全だって保障してくれる。これからは毎日食っちゃ寝できるぞ！」くらいのことは考えていたんだろうな、クソッタレ！

あの浮かれた顔が「あなたには言いたいことと聞きたいことがあります。しばらくはフォルシュナの名で保護致しますが、ゼサトの一件が解決次第戻っていただきます」と聞かされた途端、泣き顔に変わって俺に待遇改善を求める始末である。

（甘かった。俺の考えが甘かった）

何はともあれ、こいつを六号さんに預かってもらわなければ始まらない。取り敢えず、川の中に居続けるのは良くないだろうと、川辺を指差しそちらに移動。泣きじゃくるダメおっぱいを担いで川を出ると、ジタバタと暴れて鬱陶しいが腰に巻いた白衣を引っ剥がしてケツ丸出しにしてやると「ヤメロ――！」と言いながら抵抗する。

一足先に川から上がった俺は、木にかけられていた衣服の中に六号さんの物と思しきものを発見。肌着がずぶ濡れなので、体を拭くための布とそちらを回収して六号さんに手渡す。この人は俺に肌を見られることを意識していないのか、裸のままでやり取りをしていた。

良い目の保養になったので、これはそのお礼を兼ねてのものだ。「ありがとう」と目礼をするが、その目には俺の挙動を見逃さないという気迫が感じられた。強い意志を持つ女性――エルフの中でも高い地位にいることも頷ける。

それに引き換えこのダメおっぱいよ。「体以外に価値なし」という評価に一点の曇りもない。そしてそいつを少しは擁護しておかなければならない苦しさよ。体を拭いて上着を羽織るだけで済ませた六号さんは、子供達を少し離してから俺に向き直る。

「まずは同族の非礼をお詫びします」

そう言って頭を下げる六号さんに「気にしていない」と書いた紙を見せつつダメおっぱいの尻を叩く。

「ちょっと、何であんたはそうホイホイと――」

「あなたは黙ってなさい」

有無を言わせぬ六号さんの迫力にダメおっぱいが「はい!」と黙る。「退屈はしなかった」と書いた紙を見せ、あまり厳しくしないようにそれとなく伝える。また、今回の返品について「一箇所に長く留まることがなく、連れ歩くには能力不足である。よって彼女を帰すことにする」とフォローも入れておく。

ダメおっぱいを指差し「分類特殊」と書かれた紙を見せて援護は完璧。これなら余程のことがない限り突き放されることはないだろうと、担いだダメおっぱいを六号さんの前に降ろす。

「彼女を預かることは問題ありません。しかし何故、元いた場所へ帰さないので?」

やはりそこを訊いてきたか、と俺の彼女に対する認識が正しかったことを確認する。少しでも情報を引き出そうと自然に振る舞っているのだろうが、それならばこちらも同じことをするまでだ。

「距離」

単純明快にして説得力の塊である理由。

「南移動予定」

加えて「ちょっと南行くことにしたからそいつを返すんだよ？　特に意味なんてないよ？」というメッセージも添付する。

「南、ですか……」

六号さんの顔が曇ったので「何か良くない情報でもあるのか？」と紙に書いて訊ねる。

「いえ、この大森林は北はゴブリン。南はオークが大量に生息しています。数があまりにも多く、大規模な集落ともなれば少し危険ではないか、と……」

おっと、美女に心配をしてもらうのは嬉しいが、俺の力を疑われるのは心外だ。しかし下手にこの人に情報を渡すのも怖いので、ここは「忠告感謝」と大人の対応だけで済ませる。持ってきた紙も少なくなってきたので、そろそろ帰るとしよう。俺が背を向けると六号さんが「それではまた」と声をかけてくる。

「がっがーお」

少々間の抜けた返事をして、振り返ることなく川に入る。懸念材料はあるが、打てる手は全て打ったと思いたい。

（あとはあの駄目おっぱいがやらかさないことを祈るのみ。ああ、でもあの乳は惜しかった）

相棒不在で正直生殺しだったから、早めに別れることを決めたのだが――やはり惜しくなってくる。もしかしたら相棒が帰ってきてくれるかもしれないことを考えれば、あの乳は手元に置いておきたくもあった。

（まあ、今は南へ行った帝国人が興した国を見るのが優先事項。しばらくエロを封印する分、しっかり堪能したと思っておこう）

まずは本拠点に戻る。そして隠したエロ本の山をもっと見つかりにくい場所に隠す。あのおっぱいのことだから間違いなく拠点はバラされるので、見られたくないものは念の為に処分するか隠すかしておいた方が良いだろう。

そして本拠点に戻った俺は地下でエロ本を読んでいた。掃除をしているとついつい見つけた漫画を読みふけってしまうが如く、手にとってしまったのが運の尽き。「処分」という単語は俺の頭から抜け落ち、どうにかしてこれを隠さなくてはと無駄に使命感に目覚めてしまった。

結果、出発が一日遅れることになってしまったが、隠し場所の出来に関しては満足の行くものとなった。なお審議の結果、三冊ほどは手放す気でデコイになってもらったが、俺の記憶ではまた本屋に行けば見つけることもできるので、これは必要な出費と割り切った。これで憂いはなくなった。

帝国の子孫達に会いに行くとしよう。

とあるエルフの独り言

薄れゆく記憶が確かならば、特に理由などなかったはずである。自らが自然の一部であるということを忘れてはならない――この戒めだけを見るならば、自然調和委員会という組織もそう悪いものではない。

　自然から切り離されては生きてはいけない——良い言葉だと思うし、真実であるとも思う。自然との共生を謳い、調和を掲げる組織を作り、崇高なる理念の下に生きて死ぬ。だが、そこから何故「モンスターとも共存を志す」という輩が増えたのかは未だ不明である。

　そんな自然調和委員会に入った理由は特にない。両親が組織の一員であったことは知っているが、それが理由ではなかったとはっきり言える。少なくとも両親は「ただ籍を置いている」という程度の付き合いで委員会に入っていたようだが、一部危険な思考を持つ人物にとってはそのようなことは関係がなかったらしい。

　自殺まがいのモンスター調査に連行され、両親は帰らぬ人となった。そのような惨状を見て私が委員会に入ったのは「二度とこのような惨劇を起こさぬ為」でもなく、ただ「なんとなく」だ。深い考えがあったわけではなく、明日から一人生きていく状況をどうにかしようと思ってのことでもない。本当に理由などなかった。

　結果としては、フォルシュナという私の氏族がその辺の事情を上手く手繰り、自然調和委員会の手綱を握ることに成功する。その功績を以て、私は氏族の中でも若くして発言力を得るに至った。そこから始まった求婚の嵐。

　まだ成人にすら成っていない子供に花束を贈る大人達にはうんざりした。一部発育の良い体を舐め回すように見る男達には嫌悪感しか浮かばなかった。だから私は逃げ場所を作った——それが自然調和委員会というのだから、世の中何が起こるかわからない。

私という存在が委員会に接近したことで、色々と面倒事が発生したのだが、そこは「過激派が犯した事件によって両親を亡くした子供」という立場が大きく影響を与えた。結果としては、私は委員会でトップに近い立場の者となった。

とは言え、委員会のことなどどうでも良いというのが正直な感想だったので、適当な距離が欲しかった。そこで役に立ったのが「モンスターとの共存」という狂った理念だ。私はまず「そもそも共存可能なモンスターが果たして存在するのか？」という疑問を彼らに投げかける。

当然これまで何度も繰り返された話だ。狂った連中はさも当然のように頷いた。「勿論です。そうでなければ我々はそのような主張を致しません」と声を揃えた者達に私はこう言ったと記憶している。

「では、そのモンスターを私の前に連れてきてください。共存が可能ということは我々の言語を理解、もしくは理解しようとする意思を持つはずです。縄に縛るようなことは言語道断。友人のように隣を歩き、私の下へ連れてきてください」

一方がもう一方に合わせるだけなど共存とは言わない。その部分を強調し、彼らの理念に一定の理解を示すことで一般的な会員との距離を保った。気がつけば委員会の中心的な人物となってしまっていたことは、自分でも「どうしてこうなった」と頭を抱える他ない。

その頃には私も大人となって随分と時間が経過しており、頼られる存在となっていたという自負を持てるくらいには人を動かし、フォルシュナという氏族の中でも指折りの発言力を有するまでになっていた。相変わらず求婚する男性の数は減ることはないが、そのような気にはどうしてもならない。

どうやら大人の男性に対して嫌悪感や警戒心を拭うことができない身となっていたらしく、どうしても受け入れることができなくなっていた。それを克服するという意味ではないが、子供達の面倒を見ることになった。

少々やんちゃが過ぎる年頃の子供達だが、自分の顔に笑顔が戻ってきたことを喜ばれた時、私には余裕というものがなかったのだと知った。それからは子供達との時間を優先するようになり、教師の真似事をやるようにもなった。

自分でも自覚ができるくらいには笑うことが増えたのは良いのだが、少しばかり男の子の接触が多い。これも男性嫌いを克服することに繋がるだろうと笑っていた。そう思っていたら下着を取られた。

流石にこれには怒ったが、どうやら懲りるということを知らないのか、男の子達はますます私の下着を狙うようになった。「よろしい、そういうお遊びというなら受けて立ちましょう」と毎日が子供達との根競べ。大人の凄さというのを身に沁みてわからせてやれば、過度な悪戯も鳴りをひそめるはずだと思っていた。

結果は惨敗。毎回あの手この手で私を脱がしにかかる子供達に翻弄《ほんろう》される日々が続いた。そんな時、ある凶報が齎された。

「森林の悪夢」の復活——多数のエルフを食い殺したモンスターが再び生きて我々の前に現れた。

賢人会議で対策が講じられる中、子供達との触れ合いがなくなったことが少し寂しくもあったが、この問題は予想外の形で幕を閉じた。

その「悪夢」が別のモンスターに食われたという報が入ってきた。生贄を用意し、遠ざけるという話もあったようだが、まさか剣聖シュバードですら仕留めきれなかった化物を食い殺すというのだから、一体どんなモンスターが現れたというのか？

新たな里の危機とあって、再び賢人会議で氏族の中でも立場のある者達が忙しくしている。私もその一人ではあるが、現状できることと言えば襲撃に備えるくらいだと思うのだが、どうやら魔法が通用しない「悪夢」ではないと会議では楽観する者がほとんどだった。

だが、そのモンスターにどの程度魔法が通用するかは未だ未知数であり、安易に結論を出すべきとは思わなかった。子供達が心配になった私は一度戻り、避難場所や警備について確認を取ることにする。

それからしばらくは忙殺されることになるだろうと覚悟していたのだが、そこで信じられないことを耳にした。それが「悪夢」を食らったモンスターに関する話だったのだが、問題はその内容である。「禁忌である支配の魔法を復活させ『悪夢』を支配下に置いた」というものだった。

「一体誰がそのようなことを？」

答えは「キリシア・レイベルン」――あの魔法狂いとまで呼ばれたレイベルンの生き残りである。

納得の行く人物ではあったが、彼女がゼサトの長男を呼び出したと知って私は飛び出した。

ゼサトとレイベルンは少なからず因縁がある。短慮を起こされる前に何とかしなければならない。

結果としては賢人会議に丸投げするという形で収まったのは良いが、どうやらキリシア女史は未だにフォルシュナの女に尽く男性を取られたと思い込んでいるようだ。

魔法にばかりかまけて男性を顧みなかったのが原因だとは考えないのだから、レイベルンの血――いや、レイベルンの呪いは厄介なものである。私は新種のモンスターである「アルゴス」を見張るよう氏族の者に命じ、子供達の様子を見に向かう。

彼女の言う通り、危機が去ったことには間違いない。私にはこの平和が続くようにとただ祈るしかなかった。


あれから忙しい日々がしばらく続いた。念には念を入れて、アルゴスが暴走した際の対処を考える。賢人会議にも顔を出すが、話はいつもと変わらぬ様子。禁忌を蘇らせたことによる罰か、それとも里の危機を未然に防いだことに報いるべきか？

この答えを出せないまま時間だけが過ぎていく。そんな中、長続きしていたが故にしばらく欠席していた老齢の代表達が姿を現した。未だ結論が出ないでいる状況が意外だったのか、しばし会議の様子を眺め、これまでの内容を繰り返し訊ねる。

すると普段賑やかすことばかりの長生きしている面々の表情が変わった。

「禁忌はいかん。如何に脅威を前にしても、それに手を出したとあれば我々が帝国と戦った意味がなくなり、大義すら失われる。何故我々があれ程の犠牲を払い帝国を焼いたかを思い出せ」

重々しい口調で語るオーデル老の言葉に、あの時代を生き抜いた者達は頷いた。しかしそれで結論が出るわけではなく、三人の意見は重く受け止められたが結論を出すにはまだしばらくの時間を要した。だが最後はゼサトの長が「禁忌を放置することはできぬ」と押し切った。

キリシア女史の下へ人を送るのはまだ先の話ではあるが、私は「これで終わる」と安堵の息を漏らす。アルゴスは恐らく支配を受けたままの状態で殺すことになるだろう。満足に食事を与えていないという報告から、何度か様子を見るために近づいてみたが、アルゴスはただ黙って私を観察するかのように見ているだけだった。

曰く「その者の意思すら奪う禁忌の魔法」――それが本当ならば、彼の視線は私の気の所為だというのだろうか？

どのような結末であっても、アルゴスに未来はないことを理解していた私は何度か足を運び、せめて空腹を紛らわせるくらいは、と果物を差し入れた。それが彼の胃に収まったかどうかは定かではないが、それくらいしか私にできることはなかった。

しかし、この行為が後に私の生き方を変えることとなる。この時はまだ、誰もがアルゴスは支配されており安全であると思っていた。私を含めて――。

キリシア女史の処分が決まり、僅かな猶予時間はあっという間に過ぎ去った。儀式室へと連行されてきた彼女はやや憔悴した顔にこそ見えたが、その目にははっきりとした意思が読み取れる。

態度こそ従順であるが、彼女は何かを狙っている。粛々と制約の儀が進む中、突如キリシア女史は大声を上げ暴れ始める。大人しくしていたことで拘束が弱くなった時を逃さず、掴まれた腕を振りほどくと机を倒し、兵の移動を阻害しつつ囲まれないように立ち回っている。

「バカ共が！　命令に使う魔具を複製していないとでも思っていたのかい⁉」

その言葉に隣りにいた兵士に彼女を取り抑えるよう命令をするも、既に遅かった。

「来い、アルゴス！」

彼女がそう叫ぶと同時に天井を突き破りアルゴスが現れる。恐れていたことが起こり、行く手を阻むアルゴスが我々の動きを封じ込める。待機させていた兵士が入ってきたところで状況が好転するはずもなく、キリシア女史は勝ち誇った笑みを浮かべ高説を垂れ流す。

そして何を思ったのか「アルゴス、その女を犯せ」と最悪な命令を下した――のだが、当のアルゴスは動く気配がない。そこにゼサトの長男が一言。

「……そいつはメスではないのか？」

よくよく見れば股間には生殖器らしきものは見当たらず、アルゴスが「彼」ではなかったことが判明。しかし生殖器がないのであれば、オスでもなければメスでもない――所謂「無性」なのではないだろうか？

だとしたらアルゴスというモンスターは変異種か何かなのかもしれない。よもや生きて変異種と遭遇することになろうとはと驚いたが、キリシア女史がならばと私達の殺害命令を下す。全員がその言葉を聞き身構えた直後――キリシアが床に叩きつけられた。

「なぁにをしている！　あいつらだ！　この手をさっさとどぉけろ！」

押さえ込まれてなお暴れる彼女を無視して、アルゴスは床に散らばった物の中からペンを探し出し、それを手に取ると倒れた机に文字を書き始めた。

「お前はもう用済みだ」

この意味を私はすぐには理解できなかった。しかし、次に書かれたものでこの場にいる者全員が理解した。

「言語、魔法の学習は完了した。お前が自分の魔法が成功したと疑わなかったおかげだ。感謝する」

アルゴスは彼女を利用していただけだった。

（いや、驚くべき場所はそこじゃない！　たった四十日にも満たない時間でエルフの言語をここまで習得した⁉）

アルゴスの言葉を信じるのであれば、彼は言語と魔法の学習を完了している。明らかに異常と呼べる知能を有する「悪夢」すら捕食するモンスター――これを我々は何と呼べば良いのか？

アルゴスがあっさりとキリシア女史を殺害した。それで終わる話ではないのは誰もがわかっている。そして誰がやるべきかも決まっている。私は一歩前に進み、アルゴスと向き合った。

「何故、キリシアを――彼女を殺しましたか？」

答えは凡そ察しは付くが、これは確認だ。

「研究対象であり実験動物。生命の危機。殺害する理由はある」

先程と変わって少しばかり拙い文章ではあるが、そのような意味として私は捉える。ゼサトの長男もそのように捉えたらしく、アルゴスに「何故今頃になって彼女を殺した」のかを問う。

「支配の効果の抵抗には時間が必要だった。抵抗可能となる前に生命の危機があった」

この答えで理解した。キリシア女史が復活させた支配の魔法は不完全なものであったと――でなければ禁忌に指定された強力な魔法の支配下から抜け出すことは不可能なはずである。

（でも、アルゴスだったから支配の魔法が通用しなかったというケースも考えられる。しかしそれをおおっぴらにすることなんてできるわけがない。そんな怪物がすぐに近くに生息しているとなれば混乱は必至）

同じ結論を出していたらしく、背後から「失敗したのではなく未完成だったか……」と声が聞こえてくる。「復活した支配の魔法を不完全だった」とすることで、即座にこの場を制したのだから「流石はゼサトの一族だ」と心の中で称賛してしまう。

しかし私の役目はまだ終わっていないし、終わらせてもいけない。

「彼女の命を奪った理由は理解しました。では、もう一つ聞かせてください。あなたは何故このようなことをしたのですか？」

彼がどう答えるのかでアルゴスというモンスターの脅威を測る。それ以上に、私が知りたいという部分が大きかったのだが、もしも彼が想定以上の知能を有していた場合、委員会の一部がどう動くかは想像に難くない。

そのためにも知る必要があった。だが返ってきた答えは「質問の意図がわからない」というものだった。つまり彼はこう言っている。

「それに答える必要があるのか？」

これはかなりまずい状況だ。後ろから小さく舌打ちが聞こえてきたので彼も理解したのだろう。現状、アルゴスはエルフに対して良い印象など持っていない。当然と言えば当然だが、その知能の高さから敵対は避けることができると踏んでいた。

しかしこの言い方ではその見込は薄く見えた。ならばと質問を変え、最悪の事態を想定する。

「あなたはどうして我々の言語を、魔法を学ぼうとしたの？」

アルゴスは何も答えない。考えるような素振りは見せているので言葉を探しているのだろう。私は待った。だが、返ってきた答えは最悪と言っていいものだった。

「余興」

つまり、彼はキリシア女史の支配の魔法に抵抗しながらも遊びでエルフの言葉を覚えたというのだ。我々に対する興味からの学習であればよかったが、ただの遊びで言語と魔法を覚えられたのだからそこにエルフが介入する余地はない。

沈黙が天井に大穴を開けた部屋に漂う。あわよくば交流を、という考えを白紙に戻し、アルゴスという脅威への対処を第一に考える必要が出てきた。思考を切り替え、再び言葉を交わそうとしたところでアルゴスは天井の穴から出ていった。

このまま去られてしまえば全てが終わってしまう。そんな悪夢に駆られ私は伴も付けずに飛び出した。追いかけるが距離がある。しばし走り続けていたが、アルゴスが止まったのでこれ幸いと跳躍し、風の魔法で一気に距離を詰めた。

「何処へ行く気ですか？　私がいれば、里の中ならば大抵の場所へ行くことができます。良ければご一緒しませんか?」

アルゴスの前に着地すると同時に早口でまくし立てる。今、何の成果も得られないままに立ち去られてしまえば、全てが取り返しのつかないことになってしまう。そんな懸念に突き動かされるように私は前に出る。

するとアルゴスが私に手を伸ばした。抵抗はできない――いや、してはならない。私は黙ってアルゴスに持ち上げられるとそのまま肩に乗せられた。まだ最悪の事態は避けられる。

そう信じることができたから、彼が向かう場所に黙って運ばれる。着いた場所はキリシア女史の研究所――ここで何をするのかと問うてみたが、その答えは「完全なる破壊」という歓迎できない内容だった。

アルゴスがエルフと敵対することがないよう、可能な限り要求に応えるつもりだったのだが、里の外とは言え燃やすことに協力を求められるとは思っていなかった。渋る私に対し、彼は強硬手段に出たのでやむを得ず火を付ける役目を担う。

このような形でとは言え、自分が法を犯すことになってしまったことに少なからずショックを受けていると、アルゴスは私に地面に書いた文字を見せる。

「ここにくる理由がなくなった」

恐らく彼は知的生物として自分の情報の隠滅を図ったのだ。知られたくない何かがある?

それとも我々が彼を警戒するように、彼もまた我々を警戒しているのではないか?

そう考えた時、これまでのアルゴスの言動にほんの少し理解という希望が灯る。

「あなたの目的は何ですか？」

もしもそうであるならば、彼はエルフという種族から身を守るために危険を冒したことになる。

「あなたは、我々をどうするつもりですか？」

高度な知能を持つが故に、無知でいることに耐えられなかったのではないか？

「……あなたは、エルフに何を望みますか？」

だとすれば、自分以外に存在しない種であるアルゴスは、どのようにして安心を得るのか？

（もしも彼に「孤独」という概念があるのであれば……）

そう思い、顔を伏せたところにアルゴスが新しく書いた文字が見える。

「また果物を所望する」

その言葉に私は少しだけ彼という生物がわかった気がした。次に会える時にはもっと長く話し合おう。戦う必要はない。無理に距離を縮める必要もない。ただ隣に住む者としての関係が丁度良い。きっとそんな意味が込められた言葉だと思うから。火は勢いを増し空へと昇る。

「ああ、どう言い訳したら良いのやら……」

私の小さな独り言は隣の彼には届かなかった。

とある元巫女は怠けたい

生き延びた。そう、私は生き延びてやった。巫女などという実質ただの生贄から見事生還を果たしたのだから称賛を喜んで浴びよう。だと言うのに氏族の連中は私を腫れ物扱い。ゼサトの引きこもりの機嫌が悪いらしく、その皺寄せが来ているらしいがそんなの知ったことではない。

むしろ「ざまあみろ！」と声を大にして手を叩いてやりたいほどだ。しばらくの間は事情聴取とあって拘束されていたが、何もせずダラダラとできたのでそう悪くない待遇だった。

例の現場を目撃した者達が外に出ることができない間に、どうやら脅威である「悪夢」が去ったということになっていたようだが事実は違う。あの「悪夢」が食われたのだ。そのことを口止めされていたのだが、そんなの関係ねぇ。私の口を閉ざしたいのであれば、出すものを出してもらおうか？

と言うようなことを仄めかしたところ再び拘束された。

「事実を知る権利ってあると思うの」

このように私が主張したところ「無駄に混乱を招こうとした」として拘束時間がさらに延びた。

何もせずにダラダラする時間が延長されたが、今回はすぐに解放された。なので里の会議室に乱入し、今回の巫女として働かされた報酬を要求。こちらの正当性を理解できる者はおらず、三度目の拘束となった。

顔なじみとなった守衛の真面目そうな男性に、此度の件について愚痴を漏らすも「お願いだから静かに、じっとしていてくれ」と懇願された。話のわかる奴もいるところにはいるものだ。

私はそのお願いを聞いてあげることにしたが、暇な時間が長く続くと流石にこの景色にも飽きてくる。何よりこの怒りの矛先を何処に向ければよいのだろうか、と己の不幸を嘆いてみたが、私を見ようともしない。

なるほど、職務を全うするには私の体が魅力的過ぎるようだ。真面目過ぎるというのも考えものである。残念ながら彼は恋人候補にすら挙がらない。幾ら真面目さや誠実さを前面に出したところで、ものには限度というものがあるのだ。

色々と惜しい男性との別れの時間がやって来たが、私は過去を振り返らない。でもあの女だけは許さない。どうしてやろうかと日々報復の計画を練ってみるが、どれもこれもが現実的ではない。やはり勢いのあるゼサトの氏族の一人を単独でどうこうするのは無理があるようだ。できないことはできないと認めるのも必要。私はそこのところはきちんと弁えている。

さて、そんな私事に日々エネルギーを費やしてはいるが、どうにも里が騒がしい。どうやらあの魔法狂いとまで言われた「レイベルン」の誰かが何やらやらかしたらしい。誰が何をしたか知らないが、このご時世に私の件より話題になるとか、ちょっと情報の統制が行き過ぎではないだろうか？

余程ゼサトの連中は巫女を独断で用意した件を風化させたいようだ。それならば私にも考えがある。そう思って行動に出たのだが、気づけば私は拘束されていた。しかもどういう訳か再び巫女服に着替えさせられ、手を縛られ連行されている。

意味がわからない。あとか弱い乙女をいつまで歩かせる気なのか？

文句を言うが誰も返事をしない。男の中に手を縛られた極上の女が一人という状況が非常にまずいことは嫌でもわかる。なので下手に刺激しないように、どのような命令で彼らが動いているのかを訊ねたところ、最悪なことが判明した。

どうやら私はあの「悪夢」を食らったモンスターの生贄にされるらしい。言っている意味がわからず詳細を訊ねたところ、どうやら件のモンスターが禁忌である支配の魔法で制御下に置かれていたようなのだが、魔法が不完全だったおかげで自由を取り戻し、今はこの森にいるとのこと。

それの謝罪という意味で私をそのモンスターに引き渡すことになったそうだ。

「は？　ふざけんな」

思わず言ってしまったが、口に出た以上は仕方がない。話を続けるとどうもあのクソ女に強引にまとめて送り出されたらしく、危険が及ぶであろう彼らにも拒否することができなかったようだ。

最悪、この場にいる全員が殺されると話していた。

「え？　冗談よね？」

全員が沈痛な面持ちで溜息を吐き、無言で森へと進んでいく。あと私が喋り続けていたのが癇に障ったのか、猿ぐつわを噛まされることになった。これで助けを呼ぶこともできなくなった。どうやら私の人生はここで終わりらしい。

この人数差で抵抗しようものなら何をされるかわかったものではなく、ただ黙って縄を引かれるがままに歩く。あのクソ女が無理をしていたのならまだチャンスはあると思い暴れてみたが、あっさりと地面に押しつけられ身動きが取れなくなる。そして、恐れていた事態が起こった。

「なあ、やっぱこいつ化物にやるの惜しくないか？」

男達の手が伸び、衣服を掴むと引き裂かれる。真っ先に胸を隠す布が失くなり、こいつらの視線が集中していたところにズボンを脱ぎだした男を見て必死に暴れるが、力の差は歴然としており衣服がボロボロになる。

私に跨る男を撥ね除ける力などあるわけもなく、こんなところで犯されて死ぬのかと思うと涙が出てきた。だが救いはやって来た。男共の目的であるあのモンスターが姿を現したのだ。

「助かった」と思ったと同時に逃げる手段がないことがわかった私は、このボケ共が無残に殺されるよう祈ったが、早口にまくし立てるように任務を完了させて逃げていった。

幾つかの質疑応答があったことから、このアルゴスというモンスターがエルフ語を理解しているという驚くべき事実を目の当たりにする。言葉が通じるのであれば、と言う願いが実を結び、命が脅かされることがないとわかると、命と貞操の危機を乗り切ったところで沸々と怒りがこみ上げてくる。

怒りのあまり叫んでしまったが、それをまさかモンスターに窘められるとは思っても見なかった。思った以上に理性的なモンスターのようだ。

ともあれ、拘束を解いてもらって衣服を正すと念の為にもう一度私を食べないのか確認すると、食べる部分が少ないと私の胸を突いてくる。そこは柔らかいけど食べ物じゃない！

取り敢えず食べられることがないとわかり、安心すると感情が爆発した。どれだけの罵愚痴を言っていたのかはわからないが、少なくともモンスターに理解を示されるくらいには説得力のあるものだったらしい。

「嫉妬されてんだろうから深く考えるな」とは、中々このモンスターもわかっている。つまり私に魅力があることを理解できているということだ。思わず自分で自分を誉め称えてしまったが、そう言えばこのモンスターには以前にも命を救われている。

その件についてお礼を言ったのだが、意外だったのか不思議そうな目で見られていると感じた。

それはともかく、生きて戻れるのだから報復の時間。待っていろよ、クソ女と男共――誰を敵に回したのか、その身にたっぷりと教えてやる！


そして今、私はアルゴスの住処にいます。あのクソ女の悪行を里の皆が知る前に戻れば、消される危険があるとの忠告を受け入れ、このゴブリンたっぷりの森でのサバイバルなどできない私はこうしてアルゴスにくっついて行くこととなった。

しかしまさか帝国の遺跡に住んでいたとは……これは一儲けできる匂いがしてきた。ここに来て運が回ってきたようだが、巫女の件といいこのモンスターが来ると良い方向にことが進んでいる。

やはり運命なのだろうか？

だが残念、幾ら強くて金儲けができそうでもこいつはモンスター。これでエルフ……もしくは人間だったならばこの体で落としていたところだ。しかし私が興奮するとすぐに胸を触ってくるのはいただけない。どうも鎮静手段として用いているようなのだが、少し私の扱い雑すぎない？

だがそんなことより遺跡である。まさか地下にこんなものがあるとは思わなかった。そして私のか弱さを理解してくれたのか、危険な物を取り除いてくれるアルゴス。うむ、くるしゅうない。

しかし待ちに待った地下遺跡の探索は散々だった。思い出したくもないとはまさにこのことである。取り敢えず遺跡の奥には二度と行きたくない。どうも実験施設みたいな場所のようだが、あんな化物を何に使っていたのか……お金の匂いが更に強くなるが、この件は危険であるとアルゴスから忠告された。

命を助けてもらったこともあり、このモンスターは私に対して害意が少ないこともあってか話ができる。おまけにエルフ語だけではなくフロン語も達者というのだから芸の多いモンスターである。そのフロン語について話をしたところ評議会に興味があるのか、色々と聞いてくる。よろしい、何でも聞きたまへ。

それからアルゴスとの生活が始まったのだが、思ったよりもあっさりと終了を迎える。私としても得るものが多い三日間であったが、それが無駄に終わりそうなのが残念でならない。それよりも本当に私の身は安全なのだろうか、とアルゴスに確認するが、まさかここで四大氏族の一つのフォルシュナの名前が出てくるとは思わなかった。

「こいつ、人脈もあるのかよ」とますます人間種でないことが悔やまれる。ともあれ、フォルシュナの氏族の下でなら安全にぐーたらできる。ご飯を用意してくれるが、ここでの食事は単調なのがいただけない。

寝床の質は悪くはないのだが、遺跡の奥にはあの化物の残骸――おかげで離れて寝るのが怖くてできなかった。と言うわけでここを離れることに未練はあんまりない。可能なら何か持って帰りたかったが、この白衣だけでも信憑性を得るには十分だろう。アルゴスの肩に乗り、いざ出発！

里までこの微妙な乗り心地を我慢しなければならないのかと思ったが、川に目的の人物がいたようで予想より早く降りることができそうだ。ああ、やはり私は天に味方されている。いやむしろ愛されてる？

あとはフォルシュナの氏族に守ってもらい、必要なことを証言すれば、今回の件に片がつくまでダラダラしていられる。おまけに恩まで売れるのだから最高である。そう思っていたのだが――フォルシュナの女性の私を見る目が厳しい。と言うかただならぬ雰囲気？

（あれ？　アルゴスさんや、言ってることが違うんじゃない？）

V

わかっていたことではあるが、帝国の領土は広い。大陸が北と南に区分されており、丁度くびれのようにやや細くなり始めたあたりまでが帝国領土である。南北合わせても最大の版図を誇るが故に、端から端へと移動するにも時間がかかるのが難点なのだが、帝国はそれを鉄道を使うことで解決した。

列車や車といった移動手段があり、一日とかからずほぼ大陸を横断できるという強みが、帝国を世界最大の強国へと押し上げたのは言うまでもなく、今はその恩恵を受けることができない悲しみを手頃なオーガにぶつけている。

（まったく、せめて、鉄道跡、でも、残っていれば！　もっと、楽に、移動できた、のに！）

サンドバッグと化したオーガにワンツーパンチでフィニッシュを決めると、俺は大きく息を吐いて手頃な岩に腰掛ける。本拠点を出発し早三日目――空を見上げようにもこの鬱蒼とした森の中では僅かな隙間からしか見えず、まだ昼間だと言うのに薄暗い環境に俺は少々滅入ってしまった。

同じ環境が続きすぎると言うのは意外と精神的にきついものがある。元々帝国南部は開発が遅れ、自然豊かな土地が多かった。

（いや、地理的な都合で開発ができない部分が多かったという方が正しいか？）

特に南西部はエルフ領との兼ね合いもあってか、ほぼ手つかずのままであり、あまり大きくはないが山脈があるおかげで防衛に兵を回す必要がなく、結果として帝国でも有数の狩場として親しまれていた部分もあった。

そんなわけで需要と言うものができてしまった以上、臣民の声を無視して開発に踏み切ることができなかったという事情から「いっそ狩場にしてしまえ」と整えられた世にも珍しいモンスター養殖場があった土地である。

つまり、俺は帝国西部のエルフ領に近い地域からほぼ真南に向かったことで、この人工的に作られた楽園を進んでいる。正直に言おう。

（こんなニッチなレジャー施設なんて覚えてるわけないだろ！）

朽ちた看板を見てようやくその存在を思い出したのだから、モンスターハントという趣味がマイノリティーであったことは間違いない。そもそも巨大生物との戦いなどゲームの中だけで十分である――とそこそこデカイモンスターの姿をしている俺が宣う。

さて、うめき声一つ上げなくなったオーガを木から降ろしてこの場から立ち去る。このまま南に突っ切るとどれだけのモンスターと遭遇するかわかったものではない。その度にこうして立ち止まるわけにもいかないので、ここは進路を南東に変更。

この辺りの地理には詳しくはないが、確か穀倉地帯に隣接するそれなりの規模の都市があったと記憶している。移動速度が出せないこの悪路では、今日のところはその辺りが限界だろう。そう思いながら進路を変更したのだが、街の跡を見つけるのに時間がかかり、結局は深夜に到着した。まったく、世の中思い通りにはことが進まないものである。

翌朝、街の跡を探索したいので適当に屋根のある場所で一泊したのだが、寝床と呼ぶにはあまりにお粗末な出来映えでは眠ることもままならない。「どうもよくない流れが来ているな」と名前も知らない街の跡を探索する。そしてわかった意外な事実。

（うん、色々な物が持ち去られている）

ここにある道具や物資を何者かが持ち運んだ形跡があり、その量が街の状態からかなりのものであることも確認できた。

（確か……北はゴブリン。南はオークが幅を利かせているんだったな？）

六号さんから得た情報が正しいのであれば、容疑者はオークと見て間違いない。オーク程度の知能ならば、わかりやすい道具であれば問題なく使用できるだろう。略奪だけのゴブリンと違い、オークは集団となれば知能の高い者が生産を行うことも知られている。

（二百年間帝国の物資を使って放置されたオークの集団——これもう群れってレベルじゃなくなってる可能性あるな）

おまけに帝国が整備した大規模な農業地区がある。もしもこれを再利用していたとなれば、それはもうオークの王国ができていてもおかしくない。相手がゴブリンなら万単位でも問題はないが、オークとなるとどうだろうか？

（規模と武装次第だな。帝国の武器の中に使用可能な物が万一残っていた場合が怖い）

質の高い金属製の道具などそれだけでも武器となる。この体を傷つけることができるとは思えないが、何か別のことに使われるのであれば警戒は必要だろう。「確認する必要があるな」と小さく呟くと、街を出て記憶を頼りに農場がある方角へと進む。

二時間ほど悪路に悩まされつつも走ったところ、空に煙が上がっているのを目撃する。多少樹木の密度が薄くなってきた矢先この発見である。

（火事だったら勘弁してほしい。オークが火を使っているのはもっと勘弁してほしい）

火は文明の始まりだ。それをオークが使っているとなれば、連中には何かしら文化が生まれている可能性がある。知性的な生物を殺すことには躊躇いを覚えるが、そこはオークだから良いかと考えを改めた。

そもそもゴブリンというのは国という単位で見ればゴキブリのようなものだ。ならばオークはネズミだろうか？

なるほど、害獣退治は重要だ。二足歩行なら何でも性処理の対象にする故に、時に人を攫うオークに与える慈悲はない。だが、まずは様子見だ。現在の情報からでも人類史でもお目にかかれないレベルの規模となっている可能性がある。

豚どもの戦力をある程度でも把握するまでは隠密行動を心がけるべきだ。念には念を入れる。何せ人類が未経験と言う規模の場合、何が起こるのかが不明なのだ。もしかしたらエルフ並に強力な魔法使いが現れている可能性だってないとは言い切れない。

立ち上る煙を目指し、慎重に歩き続けて方針が確かなものとなった時――視界が開けた。そこはまさに農場だった。それを見下ろす形で俺は立ち竦む。一見して畑とわかるそれが、目の前に広がっているのだから驚きもする。そしてオークが火を使い、何かを焼いて食っている。

（こんな真っ昼間からＢＢＱとは……）

大きな鉄板を三匹のオークが囲い、焼いた肉や野菜を美味そうに頬張っている。和やかな雰囲気で労働の後の食事を楽しんでいる様子だ。少し汚れた瓶に口を付け、水を飲みつつ焼けたものを口へと運ぶ。時に「それは俺のだ」と口論をしながらも、三匹で仲良く青空の下で飯を食う。

まるでそれが特別ではない日常の風景のようで、グップグップと楽しそうに笑うオーク達を見ていたら、気づいた時には俺の足元にそれはそれは大きなネズミが三匹ほど血まみれで横たわっていた。

「やっちゃったぜ」

舌を出して首を傾げて頭に拳をコツンとあざとく乗せる。うん、何かむかついたからね、しょうがないね。

（しかしまさかいきなり方針を無視してやってしまうとは……肝心な時に仕事をしないな、この感情抑制機能は！）

やってしまったものは仕方がないので、死体は放置して野菜を幾らか頂いてから退散する。オークは鼻が良いので死体を隠してもすぐに見つかる。だったら最初からしない方がマシなのだ。

そんなわけで擬態能力もあまり効果がないという中々に難しい隠密ミッションのため「いっそゲリラ風に暴れるのも良いか」と戦術を考えていたところで思い出す。

（あ、目的は現在の帝国人を見ることだった。オークなんざ無視だ、無視）

しかしこうなるとこの農場を迂回しなくてはならず、オークの住処にぶち当たりそうでもある。まあ、その時はそうなってから考えれば良いか、と森へと戻り移動を再開。すると、予想通りというかお約束というべきか——日がそろそろ落ちるという頃、オークの集落を発見した。しかも思った以上に巨大であり、これを迂回するとなると一夜明けてしまうのではなかろうか？

丘上から見える範囲では、切り倒した木を使った小屋のようなものまであり、バカでかい馬小屋のようなお粗末な建造物には大量のゴブリンが繋がれている。どのような用途かはお察しだ。

人間やエルフはいるかどうか念の為に確認したのだが……まあ、やはりいるわけだ。鎖に繋がれ、身動きしない全裸の女性が二人。「助けるべきか否か」と逡巡していたところ、俺はあることに気がついた。彼女達の胸に動きがない――つまり、呼吸をしていない。

（遅かったか……これは喜ぶべきことではないが、内心ホッとしてしまったのも事実なのがなんとも……）

死体の状態から察するに、あの二人が死亡したのは今日だろう。もしも俺がもっと早くに到着していたら救えたかもしれない。だが、結局は「たられば」の話だ。死んだあの二人に俺ができることと言えば、オークを殺すか、これ以上捕まる女性が増えないよう少し目を光らせてやるくらいが精々だろう。

死体を持ち帰ってやることも考えたが、今の俺はモンスターだ。それがどのような誤解を招くか――それを考えられないほど冷静さを失ってはいない。取り敢えず、今はここを突っ切るか、それとも迂回するかの判断が必要な場面である。そのための材料をまずはここに潜んで手に入れるとしよう。

風向きが味方をしてくれているうちに決める必要があると言うのだから、最近の流れの悪さがちょっとばかり気にかかる。そんな懸念材料を抱えての偵察となったが、程なくして一匹のオークが立ち止まりしきりに何かを気にして鼻を動かし始めた。

（うん、風向きが変わったね。そうなると思ったよ、チキショウめ！）

見える範囲で既に複数のオークが俺の臭いに反応しており、それが何かまではわかっていないようだが、出処を探し出そうとするのも時間の問題だろう。一度撤退するという選択肢もあるのだが、それだと俺がオークから逃げたようで気分的にはよろしくない。

さりとてどれだけの数がいるかもわからない大量のオーク相手に徹夜をするのも面倒臭い。ゴブリンと違ってそこまで臭いがきつくないのは救いだが、基本的にスペックが全体的にかなり上なので、知能が高い分逃げ方を工夫するなどしてくるので厄介だ。

そもそも統率個体がいた場合、逃げ出すことがないゴブリンと違い、オークはキングやクイーンを状況に応じて逃がす方向に動く。そのため、オークはゴブリンのように最後まで逃げずに戦うというわけではない。ならばどうするか？

引くのは嫌だ。でも戦うのも面倒臭い。悪いことに俺が見つかるのも時間の問題だ。

（よし、豚を無視して突っ切るか）

正々堂々と正面突破に思考を切り替える。しかし走って横切れば戦闘を回避したようにも見えて、オークを調子づかせるのは良くない。ならば、と俺は立ち上がり、真っ直ぐにオークの群れの中へと歩いていく。俺の存在に気づいたオーク共が鳴き声を上げて周囲へ知らせると、一斉に小屋へ向かって走り出した。

恐らく武器でも取りに行ったのだろうと、無視してお粗末な柵を飛び越えて集落へとお邪魔する。

俺の予想が当たったようで、小屋から出てきたオークは槍と小盾を持っていた。しかし侵入されている状況で綺麗に一列に並び順番を待つオークと言うのもシュールな光景だ。

（しかも長い！　百メートルくらいあるんじゃないか？）

統率が取れているのはわかったが、オツムの方は今ひとつなのかもしれない。俺は武装したオークが槍を向けてくるのを無視して集落をのっしのっしと横断する。ちなみにオークの身長は二メートルあるかないかと言ったところなので、俺を少し見上げる感じになっている。

俺が特に何かするつもりもないことを理解したのか、武器を持った連中は遠巻きに囲うだけに留めており、現状攻撃を仕掛ける気はないようだ。これなら面倒なことにならずに済みそうだと思っていたのだが、これだけ数がいれば当然おかしな行動をする奴も出てくる。

俺の前に一匹のでかいオークが立ち塞がる。大きいと言ってもオーガ並とかではなく、オークにしてはでかいという程度。手にしたハルバードは「オーク用か？」と思うほどサイズが合っていたが、比率的にやや手が大きい俺には合わないので特に興味もない。

どうやらこのオークは侵入者である俺を眺めるだけの同族に憤っているらしく、ぷぎぷぎと喚いては周囲の連中が気まずそうにお互いを見合っている。中途半端に利口だとこうなるかと、物珍しげに眺めているとそれが気に障ったらしくハルバードを振りかぶった。

どうやら死にたいようなので望み通り殺してやる。振り下ろされたハルバードの刃の部分を指で摘んで止め、そのまま引き寄せたところを強めのビンタ。首が半回転して後ろ向きになっているのでちゃんと死ぬことができただろう。

さて、明らかに自分達よりも遥か上位の存在を目にした豚の行動は――恐慌。どうやらこの集落は数は多いが指揮するものがいないらしく、オーク共がピーピー泣き喚いて逃げ惑っている。

距離をおいて槍を向ける連中がマシなレベルというのだから、どうやらここのオークは安全地帯でぬくぬくしていた正真正銘の豚のようだ。構う価値もないとはこのことである。もっとも、相手にするつもりはなかったのでこれはこれで都合が良い。

俺はそのままのっしのっしと我が物顔でオークの集落を歩くが、それを止めようと前に出てくるものは最早いない。

結局、集落を抜けるまで攻撃らしい攻撃はなく、威嚇のためか石を投げてきた程度で、それさえも俺に当たることなく手前で落ちるヘタレっぷり。このまま進路は南にするとして、ここを見た後だとオークの活動範囲について懸念が生まれる。

農場の位置から推測するに、ここはその防波堤の役割を持っていそうなものなのだが……訓練された動きは見せるものの戦う意思が全く見えなかった。つまり戦闘を想定していないかのように見える。もしくは「戦闘を想定する必要がなかった」と見るべきだろう。

厄介なのが後者――前者であるなら「ただオークが怠けていた」で済む話だが、後者であった場合、他に大規模な基地、またはそれに準ずる何かがあり、あの場所が安全地帯であったとも考えられる。

（最悪を想定すると本当に「オーク王国」ができている可能性がある。しかも地理的にその相手をするのはフロン評議会。北側の守りはないに等しいようだが、全軍を南に向けているというのであれば、あの手薄さも一応納得はいく）

これは何らかの介入を必要とする可能性がある。様子見をして、状況次第ではフロンに関わるつもりはあったが……このケースは想定外だ。ともあれまずは南に向かう。オークの勢力が何処まで伸びているかを見ておかなくては、今後の活動に支障が生じる恐れがある。

いざとなれば潰してしまえば良いだけの話だが、折角作物を育てるだけの規模になったのだから、安定した収入源として活用することも考慮に入れたい。モンスター相手に遠慮は無用。農業を諦めた時が豚共の最期である。

そんなわけで夜を徹して南に移動したのだが、思ったよりは事態は深刻だった。何故かと言えばオークが砦を築いていた。しかも絶賛拡張中。

朝っぱらから肉体労働とはご立派だが、オークが労働に従事しているという状況は人間には良い傾向とは言えない。恐らくここが前線基地になるのだろうが、悠長に拡張工事なんぞをやっていることを考えれば、最前線はここからさらに南になる。

（ちょっとオークの勢力範囲広くない？　これ、東西の状況次第だと下手な国家レベルの戦力を上回ってそうなんだが？）

もしもフロン評議会が旧帝国の周辺国と同等程度の国力まで落ち込んでいるのであれば、最悪存亡の機に立たされていることすらあり得る。うんうん唸りながら遠目から石材を積み上げているオーク達を眺めていると、人の声が俺の耳に届いた。

女性の声――だが悲鳴ではない。砦の中から聞こえてくる声はまるで戦っている時のような叫び声だ。一体どういう状況だろうか、と興味が湧くが、砦を人間が攻めているわけでもないので、あまり好ましい状況でないことは確かだろう。

場合によっては救出も視野に入れて動く。俺はリュックを下ろし、適当な場所に置くと風上から擬態能力を使用して砦に近づき壁をよじ登る。

「この豚共が！」

外壁の上に到達したところ、守備兵が誰もいないことに笑いそうになるが、正直笑えない光景が目の前に広がっていた。剣を持った裸の女性が一匹の槍を持ったオークを相手に戦っていた。

それを楽しそうに笑いながら周囲のオークは手を叩いており、相手をしている豚もニヤニヤと下卑た笑みを浮かべながらのらりくらりと女性の振る剣を躱している。女性が剣の扱いに慣れていないのは間違いなく、刃を潰したショートソードでは致命打を取ることは難しい。つまり、これはただの見世物だ。

捕虜を嬲るだけではなく、玩具にもしているということは、相当数の女性がこの砦に捕まっていると見て間違いない。でなければ、あのような娯楽をオークが求めるはずがない。

オークが人間を玩具にしている。豚如きが、帝国の血を引く者を弄んでいる。そう思った瞬間、スイッチが切り替わった。俺は平静を取り戻し、急激に冷えた頭で眼下の光景を見ている。

（取り敢えず、オークは皆殺し。これは決定事項）

問題は捕らえられている人間がどれだけいるか？

また彼女達をどうするか、なのだが……それは助けた後に考えるとしよう。俺は一度外壁から降り、誰にも見られていないことを確認すると擬態能力を解除する。それから再び外壁を登り、その姿を現した――のは良いのだが、オーク共は見世物に夢中で誰も俺を見ていない。気づくものさえいない状況に、俺は外壁の上でポツンと佇む。

（よーし、豚どもー覚悟しろよー）

外壁を蹴り壊す勢いで天高く跳躍すると、ようやく異変に気づいたか豚共が俺のいた場所を指差し騒ぎ始めた。砂埃を上げ、オークと女性の間の地面へと盛大に音を立てて着地する。虐殺開始である。

最初の行動は尻尾を動かし、女性から剣を引ったくることだった。間近で見てもやはり刃は潰されており、剣は勿論のこと鈍器としても不十分なものである。

（こんな物を渡して遊ぶくらいなら俺がこいつで相手をしてやろう）

手にしたショートソードをオークの横っ腹にぶちかます。槍を手放し吹っ飛んだオークを見て、ようやく乱入者に対して行動を起こす豚共だが、武器がないと戦えないのか、屋内へと逃げるように殺到している。

俺はと言うとまずは吹っ飛んだ豚の下に悠々と歩いて近づき、手にしたショートソードを倒れたオークの首に押し付け、そこから体重をかけてゆっくりと押し込んでいく。当然刃が潰れているので刺さることはなく、首の肉を押し潰すようにショートソードが食い込んでいく。

豚がどうにかそれを除けようともがくが、オーク程度の力で俺の体重がかかった刀身を持ち上げることができるはずもなく、呼吸がままならなくなったところでペチペチと柄を握る指を叩き始めた。

このまま窒息死させてやっても良かったのだが、力技で剣を押し込み首の骨を砕いてやる。これならすぐに手が離せる上、出血でまともに呼吸もできず苦しんで死んでくれることだろう。

さて、豚共が戻ってくる前にやっておくべきことがある。何匹かは武器を持ってこちらを威嚇しているが、俺はそれを無視して門まで歩く。現在広間にいる女性は全部で三人――先程豚と戦っていた人が合流したことで一箇所に固まって身を潜めている。冷静に考えて行動できる人物がいるようで何よりだ。

次々と武器を持って出てくるオークが揃うまで門の前で待ってやる。そして一匹の兜を被ったオークが現れ、手にした剣を掲げて号令を発すると、武器を持った豚共がこちらに向かって走り出す。それを確認した俺は門を閉じた。

正確に言えば、生意気にも鉄製の門だったので変形させて開閉不可能にしてやった。俺は足を止めたオークの集団に向かい、両手を広げて歓迎する。

（地獄へようこそ）

「誰も逃さない」という俺のメッセージは伝わっただろうか？

いや、伝わっていないということはないだろう。もしそうならお前らはゴブリンレベルだ。俺は武装したオークの群れに飛び込む。蹂躙が始まった。

着地地点から逃げ遅れた豚が踏み潰される。盾を構えた豚の集団が腕の一振りで薙ぎ払われ宙を舞う。突き出された槍は折れ、切りつけたはずの斧が壊れる。高所を陣取ったオークが矢を射かけるも、その全ては硬い外皮の前に刺さることなく弾かれた。

「ガアアァァァァアッ！」

突進という名のぶちかましが豚の肉を引き裂き骨を砕く。外壁にいるオークに掴んだ豚を投げつける。広間にいる豚にも投げつける。踏みつける。殴る。蹴る。

俺がアクションを一つ起こす度に豚の命が摘み取られる。程なくして、砦の中で動くものはいなくなっていた。なので、死体のフリをしていた兜豚の頭を踏み潰すと、同じように死んだふりをしていたオークが逃げ出した。

だが門を一箇所にしか作っていなかったため、逃げ場など外壁の上から飛び降りることくらいであり、そこへと至る階段は先程の蹂躙の最中に豚の死体を集めて置いたので上がるには苦労するだろう。

最後の一匹が命乞いをするように膝を突き、額を地面に擦り付けて組んだ両手を頭の上で掲げる。俺は無慈悲にその頭に拾った槍を突き立てた。後は外にいる連中だ。中の騒ぎで異常が発生していることはわかっているだろうが、門を開けることができないのでこちらの様子はわからない。

血の臭いや豚の悲鳴で察することはできるだろうが、全てが逃げ出しているわけではないだろう。逃げ遅れた豚は全て屠殺する。自分達が「狩られる側」であることを思い出させてやろう。

殺した数は内と外、合計で三百に満たない数だった。思った以上に外の連中が逃げておらず、駆除に時間をかけてしまったが、その分多くの豚を始末できたので良しとしよう。

さて、次は中にいる女性達だが……まずは友好的に接しておく。掃討中に都合の良いシナリオを思い付いたので、その設定に沿って話を進めたい。まずは侵入前に置いておいたリュックを回収。それから砦に戻り外壁をよじ登ると――ほとんど裸の女性が沢山いた。彼女達は俺を見ると悲鳴を上げたが、一人が静かにするよう強く命令すると大人しくなった。

（やっぱり予想通り軍人が紛れ込んでいると見るべきか）

そうであるならやりやすいので、こちらとしては歓迎だ。取り敢えず数を数えてみたのだが……全部で三十八人もいた。外壁を降り、彼女達の下へとゆっくりと歩くとオークの槍を手にした女性達が立ち塞がる。

なので俺はメモ帳とペンをリュックから取り出し、サラサラと字を書くと一枚破ってそれを手前の女性の目の前に突きつけた。

「話をしようか」

そのメモを見た女性は驚愕の表情で恐る恐る突き出された紙を手に取る。

「言葉が、わかるの？」

俺は首肯し、メモ帳に再び字を書いた。少し長文となるので待ってもらっていたが、警戒をしつつも興味深そうにこちらを見る女性が何人かいる。どうやら彼女達はオークに捕まってまだ日が浅いらしく、状況を観察する余裕があるようだ。

互いに相手を観察する状況も長くは続かない。文が書けたのでメモを破って代表の女性に手渡す。

内容はこんな感じだ。

「オークへの襲撃はこちらの都合なので細かいことは気にするな。なので詳細はこの場では割愛する。こちらの目的の関係上、そちらの指揮官に会いたい。つまり君たちへの要求は一つ。指揮官、もしくはそれに準ずる者との面会と話し合いの場を設けること。これを呑むのであれば、君達を無事に帰すことを約束しよう」

代表の女性が信じられないと言った表情でメモと俺を何度も見る。

「要するに、私達を手土産にしようってことかしら？」

後ろに控えていた一人がメモを覗き込むと感想を漏らす。そう取ってくれて構わないので俺はこれに首肯する。たとえ取って付けたような理由であったとしても、それが「理由」として成立するならば人は納得する。

納得しているのであればいちいちこちらを疑ったり、おかしな行動を取ることがなくなりスムーズに事を運ぶことができるようになるだろう。そして肝心なこととして、俺がフロン評議会の指揮官、またはそれに該当する者と会いたいというのは事実である。これは人間側で集まっている情報が目当てだ。

俺が一人でオークを観察するよりも、現在進行系で事を構えていると思われるフロンから情報を貰った方が手っ取り早く、また正確と思われる。この取引で彼女達には「ついで」で助けられているように思われるだろうが、俺としてはこちらも本命。その両方をこなしつつ、距離を縮めすぎないようにするにはこのような偽装が必要なのだ。

「考える時間は与える。返答は砦内の物資を漁ってからでも構わない」

追加のメモを見た代表が頷き、他の女性達に指示を飛ばす。やはりと言うかほぼ裸のままというのは問題がある。服を着て、武器を持てば少しは心に余裕ができるだろうし、靴があれば移動速度の低下を防ぐのは間違いない。

誰もいなくなった砦の広場でしばらく待っていると、建物の中からぞろぞろと武装した女性達が出てくる。問題は、手にした武器に血がついていたこと——そして、それがオークのものではないことだ。

（まあ、そうだよな。この砦は昨日今日に出来たものじゃない。長く捕まっている者が、まだ内部に残っていた——いや、動けなくなった者達がいた）

肉体的、あるいは精神的——最悪はその両方で限界を迎えている者を連れ歩くことは事実上不可能と言って良い。そして彼女らを置いていくわけにもいかない。そのための苦渋の決断だったのだろう。

（法が支配しない世界と言うのは、本当に嫌な気分になるな）

もっとも、力が支配する流儀はある意味では人間も同じ。互いに互いの主義主張を押し付けているわけなので文句は言えない。ただ黙って実力行使あるのみである。

「我々はそちらの提案を受け入れることにする。我々が無事に帰還できたならば、司令部との場を設けよう」

俺は代表の言葉に頷きつつも、覚悟を強いたことを少し申し訳なく思う。だが、あそこで魔法薬を取り出し与えてしまえば、必要以上のものを彼女達に与えてしまう。下手に貸し借りを作れば、それはやがてしがらみへと繋がる。

（モンスターの体と言うのも、存外不便が多いもんだな）

俺は彼女達の意思を確認すると門へと歩く。変形して開閉のできなくなったただのでかい鉄板を拳一つで吹き飛ばすことで己の力を誇示する。これで少しでも安心してくれれば良いのだが……そう思い後ろを振り返るが、彼女達の顔色は冴えない。

この力を見てなお不安材料がある――そう判断した俺は気づかぬうちに緩んでいた気を引き締める。門だった鉄の塊が地面に落ち、大きな音を立てて跳ねた。これは初の護衛任務となる。犠牲者を出さないよう全力で挑もう。

それからしばらく彼女らを護衛しながら歩いたところで溜息を一つ吐く。

（いや、ある程度は想定してたよ。うん、ある程度は）

流石に三十八人もの女性を連れて歩けば想定よりも遅くなる。と言うより、俺の感覚がすっかりおかしくなっていた。肉体の能力に馴染んできたことは良いのだが、変な部分で人間の感覚が残っていたことでこんな失敗を犯すことになる。

（あー、もうちょっと速くならんもんかなぁ……）

周囲を警戒しながら進む一行の歩みは遅く、俺が幾ら「周囲の警戒はこちらでやっている」と言っても止めないのだ。おかげで遅々として進まないのだから、予定が狂いっぱなしである。

こちらを信用していないと言うよりかは、恐怖に駆られてそうなってしまっているようなので如何ともし難い。何か気を紛らわせるべきかと話を聞くことにすると、どうやら彼女達全員が正規兵らしい。兵科は銃士隊。

「銃があって何故オーク如きの捕虜になっているのか？」と疑問に思ったのだが、ライフル銃ではなくマスケット銃だった。おまけに奇襲で側面を衝かれ、前線が崩壊した際に逃げ遅れた者が軒並み捕まってあの砦に運び込まれたとのことである。

合計で三百人近く捕まったらしいのだが……男は食料、女は慰み者とあってはこの人数しか生き残りはおらず、後方に送られてあのように玩具にされる屈辱に耐えていたところ、俺がやって来たというわけだ。

なお、あの遊びは「勝てば解放」で「負ければ食料」らしいのだが、オークのことだから食肉とされる前に何をされるかは言わずもがな。しかも負けた本人が食われるのではなく、広間にいた二人の女性が対象となっていたらしいのだから、オークという生き物に品性などないことがわかる。

話を聞いていると静かに泣き出す者が続出したため、これ以上は聞かないことにするが、それでも戦場に関する情報だけは聞いておかなければならない。

「わかっている範囲ではオークの軍勢は一万を超えている」

やはりと言うか旧フルレトス帝国領全域のオークが集まっていると見るべきだろう。となると、旧帝国領の農業地区をどれだけ使っているかで総数の上限が変化する。増えすぎて食料に困って南に進出するくらいなら北側に勢力を伸ばせば事足りる。にもかかわらず南へと進路を取ったということは――明確に人間を目的としている。

（これは「オークの王国」が冗談では済まなくなってきたぞ）

人間を食料や性処理道具としか見ていないオークの軍団が街になだれ込むようなことになれば、どのような光景となるかは火を見るよりも明らか。裏からこっそりどうこうするという選択肢は潰えたと言っても良い。

しかしこうなると「あまり表立って人間と共闘するのもな」と考え込む。シナリオや設定を少々考え直す必要があるかもしれない。ちなみに現在の設定では「オークの数が増えすぎたので間引くことにしたから、詳しい情報をおくれ。情報くれるなら適切な数を間引いておくから」と言うものだ。理由を突っ込まれた場合は「あいつら大食いだから俺の食い分が減る」と言うことにするつもりである。俺が後方を荒らしまくれば自然と人間側で前線を押し上げ、そう言った事態を避けることができると思っていたのだが……話を聞く分には思った以上に戦況が芳しくない。

開拓村は既に呑み込まれているらしく、一度街が陥落しかかったところに救援が間に合いどうにか防衛を成功させるも、その後攻勢に転じるまでは優勢であったはずが、それがオーク共の罠だったことで前線が崩壊。

代表である彼女もその時に捕まったらしく、押し引きを繰り返している間にも結構な人数が連れ去られていると怒りを顕に語ってくれた。

（オークが戦術を用いる……これ新種か何か生まれてないか？）

オークにもゴブリンと同様に統率個体はいるが、それがこのような結果を齎すとはどうにも考えにくい。ただ、その辺りはフロン側も承知しているらしく、当初は何処かの国の工作ではないかと疑っていたらしい。それが原因で対処が遅れて北側の開拓村からの連絡が全て途絶えてしまったことが、痛恨のミスであると拳を握り嘆いた。

（ま、俺がどう動くは向こうの対応次第でもあるからなぁ……）

設定を少し念入りに見直し、場合によっては力を貸すことも考える。できることなら、帝国の血を引く国には栄えてもらいたい。モンスターとなってしまったが、俺の家族の子孫が暮らしているかもしれない国なのだ。身贔屓くらいしてもよいだろう。

さて、歩き続けていれば時間も経つ。時間が経てば日も暮れて腹も減る。砦にある水は持ち出してはいるものの、食料に関しては肉以外の物が見当たらず、人肉である可能性から持ってくることができなかった。なので俺がひとっ走り獲物を確保しに行く。

何人かが護衛である俺がいなくなることに難色を示したが、周囲にはオークがいないこと、また大声を上げれば駆けつけるので問題はないと伝えると、代表の女性の命令もあってか渋々引き下がる。

僅か十五分程で猪を二頭確保して戻ると、全員が地面に這いつくばって身を隠していた。オーク程ではないが、こちらも匂いによる判別はそれなりに経験がある。全員をあっさり見つけた後、猪を解体して開けた場所へと移動。背負ったリュックから鉄板を取り外し、肉を切って焼く準備を始めたところストップがかかる。

「煙が出るでしょ！　何考えてるの⁉」

俺は「だから何だ」と肉を焼く。あまりにも騒ぎ立てるので「オーク如き百や二百来たところで追い払えれば良いだろう？」と書いた紙を見せて肉の焼き加減に注視する。今ではすっかり職人芸。

それでも立ち上る煙にパニック状態の女性陣に仕方ないのでもう一筆。

「無駄に知能があると言うことはな、ある程度の数を即行で殺せば、死ぬのを恐れて逃げ出すものだ。仮に万単位で出てきたところで、俺が突っ込んで暴れるだけで連中は逃げ惑うことになる」

差し出したメモを見た代表の女性が苦々しい表情で俺を睨みつける。

「お前は、あのオーク共が普通じゃないことがわからないのか⁉」

それに対する俺の回答はこうだ。

「人間のものさしで測られたものを俺に当てはめるな」

軍のように訓練されているというのであれば、ここに来るのは偵察兵だ。それがうじゃうじゃと群れをなして来るはずもなく、前線を放置して何千と兵を送り込むはずもない。俺の見立てでは出せても百が限界だ。

そしてその程度の数ならば、本気を出せば瞬殺できる。彼女達の護衛が目的ではあるが、守らなければならない状況になる前にオークを皆殺しにすることなど朝飯前である。そこのところをもう一度伝えたのだが、代表は納得しきれない様子で他の女性は恐怖に震えている。

(あんたら一応軍人なんだからしゃきっとしろよ)

女性が負ったトラウマに関しては男の俺では理解できないのかもしれないが、助かるためには全力を尽くしてもらいたいものである。結局、俺が塩胡椒を振って鉄板で肉を焼くことにツッコミが入ることはなく、煙に関しては「もう暗いからきっと大丈夫だ」という代表の一言で収まった。

少々納得はいかないが、自分がモンスターの姿をしていることを思い出して「静かになっただけ良かった」と思い直す。後片付けの時にも言及はなく、少し悲しい気持ちを抱えながらタワシで鉄板を洗う。むしろ「そんなことに貴重な水を使うなよ」という非難めいた視線を感じ、微妙に居心地が悪い。

そして再び行軍が再開する。二時間ほど暗闇の中をゆっくりと森を歩いた後、本日の移動は終了となる。そこで眠ることになったのは良いのだが、光源がないため何をするにもグダグダだった。

眠る場所すら満足に確保できず、夜目が利く俺が手を貸してどうにかなる体たらくである。「こいつら本当に軍人か？」と思っていたら、代表以外は新兵や訓練課程を終えていない者も交じっているらしい。

「あなたに言ってもわからないだろうけど、戦うための訓練を受けている最中に非常召集がかかった子達が多いのよ。だからまだ兵士としての心構えも中途半端。戦うための人間として見たら失格なのかもしれないけど、今はそんな子達ですら戦場にでる必要がある」

どうやら対オーク戦線は思った以上に酷い状況にあるらしく、俺の溜息から察した代表が言い訳をするように教えてくれた。所々に棘がある言い方をしていたが、この代表さんは現状を憂いているのは間違いない。

交代で見張りをすると言っているが、能力や状況を鑑みてそれを信用できる訳もなく、俺がやってやるから寝とけというジェスチャーにも応じない。この光源もない森の中の闇夜で、新兵未満の見張りにどの程度の効果を見込めるかは疑問だが、恐らく「誰かが見張っている」という事実が必要なのだろう。

眠ろうとしても眠れない半数と、大して意味のない見張りの半数を横目に大きく息を吐いた。長い夜になりそうである。ちなみに俺が全裸だった彼女達に興奮しなかったのは目が肥えてしまったからである。

ただでさえ俺にはスタイル抜群のモデルの姉がいたため、女性の容姿や体型を見る目が厳しい。

そこにあの体だけは素晴らしいダメおっぱいの裸体を数日とは言え日常的に眺め、六号さんという「美しい」と表現する外ない肢体を何度も見ていれば目が肥えると言うもの。

と言うわけで彼女達には実に紳士的な対応を取っているが、やっぱり肌色が欲しくなる。無事、彼女達を送り届けることができたら何かしらサービスを要求したいところだが、特に妙案が浮かぶわけでもなく、暇な見張りを続けていた。

夜が明ける。交代で睡眠を取ったというよりも、ただ横になって目を瞑っていただけと言った方が正しい状態では、精神的な消耗は勿論のこと、寝具もない森の中では肉体的な疲労の回復もあまり見込めない。

(これは少し無理をしてでも帰還を急がせた方が良いかもしれんなぁ)

朝食に昨晩焼いた肉の残りを噛み締め、女性達は疲労を隠せない表情で歩き出す。代表の女性のおかげでどうにかまとまっているが、不満を口にする馬鹿が出るようなら口を挟む方が良いかもしれない。

だが危惧していたことは起こらず、むしろ代表の説得が効いたのか、前日とは打って変わっての速度で進む。問題は進路が南ではなく東であることだ。それとなく話に耳を傾けていたところ、どうやら開拓村用の集積所が近いらしく、そちらに進路を取っているようだ。

資材だけではなく、緊急用の物資も備えているようなので、そこで物資を確保してから戻る計画と話している。元より進路を真っ直ぐ南に向けては、街を攻めているオークの軍勢のど真ん中にぶつかるため都合が良いとのことだが、それ以上に彼女達にまともな休息を取らせることができるのが大きいだろう。

そういう理由があってのことならばと進路変更を受け入れたのだが――まあ、予想通りオークが占拠している。

(砦を拡張工事したりとどこから道具を調達していたかと思えば……こういうのって敵に有効利用されるのがお約束だけど、実際目の当たりにすると面倒な話だよな)

そんなわけで荷物を置いてサクッと集積所にいるオークを殲滅。女性陣が俺を制止しようとしたが無視する。やり方は簡単。まっすぐ突っ込んで手当り次第殺すだけ。合計八十八匹のオークが無事物言わぬ肉塊にクラスチェンジ。逃げた豚さんもすぐに追いつき屠殺完了。

後は適当な場所に集めて放置すれば終了である。後半の作業の方が時間がかかるのでちょっと手伝ってほしいと思ったが、銃を扱う前提の女性陣にはオークの重量は無理があるだろうと断念。

大人しく一人でオークとその残骸を拾い集めて一箇所に固める。すると代表の女性がこちらに険しい顔で近づいて来る。

「仲間を呼ばれたらどうするつもりだ？」

この意見に周囲が賛同している辺り、どうやら彼女達は俺の実力を全く把握できていないようだ。

俺はわかりやすく面倒臭そうに大きな溜息を吐くと荷物を取りに行く。そして俺が戻った時には代表の女性がテキパキと指示を出して物資の確保に勤しんでいる。汚れた手足は綺麗にしておいたので、リュックから紙とペンを取り出し一言書き始める。

「探知範囲を人間レベルで考えるな。周囲にオークの存在が確認できなかった。また逃走を許すようなら最初から仕掛けはしない。加えてオークの嗅覚から君達が気づかれるのは時間の問題だった。排除する以外に選択肢はない」

これを見せても未だ納得はいかないようだが、やはりモンスターの姿では信用は疎か理解もままならないということだろう。正常な反応ではあるのだが、ここのところエルフとかかわることが多かったこともあり、その落差に少しばかりがっかりしている自分がいる。軍人というのは傭兵やハンターに比べて頭が固いのかもしれない。

必要な物資が集まるまで倉庫が並ぶ集積所の外で周囲を警戒。特に何か起こることもなく、またオークがやって来ることもなかったので滞りなく作業は終了して出発となった。予定を変更して休息もなしに進むことに若干の懸念があるが、彼女達としてはここが拠点として利用されていたことから、オークが戻ってくる前にここから抜け出したい、と言ったところだろうか？

仕方なしに彼女達の跡を追い、進路を確認すると前に出て先導する。平野の移動となったので速度は出てるはずなのだが、身を隠す場所がないおかげで警戒に注意を払いすぎているのか時折足が止まる。

そんなことを繰り返しながらの行軍なのだから当然予定通りには進まない。今日も中途半端な位置での野営となる。このままだと先に水が尽きてしまうのではないかと不安になってくる。

(しかしこれで新兵か――……帝国の時とは随分と事情が違うみたいだな)

もしかしたら訓練期間がかなり削られているのではないだろうか？

だとすればそのような状況であるフロン評議会の前線はかなり危ういのではないか？

いっそ、彼女達を放置してそちらに駆けつけた方が良いのではないかという気もしてくる。

（いや、ダメだ。ここで放り出しても、彼女達が自力で戻ることができた場合、俺の立場が危うくなる）

「厄介な拾いものをしてしまった」と思う反面、民間人と大差ない彼女達を守りきった際の報酬も考える。

先の契約はあくまで救出された彼女達とのものであり、フロン評議会の軍とのものではない。現状何らかの謝礼を要求しても罰は当たらないくらいの労力を割いている。だが、それを差し引いてもこの遅れに何か手を打たねば「戻った街が落ちてました」と言う酷いオチが待っているかもしれない。

なので翌日、はっきり言ってやることにした。

「今日から移動はこちらの速度に合わせてもらう。できなければ置いていく。これまでの言動からこちらの目的に貴殿らは重要でないと判断した」

そう書かれた紙を見て代表は顔色を変える。

「どういう、意味だ?」

「貴殿らの言動から上層部への取りなしの成算は極めて懐疑的である。よって重要性の低下から不要な労力の削減を視野に入れた結果である」

予想していた答えに予め用意しておいたメモを見せる。

「待て、私は——」

「決定は変わらない。こちらに付いて歩き、安全を得るか――それとも、自力で帰還するか、だ」

考え込む彼女に追加でメモを見せる。昨晩幾つかのパターンを推測し、複数答えを用意していたのでサクサク進む。

「こう考えろ。私という戦力が今、ここにいる。それを急ぎ連れ帰ることは、プラスになるか？それともマイナスか？」

結果として彼女は俺についてくることを選択。この決定を伝えると動揺が広がったが、代表がこれをどうにか抑える。目に見えて行軍速度が変わったが、体力に関しては無理をしてもらう。

（戦場で「限界だから」は死を意味する。よって、君達も兵士ならば死ぬ気で歩きたまえ）

そんなことを考えながら歩き続けていると、予想通りに昼頃に薄っすらと立ち上る煙が見えた。

「まさか、ブローフの街が!?」

それを伝えるメモを見て、代表の女性が思わず大きな声を上げる。彼女達にはまだ距離があるので視認はできていないが、今まさに戦闘中である可能性が高い。立ち上る煙は一筋だが、近づけばどうなるかはわからない。

これは急いだ方が良いだろうと提案しようと思ったが、その前に代表が全員に荷物を捨てて駆け足となるよう号令をかける。何をする気か存ぜぬが、ここは介入させてもらう。

「状況次第では接敵してこちらが敵を引きつける。迂回して帰還せよ」

急いで書いたメモを見せると代表が頷き、それを読んだ女性陣もこれまでとは打って変わってやる気に満ちている。リュックを下ろして平野を走り、立ち上る煙の数が一つ、また一つと増えた頃

――オークの軍勢の一部がようやく視界に入った。

同時にオークが使う攻城兵器が目に入り、その数が目視できるようになってくるとあまりの多さに目を背けたくなる。

(これは五千以上は間違いなくいるな！　包囲をせずに一点突破狙いなのは幸いだが、やられてる側はたまらんだろうな)

取り敢えず予定通りに俺は左翼に突っ込んで荒らすため速度を上げる。これで彼女達が迂回してオークのいる方角とは違う門に辿りつければミッション完了。最後まで付いていってやるのが確実だが、少しばかり状況がよろしくない。

城壁の上に登ったオークが打ち倒されて落ちていく姿がチラホラと見られる以上、時は一刻を争う可能性もある。その辺を代表は理解しているようで、俺の指示通りに戦場を迂回するように進んでいる。一応俺の感知能力ではオークは進路上に発見できていないので大丈夫だとは思う。後は彼女達の運次第だろう。

さて、真っ直ぐにオーク陣営へと走っていると、先頭――いや、この場合最後尾を目視できる距離にまで近づいた辺りで発見された。「ブオッオー」という笛の音で重武装のオークが五匹ほどこちらの進路に立ち塞がるように前に出る。

城壁の上ではオークを押し返した兵の一人が俺を見つけて指差した。まだ少しは余裕がある模様――ならば、存分に暴れさせてもらおう。その手始めに、この重武装のオークである。アックスやモールと言った重量武器を構える豚を前に、俺は一切速度を落とさず駆ける。

（さあ、質量の暴力を見せてやろう！）

タイミング良く振り下ろされたバトルアックスを無視して更に加速し、衝突の瞬間に首の力で撥ね上げた。得物を振り下ろす前に撥ね飛ばされた重武装のオークが宙を舞い、それを一瞥することもなく真っ直ぐに豚の群へと突撃する。

突然背後から現れたモンスターを前に、為す術もなく蹂躙されるオーク達――それをどのような思いで見ているかは知らないが、好機と見た城壁の上の人間達が攻勢に出る。あれならば、最早城壁に登られるようなことはないだろう。

「ガアアァァァァ！」

俺は吠えた。その存在を誇示するように、豚共に恐怖を刻みつけるために、大きく吠えた。

（我が愛すべき帝国臣民の子孫達よ、無様な姿を見せてくれるなよ！）

テンションはまさに最高潮。やりすぎないように気を付けつつ、存分に大暴れさせてもらおうか！

戦闘に介入して十数分が経過した。言ってしまえば蹂躙――またはただの駆除作業。どれだけ武装をした豚を集めたところで豚は豚。盾を構えようが俺は止まらないし止められない。今も俺が振るう腕を前に、大盾をどっしりと構えていたオークが空を舞う。

横に弾き飛ばしても良かったのだが、それだとすぐに他の豚にぶつかって止まってしまう。このように多少の滞空時間を持たせることで、墜落予想地点にいるオーク共を動かすのだ。

それは隊列を乱し混乱を呼ぶ。これだけの過密状態にあるならば、兵が混乱すれば自軍で勝手に押し潰れて死んでくれる。手間を省くためには有用な一手である、と殴って殺すのが存外効率が悪かったことにちょっと寂しさを覚える。男は時に拳で語るものである。ちなみに蹴ると破裂するので多用はしない。

さて、オークをぶん投げつつもチラリと城壁の様子を窺うと、しっかりと優勢を取り戻したらしく、取り付く豚の数が格段に減っている。火矢によって発生していた小規模な火災も鎮火しており、防衛は成功したと見て良いだろう。後はこの豚共がいつ退くかなのだが——面倒なので指揮官がいそうなところにお邪魔しよう。

救出した女性陣も安全圏まで移動しているだろうし、この辺で俺が幕を下ろしてやる。のっしのっしとオークの軍勢の中を悠々と歩き、向かってくる豚を薙ぎ払いながら無人の野を行くが如く中央へと進む。

槍は折れ、斧は砕け、盾も鎧も意味をなさない。そんな悪夢のような俺の前に、一体のデブが現れた。でかいオークとかでなく、本当にデブだ。縦も他と比べれば大きいのだが、横幅が一線を画するというまごうことなきデブ。

バカでかい肉切り庖丁を手に、涎を垂らして焦点の定まらない目で「グップグップ」と鳴いている。「薬でもキメてるのか？」と真っ先に思ったが、恐らくやっているだろう。大規模化したオークの集団は薬草などを用い始める。なので恐怖の克服や、一時的強化のために麻薬に酷似したものを使うケースが多数目撃されていたと記憶している。

（サイズ的に考えれば、こいつが一番パワーのある個体かね？）

ちょっと力競べでもしてみるか、と振り下ろされた肉切庖丁を無視してその手を掴むが、勢い余ってぐしゃりと握り潰してしまう。どうやら勝負にすらならないようだ。仕方がないのででかい肉切り庖丁を奪いデブの首をはねる。血が噴き出し後ろへと倒れ込むと、明らかに周囲のオークに怯えの色が見え始める。

「ようやく力の差を理解し始めたか」と呆れるが、逃げてもらうにはまだ早い。もう少しばかり、俺の強さを見せつけておかねば今後の活動に支障を来す恐れがある。きっちりと自分が狩られる側の存在であることを教え込んでおかないと、逃げずに立ち向かう阿呆の所為でうっかり殺しすぎてしまう可能性がある。

適度に数を維持し、ある程度脅威として人間の森林への進出を抑えてくれないと、俺の活動領域がどんどん狭まっていく。最後の最後まで君達には利用される側の立場でいてほしい。そんな願いが、この殺戮には込められている。

（しかし思いの外持つな。普通のオークならとっくに瓦解していそうなもんなんだが……）

これだけ殺してまだ士気が保てるということは、それほど美味しい目を見ているか——それとも指揮官、または統率者が恐ろしいかのどちらかと見るべきだろう。頭を叩かないことには引くことはないと結論づけ、俺は強そうなオークを探して予定通り中央へと突き進む。

手にした肉切り庖丁は俺の力に耐えきれず三振りほどで折れたので、最後は投擲武器として使用。切れ味が元々良くなかったのか、分厚い脂肪に阻まれ一匹のオークに致命傷を負わせる程度だった。まあ、投げるに適した形状ではなかったのでこんなものだろう。

さて、立ち塞がる豚を全て薙ぎ払い中央付近へとやって来たは良いのだが、指揮官と目される個体がまだ見つからない。仕方がないので責任者がやって来るまで適当にその辺の豚を掴まえては投げて遊んでいたところ、目の前でオークの軍勢が割れた。

その空白地帯をゆっくりと進む一匹の完全武装のオーク——遠目でも明らかに他とは違うオーラを纏うその姿は、どう見てもオーガ並のサイズである。

ふと城壁を見れば最早取り付こうとするオークはおらず、城兵の射程外まで退いており、この戦いを見守るように周囲に集まってきているようだ。人間そっちのけのモンスターバトルになってしまったが、この場合ちょっと後の交渉が面倒になる可能性がある。強すぎると言うのも考えものだ。

二本足で立つオーガクラスとなれば、両手を地につける俺よりも高さがある。少し見上げる形となるが、だから何だという話だ。それに両手グレートソードの二刀流というロマンはわからないでもないが、そのプレートアーマーは頂けない。俺を相手にするならば、その鎧を脱いで立ち向かうべきだ。

「これは相手にならんな」と期待外れだと言わんばかりに俺は肩を落としてわざとらしく息を吐く。

その態度が気に食わないのか、片方のグレートソードを俺を突きつけフゴフゴと何か言っている。

（わかんねーよ、ハゲ。やっぱ所詮オークか……少しは歯ごたえのある敵を期待したんだがなぁ）

俺は一歩前に踏み出し、ハゲの間合いに無造作に入る。それと同時に切り払われたのだが、その速度には驚かされた。想定よりも随分と速い一撃だったこともあり、思わず腕で受けてしまったが中々悪くはない衝撃が伝わる。

これが俺を斬ることができる魔剣か何かであったならば、ハゲにも勝機があったのだが、残念ながら叩き切ることしかできない重量武器では、傷をつける程度がやっとと言ったところだろう。とは言え今の一撃は十分称賛に値する。

なので俺はさらに一歩踏み出しお返しとばかりに速度重視の軽いパンチをハゲの顔に打ち込む。それを回避できずにまともに鼻先に食らったハゲが一歩下がるが、すぐに闘志を燃やして両手のグレートソードによる連撃を繰り出す。

太刀筋など知ったことかと振るわれるそれを両の拳で打ち返す。しばらく岩に金属をぶつけるような音が響き続けると、焦りの色がハゲに見え始める。呼吸が荒く、振るう大剣の速度も徐々に落ちてきている。

随分と早い限界に俺は失望の溜息を漏らすと、勝負にすらならなかったこの戯れを終わらせにかかる。振り続ける大剣を左右交互に大きく弾き、ハゲの胴体をがら空きにすると同時に体を回転させ尻尾をその足首に巻き付ける。

体の回転に合わせ尻尾を引いたことでハゲの片足が地面から離れる。体勢を崩したその巨体の腹に、ほとんど手加減なしの回し蹴りを叩き込んだ。果たしてそれはどのような音だったか？

少なくとも、周囲のオーク達に聞こえたのは破裂音だろう。鎧をぶち抜き、オーガの如き体躯を破壊し、その破片を撒き散らしながら吹き飛ぶ。肉塊と鎧の残骸が落ちた先でオークを一匹潰したが、最早そんなことは些細なことだ。オークの軍勢は、たった今瓦解した。

状況を理解する——いや、現実を受け入れるための僅かな静寂の後、我先にと逃げ出し始めた。

だが豚共に追撃の手はかからない。俺にその気がないことと、俺がこの場にいることで人間側が追撃できないでいるからだ。

取り敢えずこの場に居続けるには少し臭いと視線がきついので、置いた荷物を取りにのっしのっしと移動する。フロン側も色々と時間は必要だと思われるので、こちらも身支度を整えてから訪問することにしよう。時間があれば救出した彼女達が話を通してくれるはずだ。物事をスムーズに進めるため、最善のために今は我慢である。

チラリと城壁を見れば、逃げるオークを歯がゆそうに見ている者もいれば、生存したことを素直に喜ぶものもいる。彼らの大多数――いや、ほぼ全員が先程の戦いを「モンスター同士の争い」としか思わないだろう。

(今は「運良く生き残った」と喜べば良い)

俺はブローフの街を背にゆっくりと歩く。だがすぐにある不安が頭を過る。

(……逃げたオークが荷物を持っていく、なんてことはないよな？)

しばし歩きながら考えていたが、気づけば駆け足になっていた。それを見た城壁の誰かが声を上げる。警戒対象がいきなり走り出したら驚きもする。俺は心の中で軽く謝りつつ、置いた荷物の下へと走る。頼むから持ち去られていませんようにと祈りながら走る。

そして無事であった荷物を発見してホッと胸を撫で下ろし、取り出した水でまずは返り血を洗い流す。中身の確認が終わり、何も取られていないことがわかったので次はメモ帳に予め応答を用意しておこうかとペンを執る。しかし予想できるものがあまりない。

既にありきたりな質問に対する回答のメモは用意されており、使い回しをする気満々であることから必要はない。幾つかのパターンに応じて使えそうなものを用意はしてみたが、どうにも無駄に終わりそうな気がして気分が乗らない。

となるとやることが少なく時間潰しには別のことをする必要がある。仕方無しに狩りにでも行ってみるが、流石にあの数のオークが動いた後では大きな獲物がさっぱり見つからない。

結局二時間ほどかけて手に入ったのが兎一匹——最低記録を大幅に更新してしまった。まあ、時間は潰すことができたので街へと向かう。城壁が目視できた辺りで向こう側も慌ただしくなり始める。のっしのっしと歩いて街へと近づくと俺を指差す城兵がちらほら見受けた。城壁の上の人がどんどん増えていくことから思いっきり警戒されていることがわかる。

（うーん……下には話がいっていないということか？）

近づくにつれ向こうの動きも望遠能力を使わずともわかるようになってきた。クロスボウとマスケット銃を構えてお出迎えしている姿を目撃。解放した女性陣は一体何をやっていたのだろうか？

仮に何かあったとして、どのようなパターンがあるのか考える。

・モンスターとの取引など無効。よって報告をしていない。
・司令部に行くまでの情報が握り潰されている。
・帰還できず。再びオークの餌食に……。

すぐに思いつくのはこの三つ。

（ああ、一応「伝えはしたが相手にされなかった」というのもあるか）

と言うかこの可能性が高いように思えてきた。幾ら意思疎通が可能とは言えモンスター。そして今フロン評議会が戦っているのはオークと呼ばれるモンスター。「無謀だったのかもしれんなぁ」と遠い目をしたところで銃声――着弾地点は俺の手前。

取り敢えず、現在の銃はどのような弾薬を使っているのかと手を伸ばし、地中に埋まった弾丸を取り出すと、変形した丸い鉛玉を見てがっかりする。わかっていたことだが、この技術の凋落っぷりはくるものがある。

かつて栄華を極めたとすら思えた帝国――その時代を生き、今その子孫が使っている武器がこれでは嘆きたくもなる。俺は大きく息を吐いて佇む。失望した、と言うほどのものではないが、俺への対応を見る限り最早帝国の残滓《ざんし》すらないのではないかという不安が頭に浮かぶ。

記憶にある帝国ならば「うほ、何あのモンスター⁉　言葉わかるとか意味不明なんですけど⁉」とかハイテンションで騒ぎ立て「面白そうだから続報よこせ」と娯楽があるのに娯楽に飢えた市民が如く政庁に押しかけていただろう。

そしてその姿をマスメディアが撮影し、一躍話題になった後は気づけばテレビ主演。ちょっと肌色が多い番組に出演してハプニングが起こって――。

（ああああぁぁぁぁぁぁ！　どうして？　どうしてここまで衰退した⁉）

口惜しさにハンカチを噛み切りそうだったが、ここで感情抑制機能がお仕事。ちょっと感情が複雑になりすぎていたのでありがたい。と言うより思考が少々ぶっ飛びすぎていることから、冷静になる前の俺は相当ショックが大きかったようだ。

ともあれ、発砲されている以上は応じないわけにはいかない。こちらとしてもモンスターとして引けない部分がある。下手に舐められれば馬鹿な行動に出る輩が必ず出てくる。それを阻止するために多少の被害は許容してもらう。何より、撃ったのだからその覚悟はあるはずだ。

「ガアアァァァァッ！」

リュックを下ろした俺は一吠えするとダッシュで城壁に向かう。同時に一斉射が行われるが、その直前に速度を上げた俺には当たらない。数発掠めはしたものの、それでどうこうなるような体ではなく、仮に直撃していたとしても大したダメージにはならないだろう。

十メートルほどの城壁に飛びかかり、壁を蹴って更に上へと昇ると腕を伸ばす。抵抗する隙すら与えず城壁の上に登った俺にマスケット銃が火を吹くも、硬い外皮に阻まれ熱痒い程度に留まる。

思わず命中した腹部をポリポリと掻いてしまうほどなのだから、その威力はクロスボウよりも間違いなく上である。ちなみに俺の体の中でも特に硬い肩や背中に至っては「何か弾いているな」程度の感触である。

取り敢えず後ろにいる最寄りの兵士を尻尾でベチコンと叩き、前方にいるのは手を伸ばして捕まえる。後ろから撃たれる分には痛くも痒くもないので放置。しかし前方から撃たれた場合、腹部は兎も角、顔面に当たるのは勘弁してほしい。

なので掴まえた兵士を盾代わりにしてズンズンと狭い城壁の上を歩く。詰めていた兵士達が慌てて後退するが、道が詰まって渋滞を起こしている。流石に十メートル下へ落下させては死人も出るので、手を伸ばして掴まえては後方に投げることで渋滞を解消してやる。

投げられた兵士は情けない悲鳴を上げているが、この高さで「たかいたかい」をされれば大人でも腰を抜かすだろう。そんなわけで障害物を排除しながら城門の上に到着。巨体故に中に入れないのが残念だが、外から見る限りおおよその仕組みは理解した。

（うーん、技術力はカナンよりはマシと言ったところなのか？）

カナンのものを見たわけではないのでわかるはずはないが、多分これくらいだろうと言う目安はあるので何となくでの感覚的な推測である。邪魔する奴を適当に尻尾であしらったり、銃を撃ってくる兵をデコピンでふっ飛ばしたりしてフロン側の出方を窺っていると、攻撃が通じていないことを理解したのか銃声が聞こえなくなった。

「これで掻く必要がなくなる」と思っていたのだが——。

「一斉射！　ってぇぇぇ！」

部隊長の号令に合わせ十数丁の銃口が火を吹いた。声に反応して顔面を両腕で守ったが、銃弾は胸や腹部に集中して命中しており、あまりの痒さにガードを解いてボリボリと掻く。全く通じていないことに唖然とする兵士達の前で、これ見よがしに大きな欠伸を一つ。

「舐めるな、バケモノ！」

隊長と思しきオッサンがサーベルを抜いて単騎で突撃。兵には下がるように命令しているのだから囮を兼ねた捨て身の特攻だろう。髭を生やしたナイスミドルの覚悟を無にするかの如く、渾身の一撃を指で摘み、空いた手で帽子を取ると頭頂部がハゲていた。

俺は申し訳ない気持ちでスッと帽子を戻し、サーベルを動かそうと無謀な力競べを挑むオッサンの肩にポンと手を置く。すると何が気に食わなかったのか、オッサンがサーベルを手放し俺に殴りかかってきた。

当然俺を殴れば手を痛めるだけなので放置したが、オッサンが邪魔で発砲できない兵が物凄く困った顔でこの光景を眺めている。

俺としてはもう少しだけ引っ掻き回して痛い目を見せるつもりだったが、このオッサンの勇敢さに免じてこれくらいで許してやるつもりでいた。なのだが、当のオッサンがヒートアップしすぎてどうしたものかと天を仰ぐ。

流石にこれだけ時間があれば「何かおかしい」と思う者も現れる。攻撃をする意思もなくただ見守る者が増えていく中、ただオッサンの叫び声が響く。最初は「貴様のようなモンスターが！」とか言っていたのだが、拳が限界なのか俺の脛を蹴り始めては「お前に何がわかる！」と頭頂部の悩みに変わっていく。

俺はもう一度慰めるようにオッサンの肩をポンポンと叩く。すると落ちていたサーベルを拾って切りつけられた。ポッキリ折れたから不問にするが、取り敢えずこのオッサンを窓口にすることにして拉致。

オッサンを抱えて城壁の上から飛び降りると、置いた荷物の下へと走って移動する。情けない声を出す帽子が何処かに飛んでいったオッサンを地面に降ろし、リュックから用意しておいたメモ帳を取り出すと、それを目の前に突きつける。

「オークに捕まっていた女性三十八名を解放し、そちらに帰還させた。この情報は知っているか？」

そう書かれたメモを見たオッサンが目を見開く。

「まさか……言葉を理解しているのか？」

オッサンの呟きに首肯し、続きのメモを見せる。

「そちらの指揮官と話がしたい。彼女達を護衛し、帰すという交換条件でその場を設ける約束を取り付けている」

「待て、どういうことだ⁉」

メモを見たオッサンが大声を出すが、俺は気にせず新しくメモに文を書く。

「そのままの意味だ。後方のオークの砦を襲撃し、囚われていた三十八名の女性を解放。彼女達との交渉の結果、この街へ帰還するまでの護衛を条件に指揮官、またそれに該当する人物との会談の場を設けることを約束した」

その文を読んだオッサンが「信じられん……」と呟くが、それが一体どの意味なのかは不明である。

（もしかしたら全部という可能性もあるが、モンスターが相手ならこの反応が普通なんだろうな）

疑わしい目でこちらを見ているが、自分が生かされていることから「本当のことも交じっている」程度の信用はあるだろう。

「一先ず貴殿にはお帰り願おう。日没まではここで待つ」

そう書いたメモを渡し、オッサンには帰ってもらった。途中オッサンが何度もこちらを振り返るが、俺は無視してその場に座り込んだ。これで進展してくれれば良いんだが、と溜息を吐く。

同時に日没まで結構時間があるということに今更気づいた俺は「やっべ、もうちょっと時間制限きつめにした方が良かったかも」と後悔していた。


時間がどれほどかかるかわからないので取り敢えず獲ってきた兎を解体。捨てる部分は穴を掘って埋め、かまどを作ると手を洗って鉄板を用意する。持ち込んだ燃料に火をつけて、脂をサッと鉄板に塗り切り取った肉を載せる。塩胡椒を丁寧に振り、肉を返すタイミングを逃さぬよう音に注意。いきなり焼肉を始めるモンスターに城壁の上の兵士達が困惑しているが、今は肉を焼くのに忙しい。最近は職人芸となりつつあるので、僅かなミスも許されない。と言うわけで集中していたのだが、城門が開く音が聞こえてきた。

反射的にそちらを見てみると、五人ほどこちらに向かって歩いてきている。一人は先程のオッサンで残りは男女が二人ずつ。全員が武器を所持しているので誰が代表なのかはわからない。鉄串を使って器用に肉をひっくり返し、焼けた面にも軽く塩胡椒。運動した後なので少し塩辛いくらいが丁度良い。

(そう言えば柑橘類を搾ると言うのもあったな。今度何処かで手に入れよう)

意識がやや肉に持っていかれがちだが、視界の中にはちゃんと彼らを入れているので問題はない。若干一名俺が肉を焼いていることがわかってこちらを指差し笑っている。彼女とは話ができそうだな、と食器を用意。

他の三人は薄気味悪そうにこちらを眺め、もう一人の女性は無表情のままと個性があって覚えやすい。近づくにつれ肉を見ながらでも相手の姿がわかるようになる。男性陣は大変わかりやすく、一人は屈強な如何にもな軍人で、もう片方は髭を生やして腹が出ているお偉いさん――頭頂部が残念なオッサンは割愛。

女性陣は無表情スレンダーに笑っているグラマーさん。推定は二号と四号、或いは五号。軍服なので確実とは言えない数値なのは修行不足と言ったところか。

「やあ、我々と話がしたいそうだな」

そう言って肉を焼く前に立つ金髪の軍服グラマー美人。ズボンなのも悪くないのだが、ミニスカだったらもっと良かった。そう思って顔を上げ――思考が停止した。

ただ何も言わず手を伸ばす。その動きに反応した二人が即座に銃を構えるが、それを片手で制して彼女は堂々たる佇まいで伸ばされた腕を見ることもなく俺を真っ直ぐに見つめる。俺は彼女の帽子を取るとセミロングのブロンドの髪が風に吹かれて僅かに揺れる。

（……はは、そっくりにも程があるだろ）

生き写し――そう言っても過言ではないくらい、彼女は姉に似すぎていた。もう少し髪が長ければ、もしかしたら抱きついていたかもしれない。ただ懐かしく、込み上げる想いが溢れそうになった時、不意にスイッチが切られたように平静に戻る。

俺は帽子を戻すと肉を返す。メモ帳を取り出しこう書いた。

「何処かで見た気がしたものでね、失礼した」

「あら、最近のモンスターってナンパしてくるのね？」

メモを見た女性の言葉に後方の三人が「いや、違うだろ」と手振りで否定。これは話題を提供されているのだと思い、モンスターらしく「『ナンパ』の意味は？」と知らぬ風を装う。

「異性を引っ掛けることよ。で、話って何かしら？」

少し口調が砕けてきたのだが、声と合わさって余計に姉が重なってしまう。俺はメモ帳から該当するページを探す前に、肉を切って一切れ彼女の前に持っていく。するとその肉を何の躊躇いもなく口に入れ「ちょっと硬いわね」と文句を言いながらも飲み込む。

「オークについて、人間側が集めた情報が欲しい」

「ダメよ。あなたの目的がわからない」

メモを見た瞬間拒否された。

(即答かよ。迷いなく肉に食いついた豪胆さといい絶対家の女だろ、これ)

思えば母もこんな感じで、姉もよく似ていた。妹はやや引っ込み思案だったが、いざ腹を括ったとなれば母親を彷彿とさせたものだ。俺は肉を切って自分でも一口食べながら、用意していたページを開いて彼女に見せる。

「現状、森のオークが増えすぎている。可能な限り正確な数と位置を知りたい」

「だからダメって言ってるでしょ。目的を教えなさい。目的を」

該当するページを探しているから待ってくれ、と俺の手には小さすぎるメモ帳相手に奮闘していると「あ、そこの部分薄く切れる？」とまさかの肉の催促。俺は一度手を止めて切り取った肉を二枚におろし、赤い断面を鉄板につける。

「連中は幾ら何でも増えすぎた。よってある程度の間引きが必要と判断した。そのため人間側の知る情報をこちらは要求する」

「『要求する』って……あなた言葉の意味はご存じ？」

メモを見てあからさまに不機嫌な様子を隠そうともしない彼女だが、これはあくまで想定していたパターンの中で用意されていたものである。多少の語弊は勘弁してほしいものだ、と肉の焼き加減を見ながら新たにメモ帳に文章を書いて見せる。

「なるほど、言葉は理解しているみたいね。喋ることはできないのよね？」

彼女の問に「ぐあー」と間の抜けた声を出したところ「なにそれ」と笑い始める。

「つまり、あなたはオークが増えすぎたから間引きを行う。そのための数や位置の情報が欲しい、というわけね」

彼女の言葉に頷き、焼けた肉を串に刺して差し出す。ブロンドの髪を片手で避け、口を開けて肉を歯で挟むとスッと引き抜き咀嚼する。美人なのにちょっとワイルドな食べ方が様になっている。

（姉さんもこんな感じだったなー、何をするにも絵になる美人。スタイルも良いから街を歩くと男がめっちゃ集まって大変だったなー）

一度勘違いで殴られたこともあるが、その時は迷惑をかけたということでお詫びに結構なお値段のステーキ店で奢ってくれたことを思い出す。

「ふむ……でも、そうなると一つ疑問があるわ。何故、あなたは増えすぎたオークを間引くの？　そして数や位置を知りたいということは、ある程度の数は残す気よね？」

「全滅は目的としていない。数を減らし、森のバランスを保つ」

用意されていたメモを見て彼女の目つきが厳しいものとなる。

「それって、人間が森を開拓した場合でも同じことを言う？」

「状況と場所による」と書かれているページを見せると少し彼女が考える素振りを見せた。腕を組んだことで豊かな胸が寄せられているわけだが、姉に似すぎているせいか、そういう目ではやはり見れない。

「なら……どこまでならあなたは許容する？」

おっと、この質問は想定していなかった。と言うより具体的に聞いてくることはないと思っていた。言ってしまえば、それを聞いてしまえば「線引きされた」と見做されてもおかしくない。今のフロン評議会にどの程度の領土的野心があるかは知らないが、少なくとも旧領の復帰を考えていないとは思えない。

これは「政治的にもまずい質問」に入る。現にオッサンはそれが理解できるわかりやすいくらい態度に出ている。俺は大きく息を吐き、メモ用紙にペンを走らせる。

「潰した砦の先に農業地帯がある。今はそこら辺で我慢をしておけ」

彼女はメモを見るなり「へぇ」と頬を吊り上げる。その顔を見て、姉を思い出すと同時に彼女が何を考えているかが見えてきた。

「なるほど。増えたオークがその数を維持できる理由を推測はしていたが、確証はなかったということか」

俺の追加のメモに「正解」と彼女が笑顔で応じる。つまり彼女はこうも言っている。「我々が持っているオークの情報なんてほとんどないよ」と――これは考えていた中でも最悪に近いパターンだ。だから、彼女の次のセリフも容易に想像できる。

「一つ聞きたいんだけど……言葉を理解し、こうして私達の前に姿を現している、と言うことは――交渉は可能と見て良いのよね？」

近づきすぎるのは良くない。「俺」という戦闘力は国家単位で見ても喉から手が出るほど欲しい代物だ。安売りはできない。たとえ帝国の血を引き継ぐフロン評議会であっても、俺は都合よく使える位置にいてはならない。

俺は「フルレトス帝国に属している」のであって、評議国には所属していない。これは自分なりに考えて出した線引だ。覆すわけにはいかない。故に、釣り合いが取れない取引は行わない。

「止めておけ、こちらをアテにするつもりがあるならば、それだけの対価をこちらは要求する。そしてこちらの働きに相応しい報酬をそちらは用意することができない。よって交渉は成立しない」

情報があるならば、それを受け取りこちらで勝手に動くだけ。仮になくても勝手に動く。そして情報があり、こちらを引き込むのであれば共同戦線という形も取れなくはない。だが情報もなく、こちらを頼るのであれば――それはただの傭兵と変わらない。

俺という戦力は一軍を動かす以上である。ならばその報酬は国家予算とまでは行かないまでも莫大なものでなければ釣り合いが取れない。傭兵達に手伝いを求めるのとはわけが違う。

軍が求める以上、こちらも相応の対応をしなくてはならない。俺の言わんとしていることがわかったのか、彼女は溜息を吐いてお手上げのポーズを取る。「あなた本当にモンスター？」と恨みがましい目を向けてくるが、俺を利用するのは諦めた様子だ。

（潔いなぁ……ほんと姉の子孫って感じだわ）

彼女が少し眩しい。生きていてほしいとも思う。だがそれはそれ、これはこれだ。得られる情報がないと言うのであれば、最早ここにいる意味はない。俺は焼いた肉をさっさと胃の中に収めると、火を消して後片付けを始める。

「……一つだけ、提供できる情報があるわ」

片付けは止めないが黙って聞く。どの道オークを減らすならば、何処の豚を狩ってほしいのかダメ元でのお願いだろう。

「オークの数が増えていたのは随分と前からの話なんだけど……人間の領域に踏み込んできたのはほんの数年前から。その時から何度かある個体が目撃されるようになった」

そう思っていたのだが、何やら話が予想と違う。と言うより結構重要な情報に思える。

「私達はそいつのことを『エンペラー』と呼んでいる。キングではない。それよりも上位の個体として、ね。目撃情報からの推測になるけど——多分、あなたと同じかそれ以上のバケモノよ」

とある元巫女の視点

とある里の建物の中、集められた一同の前で一人の女性が言葉を紡ぐ。果たしてこの選択が正解であるかなど知る由もない。少なくとも彼には知性があり、交流を持つことが可能な存在であることは確信している。父と母がただ狂人に巻き込まれただけなのか、それとも僅かな可能性を信じての悲しい結末だったのか――それを決めるためには、きっとこれは必要なことなのだと思う。だから今、私は動くのだと彼女は言った。

「ルシェル・フォルシュナ」はこう続ける。

「未だあるかないかもわからない汚染に怯えるならば残りなさい。ですが、未来のために己を犠牲にすることを厭わぬ者を私は高く評価します。森林の奥へ進めばどのようなモンスターと遭遇するかはわかりません。もしかしたらこの場所に帰って来ることができないかもしれない。最悪、全員が帰らぬこととなるかもしれない。それでも、我々は未来のために行くべきだと思っています。我こそはと思う者は名告を上げてください」

彼女の言葉に集められた氏族の者達が一人、また一人と立ち上がる。そしてその数が十人となった時、ルシェルは「ここまで」と立ち上がろうとした者を手で制し打ち切った。誰もが精強であることを自負する者達――三大氏族に数えられるフォルシュナの勇士達である。不安などあるはずもないだろう。

「では、案内を頼みましたよ」

こちらを向いたルシェルに笑顔で「頼みます」と命令をされ、元巫女であり、この度無事フォルシュナの氏族へと迎え入れられた私ことアーシルーは死んだ目で小さく「はい」と答えた。


一団は暗き森を進む。体力も魔力もない私に森を進めと言う無茶を仰る姫様ことルシェル様を先頭に、一団は警戒を厳に示された方角を歩く。川を渡った辺りで周囲を警戒している勇士の一人が獣道を発見。その主は間違いなくアルゴスのものであろうと言う結論に達し、私の記憶にある拠点の方角とほぼ一致することからこの獣道を歩いている。

「恐らくですが、アルゴスが川へ行く時にできたものだと思います。アーシルー、君の証言によると魚を獲って食べるんだったな」

周囲の探索から戻った勇士の言葉に私は頷く。

「情報から基本的に雑食。味覚は人間種に近いとされ、火を使い焼いて食べることを好む……随分と奇っ怪なモンスターですな」

常にルシェルの傍で目を光らせている年長の戦士が呟くと、彼の意見に賛同する者が何人か頷いた。私もその意見には同意する。人を騙し、馬鹿にするあのゴツゴツに一度は痛い目に合わせてやりたいが、残念なことに今の私にはそれは叶わぬ願いである。

（なぁにが「悪い扱いはない」よ！　「それくらいできるようになれ」だの「何でこんなこともできないんだ」とか言われ放題なのよ！　確かにさ、私はインドア派だよ？　だからと言って家のことができると決めつけるのはよくない！　人には得手不得手があるの！）

歩き疲れた足を根性で前に出しつつ心の中で悪態を吐く。フォルシュナの氏族に保護されてからというもの、ただひたすら訓練の日々。思い描いていた理想の毎日など何処にもなく、日を追うごとに蓄積する疲労に何度か逃げ出そうとした。しかし、あのお姫様はこんな可哀想な私にこう言うのだ。

「あら、外に出るのですか？　ゼサトの手の者が手ぐすね引いて待っていますよ？」

逃げれば死ぬ。それを即座に理解した私はトボトボと用意された部屋に戻った。そしてまた訓練――せめて家事全般くらいできるようになりなさい、と言うお姫様のありがたいお言葉により、フォルシュナに仕える女中達から揉まれる日々が始まり、今や一日中特訓と称して私はイジメられていた。

「乳がでかくてもこれじゃあねぇ……」

「流石にこれは詐欺物件？」

「よくその歳まで生きてこれたわね」

などなど言われ放題で私の心は折れかけた。なので私はルシェルお嬢様に直訴した。

（お姫様はあのモンスターにご執着。ならば誰よりもあいつに近づいたエルフである私は、その分野でこそ役に立てる！）

結果がこのザマである。「お前の考えなどお見通しだ」と言わんばかりのこの冷遇。薄々察してはいたが、もしかしてあのお姫様はアルゴスとの関係のためだけに私を匿っているのではなかろうか？

ゼサト関連の続報が一切耳に入ってこないこととといい、どうも私が望んだ結果に収まらないような気がしている。汚染にしてもそうだ。うちのような底辺氏族には知らされていないようなことをさも当たり前のように語られても困る。

私の知らないことが知らないところで決まっていたり、はっきり言って蔑ろにされている感がヒシヒシと伝わってきている。私の価値は一体何処に行ってしまったのか？

二日目にして到着したあいつの住処を見て、一同が声も出ないほど驚いている様子を見て優越感に浸っていると「早く案内しろ」と急かされる。

「ここからがお前の仕事だ。まったく、お前のせいでどれだけ遅れたと思っている。その分しっかり働くんだぞ」

この氏族の男共はどいつもこいつも私に冷たい。どうやらお姫様が好みの様子で私には見向きもしない。女性陣に至っては「駄肉が……」と忌々しそうに呟く声が聞こえる始末。

「嫉妬の声が心地よいわ」とでも言おうものなら地獄の扱きが待っている。今に見ていろ、と私は将来設計の修正を行う。

「ほう、地下があるのか」

「遺跡っぽくなってきたな」

「罠はないんだったな？」

先行した男衆が扉を調べながら私の説明を聞き、思ったことを口に出している。食事をした場所の説明をすると、女性二人が興味深そうに食器や調理具を調べ始めた。

「やはりと言いますか、この辺にあるものは旧帝国の物ですね」

「この辺りにある物とは思えないけど……何処からか持ってきたのかしら？」

ヒソヒソと声を潜めて何やら確認を取っているように見えるが、ここに何か見るべきものがあるのだろうか？

崩れた壁に腰掛け、疲れた足を伸ばして休憩をしていると呼び出しがかかる。

「はいはい、なんでしょー」

フラフラと扉周辺を調べている男性陣から一枚の古びた紙を手渡される。

「確かフロン評議国の文字が読めるんだったな、これを読んでくれ」

どうやら翻訳が必要らしい。これで私の評価も少しは正しいものになるだろう――そう思っていたのだが、専門用語なのか全く意味がわからない単語が幾つもあり内容がどうにも掴めない。

「えっと、これ帝国の時の文字だから現代にない単語とか多くて意味が……」

結局他にフロン語がわかる人に聞いても同じような答えが返ってきたが、内容はある程度把握できた。どうやら機密データと呼ばれる情報のやり取りの記録とその中身についてのものらしい。

価値のある資料として持ち帰ることになったようだが、持ち帰る物は可能な限り少なくするようお姫様が厳命している。あまり物がなくなりすぎては不信感を与えかねないとの理由だったが、あいつがそんなことを気にするだろうか？

　そう言えば何か秘密にした方が良い資料のような物があった気がする。あれこれと考えていると、地下へと降りることになり私は女性二人に挟まれて落下。情けない声を上げたが着地は完璧だったと言っておく。

　さて、わかっていたことだがアルゴスはいない。一人が寝床を調べ、他が近くの部屋を調べる。私はと言うと既に話すことがなくなっているのでフラフラと周辺を見て回る。でも奥にはいかない。あんなものを見るのは二度とごめんだ。

　そんなわけで酷使した体を休めるべく、ゆっくりできそうな場所を探していたところ、記憶にないものを見つけた。壁にかけられたボードに紙がピンで留められている。「こんなものあっただろうか」と何気なく近づき、書かれている文字を読む。

「戻ってくるとか暇なの？」

　恐らくこれは私宛のメッセージである。紙を捲ると裏にも文字が書かれている。

「裏まで見るとか馬鹿なの？」

　視線を少し下げ、捲って見えた二枚目の文字には「そんなことだからダメおっぱいなんだよ？」と明らかに私をターゲットにした悪口があった。私は無言で二枚目を捲る。

「もうないよ。期待させてゴメンね？」

　三枚目の文字を無視して二枚目の裏を見たが何も書かれていない。

「だあっ！」

私は大声を上げて三枚の紙を引きちぎった。突然の大声に何事かと探索中の面々がこちらを見る。

「何でも、ありません！」

驚かせてしまったことを謝り、あいつに対する怒りを抑えるために深呼吸をする。頭を下げた時に視界に入った本を手に、あいつの寝床に座ってここから動かないと決めて本を開くと一枚の紙が落ちてきた。

「なんだろう」とその紙を拾い、ひっくり返すと長い文章が書かれており、それは手紙のようだった。思わず本の表題を確認すると「ロックの冒険」という小説であることがわかった。その小説に挟まっている手紙とは一体何だろうか？

（もしかしてここに勤めていた人物が残した秘密のやり取り？　いや、何かの暗号や重要なキーワードが隠されていたり⁉）

私は期待を胸に拾った手紙を読む。

「やあ、これを読んでいると言うことはダメおっぱいは私の思い通りにボードの紙を引きちぎり、これを手にしていることだろう。残念ながらこの手紙は君が期待したような歴史的な発見ではなく、最近私が書いた特に価値のあるものではない。ただ、もしも君がこの文章を最後まで読むのであれば、一つ役に立つ情報を授けよう。端的に言えば隠された扉の開け方だ」

ここまで読んでやはりムカつくゴツゴツだと思ったが、そういうことならば最後まで読んでやろうと、途中で破り捨てかけた自分を抑えた自分を褒める。

「まず初めにしなくてはならないのは、君が自分には『乳以外に価値がない』ことを認めることだ。

次に今すぐ上半身裸になって『私はおっぱいだ』と三度叫ぶこと。周囲に人がいる状況が好ましい。これを行うことで、君はきっと己の中の隠された扉を開き、新しい人生を歩むことができると信じている。最後まで読んだおっぱいに幸あれ」

私は読んでいた手紙を破り捨てると立ち上がり手にしていた本を地面に叩きつける。

「あんの腐れモンスターがぁぁぁぁぁ！」

力の限り叫んだ私はルシェル様に頭を叩かれ、探索が終わるまでの間、全員から代わる代わるお小言をもらうことになった。

とあるエルフの視点

魔法で照らされた地下――アルゴスと呼ばれる新種のモンスターの住処にいる私は本日何度目かもわからぬ溜息を吐いた。原因はわかっている。

「何で……私ばっかり……」

えぐえぐと涙目で正座させられているアーシルーを横目にもう一度溜息を吐く。最近この娘を氏族へと迎え入れたのだが、まさかあそこまで何もできない者がいるとは思わなかった。

アルゴスが彼女を「役に立たないから返す」と言っていたのは冗談に見せた本気だったのだと今ではわかる。かと言って彼との貴重な繋がりである以上、手放すのは惜しい。何よりゼサトの専横によって二度も命の危機に瀕した彼女を手元に置いておかねば、最悪殺される可能性もある。

確かに彼女は家事はできないし狩りもできない。農作業は勿論、力仕事や書類仕事も満足にできず、魔法が不得意とあって何かしらの技術職に就くことも困難だ。どちらかと言えば不器用で要領も決して良いとは言えず、本人のやる気も今ひとつ。にもかかわらず、どういうわけか彼女は自信過剰である。

話を聞いてわかったのは、アーシルーは自分の体に絶対の自信を持っており、いずれは都合の良い男を虜にするので将来は安泰だと思っていることだ。「なるほど、所謂『悪女』というものを志望しているのか」と思っていたのだが、未だ男性と付き合ったことすらない生娘だった。この言行の不一致をどのように解釈したものかと頭を悩ませたものである。

結局、彼女については「やる気がないだけでは？」という結論に落ち着き、生きていく上で必須とされることを仕込むことになった。結果は先に言った通り散々だった。それはもう「今までよく生きてこれたな」と皆が感心するほどに酷い有様だった。

決して悪い娘ではなく、どちらかと言えば善良な部類に入るのだから見捨てることができず始末が悪い。一体どうすればこんな娘が育つのかと疑問に思い、人を使い親を訪ねさせたところ信じられないことがわかった。

「あのね『やればできる』なんてのは甘えです。やってもできないし、そもそもそれがわかっているからやる気もない。もうあの娘にできるのは体を使って一生養ってくれる誰かを捕まえることくらいなんですよ」

その肝心の親が諦めていた。「それで良いのか？」と思ったが、どうやら両親側にも「金持ちと結婚できれば私らも楽ができる」と言う打算があるらしく、そのために彼女に自信を持たせるべくなんやかんやと入れ知恵していたらああなってしまったようだ。

聞きしに勝るガーデル氏族という存在に私の膝は折れた。だが、すぐに立ち直った私は前向きに考えることにした。子供達を預かる身と言うことは、今後彼女のような問題児が現れる可能性も考えられる。ならば彼女はその予習だ。

なんとしてでも更生させてみせる、と意気込んだ私は彼女を氏族へと迎え入れ、徹底した教育を施すことに決めた。でもダメだった。

楽をすることばかり考える彼女には一通りのことができるようになるための訓練さえ苦痛と感じるらしく、このままでは一般人レベルの能力を持つより先に何処かに逃げることが予想される。なので結婚の相手を探し、逃げられないようにしようと思ったのだが――。

「流石にあそこまで大きいと……」

「あの娘の性根と合わさるとただただ下品」

「すみません、私は慎ましい方が好みなのです」

男性陣の意見は厳しい。私自身、彼女を押し付けることを申し訳なく思う気持ちがあるのでこの案は見送られた。次の案を考えていた丁度その時、彼女から申し出があった。どうやら彼女も自分なりに考えてはいるらしく「アルゴスとの接触には自分も同行する」と言ってくれた。

自分の立場くらいは理解ができるらしく、彼女を迎え入れた利点をしっかりと押さえた申し出である。ただ、それが訓練から逃げ出す口実であったことが後でわかった。こうして遺跡に辿り着き、地下でぎゃあぎゃあと喚く彼女を大人しくさせることで、貴重な帝国の資料に傷をつけぬよう配慮が必要なくらいには手のかかる娘だった。

取り敢えず彼女から得た情報ではアルゴスは地下の奥には出入りすることはなかったらしく、また自分が入っていくことを止める素振りもなかったことから、我々が奥へと進むことにも問題はないと判断した。

どうもアーシルーが言うには奥にはバケモノの死体があり、彼の巨体ではこの遺跡の奥へと入ることはできず、特に人が侵入することを気にした様子はなかったと言う。

「帝国がここで何をしていたかわかるわけですが……あの娘の怯えようから恐らくは碌でもないものかと」

傍に控える護衛の言葉に私は頷く。粗方近場の探索を終えた結果をそれぞれが報告すると、そのうちの一人が困った顔で手にした物を差し出してきた。

「本ですか？」

「そうなのですが……その、中身が少々なんと言いますか」

彼女は言い淀むが、私としても見てみないと判断はできない。なので本を受け取りページを捲ったところで思考が停止する。

「女性の裸……ですね？」

これがアルゴスの住処にあるということは、このようなものを彼が読む、と言うことになるはずだ。私は理解が追いつかず、他のページを見てみるも中身はほぼ同じ。

「取り敢えず見つけた本を本棚に詰め込んだ、と言うことでしょうか？」

そんな意見が何処からともなく上がり、一同がそれに納得する。本のページを捲りながら元の場所に戻しに行く男性が感嘆の声を上げていると、それを見ていたアーシルーが一言。

「絶対私の方がスタイル良いよね。私だったらもっと良い絵になると思うのよ」

呆れる一同に「そんな仕事が欲しい」と宣う彼女に私は現実を教えてあげた。

「こんな精巧な絵をどのように書いたかは知りませんが、モデルをするなら何時間と同じ姿勢を続ける必要がありますよ？」

暗に「あなたにそれはできないでしょう？」と言ってみたのだが、彼女は「え、じっとしてるだけで良いのよね？」と何もわかっていない様子だった。肖像画のモデルをやったことがあるから言えるが、あれは中々に大変であり、とてもではないが彼女に務まるとは思えない。

ともあれ、アーシルーの相手をしていても仕方がないので、全員で遺跡の奥へと行くことにする。

明かりの魔法で照らされた埃の溜まった無機質な廊下を進んだ先で見たものは、私達の想定を超えたものだった。

「これは……何なんですかね？」

普段軽率な口調の彼ですら声が震え気丈に振るまうことさえままならない。辿り着いた一室の中には横倒しになった円柱のガラスがあり、その中には眠ったように動かない異形と呼ぶに相応しい何かがいた。

「こっちが、聞きたいわよ」

彼女の意見には同意する。ただならぬものであることは間違いない。だが中を調べるという意見は出ず、他の部屋を見て回ることになった。調べた限り、人間と蜘蛛をかけ合わせた――いや、まるで無理やり繋ぎ合わせたかのようなバケモノが全部で六体。

大きな筒状の透明なガラスの中に見えたそれらの形とは違うまさに「異形」と呼べる何かの数は三つ。全て死んでいるのは間違いないが、その様相は対極だ。

死の間際までもがき苦しんだかのような形相のものと、眠ったまま死んだかのような安らかなもの。そして、この人と蜘蛛を繋げたバケモノが入っていたガラスの容器は全部で十本。

「数が合わない」

私の呟きに既に察していた何人かが神妙な面持ちで頷いた。

「ルシェル様、これをどう見ますか？」

「恐らく、帝国の実験施設。それも人道に反するもの……恐らく彼らはその過程で死亡したのだと思います。しかし――」

そう、数が合わないのだ。実験体の成れの果てが九体に対し、彼らが入っていた容器は十。

「ただ最初から空いていた、と言うのであれば問題はありません。しかし成功した者がここから出ていたとなれば……」

「これは二百年前のものです。帝国の過去に我々が囚われる必要はありません」

「仮に生きていた者がいたとしても、それは過去の話です」と不安をかき消すように否定の言葉を一人が放つ。その意見に皆が賛同し、私も頷いた。「生命への冒涜だ」と誰かが口にしたが、私は何も言う気にはなれなかった。

（帝国は滅んだ。だが、彼らが何をして、どうやって滅んだのかは正確に伝わってはいない）

これは私が判断できる案件ではない。そう考えた私はここにある資料を集めるよう命を下す。しかし資料は疎か紙すらない。

「帝国の事情に詳しい者を連れてくるべきでした」

結局幾ら探しても成果らしいものは何もなく、ここで行われた実験の詳細を知ることはできず、わからないことだらけの現状に私はそう呟いた。人選を誤ったことに後悔をする反面、もしもここにあるものの詳細を知ってしまったらどうなっていたかと安心もする。

足手まといとなるアーシルーの安全を考慮し、武闘派ばかりを連れてきてしまったことは果たして吉となるか凶となるか？

知らない方が良かったことなど幾らでもある。それでも、見てしまった以上は報告せざるを得ない。

（そう言えば……何故彼女はここに連れてこられたのかしら？）

自分の住処に案内した者を帰せば、ここに我々が来ることを考えなかったのだろうか？

いや、恐らくは想定しているはずである。それならば、彼は私達にこれを見てほしかったのだろうか？

（アルゴスの巨体では通れない――でもそれならアーシルーに見てもらえば……いえ、見ていたのでしたね）

その時、私の中で一つの言葉が繋がった。「役に立たないから返す」とはそういう意味だったのではなかろうか？

もう一度会う必要があるとは元々思っていた。その想いはより強くなって私を動かす。

「そうね、手紙を残していきましょう。アルゴスはきっと、私達がここに来ることを想定していたはず……ならば来たことを教えておいた方が都合が良いはずです」

手紙を読めばきっと彼はエルフの里を訪ねるだろう。モンスターとの手紙のやり取りなど一体誰が予想できるのか？

彼の知性を疑う余地はない――ならばどのような文が興味を惹くか？

少しワクワクしている自分を感じながら通路を戻る。アルゴスと言うこれまでに類を見ないモンスター、帝国の地下に眠っていた実験施設。不謹慎だとは思うが、私は今面白くて仕方がない。私のような身の上では、危険な火遊びと言うものはどうしてこうも眩しく映ってしまうのか？

Ⅵ

何もない平野を走る。目標は東――ブローフの街から東北東に位置するガレイアの街。今は人がいないオークに占拠された街に、俺と同等以上と評される「エンペラー」と呼ばれる特殊な個体がいると予想されている。とは言え、この情報の信憑性はあまり高くない。

曰く、このエンペラーと呼称される個体は「よく移動する」とのことであり、最後に確認された居場所がそこであったと言うだけである。

司令官代行「レイチェル・アウネス」の情報によると「現状フロン評議会の最大の脅威であり、奴さえ除けば現存する戦力でオークの軍勢を押し戻すことは可能である」とのこと。

つまり現状奴の戦力評価は単体で一軍以上——俺の自己評価と変わらない。少々興味を覚えるが「恐ろしいほど強固な武具を持っている」との説明に俺の興味は消え失せた。何故ならば、この大森林は旧帝国領土である。

一匹のオークが偶々帝国産の装備品を手にしたに過ぎない可能性が出てきたのだから、種明かしはまだされてはいないものの「そんなことだろうと思った」と言うオチがありそうなので期待は程々にしておく。

（しかしまさか司令官が逃げ出していて代行が出ることになり、その彼女が姉に瓜二つときたかー……）

運命などと言う気はないが、こうも出来すぎていると少し怖いものがある。ちなみに俺の姉の名前は「ミレイナ」で、妹が「セリーヌ」である。流石に名前までは同じではなかったが、彼女の親戚にいてしかもそっくりだったらどうしようか？

家名が付いたことに関しては「帝国から評議会になったことで貴族制が廃止され、国民全員がファミリーネームを持つようになった」と言うことらしい。次に来る機会があれば、姉が写っている雑誌でも持っていってやろうかと少し楽しみにしている。

（いかんな、気持ちが緩んでいる。感情抑制機能がジワジワ効いているおかげで思考が少々安定していない）

取り敢えずオークの特殊個体と思われる通称「エンペラー」さえ倒してしまえば、フロン評議会は勝てると言うのなら、そいつを始末すれば彼女はほぼ安全と言って良い。なので現在の俺の目的はまずはそのエンペラーを探し出すことである。

最後の目撃情報であるガレイアの街に向かっているが、その道中にオークの気配は未だなし。結構な規模の軍団となっていることはわかっているので簡単には見つかるだろうが、そこに目標がいるとは限らないと言うのが面倒な話だ。

さらに司令官代行である彼女を「家の女」と仮定した場合、高確率で俺を利用するために間違った情報を流すと思われる。その後問い詰められたところで「その情報が正しいと信じていた」と言い張るくらいは予想の範疇だ。

（俺を上手く使って街を取り戻す、くらいは平然とやりそうなんだよなぁ……まあ、一回くらいは利用されてやっても良いんだけどさー、見返りは欲しい。具体的には帝国の調味料。多分技術的には無理ではないと思うからあると思うんだよなー）

他にも欲しい物はまだまだあるがまずは飯だ。食事の改善と言う目標は未達成のままである。もしこれで手に入らないのであれば、今後の改善は絶望的なものとなるので手に入ることを願うばかりである。可能であれば定期購入が可能な状態にまで持っていきたいが、こればかりは向こう次第なので考えても仕方がない。

さて、十分に進んだと思われるのだが、未だ目的地は見当たらず周囲に敵影もなし。食料となる動物も見当たらないので少し速度を上げることにする。そうして日が傾き始めた頃、ようやく俺は街を目視できる距離まで近づいた。

（そこまで大きな街ではない。城壁が低いから落とされたと見るべきか、それとも例のエンペラーが暴れたのが原因か？）

取り敢えず街に突入するとして、住人はどれほど残っているだろうか？

考慮に入れる必要がないと言えど、助けておけば後々評議会とのやり取りでプラスに働く。サブクエストのようなものだな、と可能であれば程度に頭の隅に置いておくが、状況的に厳しいのであれば無理をするつもりはない。折角助けてやったのに何の役にも立たなかった連中もいるので、期待をするのも無茶をするのもほどほどにすると決めたのだ。

街に近づくと城壁の上のオークを望遠能力なしで視認できるようになり、その内の一匹が人間の腕のようなものを手に持ち齧り付いているのがわかった。案の定と言うか、住人は食料となっているようだ。

食料になっていると言うことは、捕虜で遊ぶのに飽きたか、もしくは壊れたから食用になったかのどちらかだろう。繁殖用なら制圧された後、すぐに後方へと送られるのは確実なので、ここにいるはずはない。

街が陥落してから大分時間もあったようなので、要救助者はいないと見て進めた方が良いのかもしれない。一先ず隠れる場所もない平野では見つけられる可能性が非常に高いので、擬態能力を使用して接近する。幾らオークでも距離があれば匂いで気づくことはない。

無事発見されることなく城壁に張り付いた俺は擬態能力を解除するとそのまま登る。俺を見つけたオークが叫ぶより早く手刀で首の骨を折り、下に降りようとしたところで見つかった。

「ぷおおおん」という気の抜けた角笛の音が鳴り響くが、吹いてるオークが下手だったらしく首を傾げてぷおぷおと鳴らす。それを止めるべく地面に降りた俺がそちらに向かって跳躍する。

見かねた別のオークが角笛を持った奴を殴りつけて「ブオー」と勢いよく警報を鳴らすと同時に俺が彼らの目の前に着地。俺を見上げる怯えた豚を掴み、城壁に投げつけて殺害する。

(さて、ここからどうするか?)

武装したオークが集まってくることが予想される中、この荒れ果てた街並みを見る限り、地形的有利を得るのは相手側。地の利はくれてやってでも一度荒らして回り、エンペラーを探してみるのも悪くはない。

それに暴れていれば向こうから来てくれる可能性もあるし、どの道豚は屠殺することが決まっている。俺はのっしのっしと瓦礫の横を進み、大通りへと出ると武装したオークの集団を見つけた。

(まずはあの集団。次は中央に向かって走ってみるか)

そう思ったときにはオークの集団を轢き殺していた。俺を止めることができないことを理解したオークは盾を捨てて槍衾で迎え撃つ。片手から両手に変えたところで無駄だということを教えてやるために、敢えて突進せずに大きな瓦礫を掴んで槍を構える集団に向けてぶん投げる。止まっているのだから良い的である。

（しかしこの大きな瓦礫を投げるのは良いな。まとめて倒せる上に手も汚れない）

俺の数少ない遠距離攻撃に新たなレパートリーが加わった。と言うわけで大きくて重量のあるものを正確に投げるため、訓練を兼ねてその辺から瓦礫や木材を拾い集めながら大通りを歩く。

現れるオークの集団にプレゼントを投げつけつつ、中央に向かって歩いていると明らかにサイズの違う豚が俺の進行方向先に見えた。

（エンペラー……ではなく武装しただけのキングか。普通のオークでっかくしただけだわ）

あれがいるということは、どうやらここにはエンペラーがいないようだ。俺はがっかりして肩を落とすと、向かってきた豚を手にした木製の柱で薙ぎ払う。中々しっくりくるのでこれを持ったまま真っ直ぐにキングの下へと歩く。

そうすると俺の余裕が気に食わないのか、グレートソードを突きつけてフゴフゴと何やら大声で命令している。内容を想像する必要もなく、その場にいた重武装のオーク達が俺の前に立ち塞がる。

雑魚オーク共は綺麗に道を退いており、中央広場に俺が到着すると背後の大通りを豚共が瞬時に埋め尽くした。退路を断ったつもりのようだが、俺が突進すればあっさり瓦解することを理解していないのだろうか？

ともあれ、俺がオークが集まる中央広場へ足を踏み入れ、前へ出ると正面の重武装オークが武器を持たない手を前に出し静止するような手振りを見せる。聞いてやる義理はないが、何をしたいのかくらいは知っておいても良いだろう。むしろこの状況で何をするのか、と言う興味が少しある。

俺が立ち止まったことを確認すると、八匹いる豚の一匹が後ろを振り返り大きく頷く。すると瓦礫の山に登ったキングがグレートソードを天に掲げ、フゴフゴと喧しく吠えている。そして一頻り喚いた後に俺に剣を突きつけグップグップと笑い出すと、周囲もそれに合わせて笑い声を上げ始める。

（なるほど、こいつらは俺を見せしめにしようとしている――もしくは見世物、新しい玩具にしようと言ったところか）

俺の予想が当たっているかどうかはさておき、オークキングは笑い声をピタリと止めると顎で配下の重武装オークに合図を送る。八匹のオークが前に出る。なので俺も前へ出た。両者の距離が徐々に縮まり、互いが大きな得物を持つが故に、その間合いはすぐに詰まった。

「プグゥオォォォ！」

キングが「試合開始」の叫びを上げる。なので手にした柱を豚の王に向けてぶん投げた。数的不利にあるならば、初手奇襲は当然の選択である。なお「不利である」と言う認識は欠片もない。

ぶん投げた柱が真っ直ぐにオークキングに飛んで行く。それをオークキングは咄嗟の反応でグレートソードを使い受け止めたが、質量で物申す柱の前には踏ん張りも許されず瓦礫の山から転げ落ちた。正しく狙い通りの結果に俺は満足気に頷くと、八匹の重武装オーク達は後ろを振り返り青ざめていた。

（恐らく「勝っても負けてもやべぇことになる」とか考えているのだろうが、お前らの勝利とか有り得ないから）

そんなわけでより勝利を確実にするための一手を容赦なく発動。リュックを置いて「ヒャッハー、乱闘だぁ！」と言わんばかりに通路を封鎖していたモブオークの群に突撃を開始。

（なんか「俺ＶＳ」をやってる気分になるな！）

所謂プレイヤー対圧倒的多数と言う単騎を相手に物量攻めをしてくる敵をばったばったとなぎ倒す系のゲームである。この場合は「俺ＶＳオーク」と言ったところか。ちなみに俺が好きなのは三作目の「俺ＶＳエイリアン」だ。

敵から武器などを奪いながら空まで飛んで無双できるのが魅力で、ひたすら雑魚であるゴブリン相手に駆け巡る一作目とは出来が違う。シリーズ恒例である勝ち確定時の処刑用ＢＧＭを脳内で流しながら、縦横無尽に豚がひしめく大通りで絶賛虐殺中。

「俺はお前らと戦いに来たんじゃない。俺はお前らを殺しに来たんだ」と言わんばかりに喚く重武装オークを無視して逃げ惑う豚を屠殺する。殴って殺す。蹴って殺す。投げて殺す。

武装もまともにしていないオークは兎に角脆い。肉壁は瞬時に崩壊し、大通りは我先にと逃げ惑う豚で溢れかえっている。そこに大きな瓦礫をガンガン投げ込み混乱を誘発させて被害の拡大を狙う。これが狙い通りに上手く行き、倒れたオークが後続に踏み潰されては死んでいく。

重武装オークは俺をどうにかしようとドタドタ走って向かってくるが、当然重武装ならその分足が遅くなる。元よりオークの足など大した速さではなく、縦横無尽に屠殺場を駆け回る俺に追いつくことができようはずがない。その状況を息を切らせるほどに走り回ったところで漸く理解したのか、手にした武器で盾を打ち鳴らしたり、ぶーぶー鳴いて手招きしたりと挑発行動に出る。

当然の如くこれを無視。屠殺対象の豚はまだまだ多いので、阿呆に構っているほど暇ではないのだ。大通りが豚の死体で溢れ、瓦礫の山に戻ったオークキングが癇癪を起こしたように激しく喚いている。

どうやら転げ落ちた際、打ちどころが悪かったらしく気を失っていたのだろう。遅すぎた復帰に周囲のオークの視線が痛々しい。だが、指揮官が戻ったことにより戦況は劇的に変化。

戦士タイプと思しきオーク達は号令に従い一箇所に集まる。そこに突入してサクッと皆殺しにする俺――実に効率的に屠殺を行えるようになった。ちなみに重武装オークはまだ息切れしているので最後にする予定だ。

と言うわけで指揮官がいれば武装オークを効率良く処理ができると学んだ俺は、次の号令を待っているのだが、豚共の方も学んだらしく号令を無視して逃げ出している。何と言う人望……もとい豚望のなさ。

「こんな役に立たない豚なら最早必要ないな」とオークキングに飛びかかり、無慈悲にその首をへし折ってやろうかと思ったのだが、意外なことに跳躍からの一撃を軽快なバックステップで回避したのだ。

それだけではなく、俺の着地に合わせて大きく踏み込むとグレートソードによる斬撃を繰り出してきたではないか。当然そんな大振りの一撃が当たるはずもなく、スッと横に回避して逆にグレートソードを足で踏み抜いてやった――のだが、折れていない。

（おや、手加減しすぎたか？）

しかしそれにしては踏んだ時の感触がおかしい。なのでもう片方の足でオークキングの腕を蹴り飛ばし、残った手から大剣を引き剥がすとその材質を確かめるように拳で叩く。

（うん、めっちゃ硬い。しかも大きさの割に軽い）

こうして近くで見れば、その刀身が金属板を削ってできたかのような粗末な作りであることもわかる。つまり、このグレートソードは帝国産の合金を削って作られたものだと思われる。

これはエンペラーとやらの正体が怪しくなってきた。同時に一つの懸念が生まれる。確かに帝国が作った合金で武装しているならばマスケット銃程度では貫通など不可能だ。こいつが「その一部を与えられていた」と仮定した場合、フロン評議国がオークの軍勢に勝利するためにはこの合金製の武具を取り上げなくてはならない。思った以上に面倒なことになりそうだ、と俺は大きく溜息を吐いた。

ついでにぶぎぶぎと命乞いをしている片腕の豚を奪った大剣で斬りつける。サイズは少々小さいが、ちょっと短いロングソード感覚で使える武器ではある。ただ、やはりと言うべきか元々が武器として作られたわけではないので切れ味はお察し。

腕力で押し切る武器であることには違いないが、もう少し力を抜いて扱えなければ本気で使った際にスクラップ化は免れない。とは言え折角拾った使用可能な武器である。オロオロしている重武装オークへ向かってのっしのっしと歩き始めると、八匹の豚が「お前が行けよ」とばかりに仲間割れを開始。

逃げ切ることができないと理解しているらしく、時間を稼ぐ生贄を決めようとしているのだろうが、そいつは一体何秒時間を稼げると言うのかね？

そもそも十秒程度時間稼ぎをしたところで何になるのだろうか？

そんなわけで俺が目の前に来ても第一犠牲者を選択できなかったオーク達は、八匹揃って仲良くあの世に旅立った。ついでに合金剣の刃も潰れて鈍器へとクラスチェンジ。後は逃げ遅れた連中を適当に追撃してこの街でやることは終了なので、置いていたリュックをいそいそと背負い込む。

逃げる豚を投擲の的にしながら追いかけ回し、すっかり日が暮れたところで街の中に生き残りはいないか探す。そうして隠れてやり過ごそうとしたオークを二十四匹ほど処分したところで、気になる音を俺の耳が拾う。しばし立ち止まりその音を聞いていたのだが、それに合わせるようにピタリと止まる。

（んー……人の声だよな？　しかも悲愴感がないと言うか……誰かと会話をしていたような？）

オークに占拠された街で何日も潜んでいられた、と言うことはないだろう。

（となるとここに来て間もない……もしくは隠し通路——あ、下水か！）

聞こえてきた位置や状況からそう推測するが多分正解。帝国の生き残りならば下水道くらいは作っているはずだ。だがこの巨体では中に入ることは叶わない。なので地下にいるであろう存在を無視せざるを得ず、彼らが持っているであろう情報は諦めるしかない。仕方がないと割り切ってはいるものの、やはり言葉を話せないと言うのは色々な場面で不都合が生じる。

ともあれ、やることはまだまだあるのでこの件はこれ以上考えないようにする。俺は街に潜む生き残りを粗方排除できたと判断し、次は逃したオークを追跡する。十分な時間が経過しているので、連中は追っては来ていないと安心してボスの下へと逃げ帰ってくれるはずだ。

そんな訳で街を出て豚の足跡でまずは追跡を試みる。結構な数が逃げ出しているので見つけるのに苦労はしない。問題はパニックを起こしてあらぬ方向へ逃げている豚がいる可能性があることだ。取り敢えず前線があると思われる南側を優先して見てみるが、こちらに逃げる足跡はほとんどない。東側を見ると結構な量の足跡が残っており、その全てが北へと向いている。そして北門から逃げた豚も同様に北へと続く足跡を残している。

(これはほぼ決定かね?)

まずは足跡を辿る。その先に特殊個体「エンペラー」がいるかどうかはわからないが、最低でも手がかりくらいはあるだろう。さあ、豚共を追い詰めよう。お前らが狩られる側であることを思い出すまで、俺はお前達を狩り続けてやろう。

辺りはすっかり暗くなり、オークの死体が散乱する中に一人佇む。追跡をしていたは良いのだが、逃げ切ったと安心した豚共がノロノロとし始め、終いにはちっとも動かなくなったことに業を煮やした結果がこの有様である。

恐らくこの集団は報告すれば殺されるとでも思って保身に走って戻らなかったのだろう。なので別のグループの足跡を探す外なく、この暗闇では如何に夜目が利くと言っても見えにくいことには変わりはない。

「まったく、面倒なことになったものだ」と近くの豚に八つ当たり。最後の生き残りもこれで終了となり、俺は仕方なく暗くなった平原の探索を開始する。すると思ったよりもあっさりと別の集団の足跡を発見。やはり方角はこちらで合っていたらしい。

（さてさて、後どれくらいかかるかはわからないが、オークのボスとのご対面もそう遠くなさそうだな）

思えばこの肉体スペックを存分に発揮できる相手とは未だ出会うことができていない。蜘蛛男は相性が最悪だったので、あれは戦闘と言うより生存競争に近い。互いに殺し合う関係であったが、向こうの切り替えが遅すぎたおかげで俺は難なく勝利をもぎ取ることができた。

人間との戦いなどただお遊びレベル――よって語るまでもない。妙に大きいシャドウヴァイパーを相手にした時は存分に腕力を振るうことができたが、ただ力に任せただけの戦闘と呼ぶには程遠いものだった。レッドオーガは惜しいものがあった。腕力だけならば悪くなかったのだが、それ以外がダメだった。

この体になってからと言うもの、そのスペックを知るにつれて「全力で闘争を楽しみたい」と言う願望が時折顔を覗かせる。未だその願いは叶っておらず、今回こそはと思えどその正体が「帝国産合金を使って武装をしているだけのオークなのではないか？」と言う懸念がある状況では期待もできない。

ともあれ、調子に乗ったオークとその首魁を血祭りに上げることには変わりはなく、こうして夜通しで追跡を行うことにも文句はない。一日二日眠らなくても問題はないし、食べなくても平気と言うのは改めて便利なものだと実感する。しばらく足跡を辿っていたところ、俺の視界に大きな建造物が映る。

（あれは……スタジアムか？　大分崩れてはいるが、何となく程度に原形を留めている。なるほど、ここが本拠地か）

帝国内にあるスタジアムは全部で三箇所のはずなので、ここが今どの辺りなのかがわかった。問題は帝国南部の地理には疎く、周辺の街の状況等は期待できないと言うことだろう。この辺りの地形は起伏が乏しく、街の跡が見られないことが少し不思議に思えるが、この二百年で何が起こったかなど今の俺には知る由もない。

しかしながら帝国の建造物を利用するのはいただけない。確かにある程度屋根が残っているここならば拠点としては十分だろう。内部の通路は人間用なのでオークにも使用ができ、使えるものが残っているのであれば下手に作るよりかは立派なものとなるのも間違いない。

だが、豚如きが帝国の遺産を利用すると言うのは癪に障る。これはゴブリン同様に駆除が必要だと判断した俺は、スタジアムに近づくと望遠能力を用いて侵入経路を探す。入り口付近には篝火が焚かれ、見張りには複数のオークが巡回しているようだ。荷物の置き場所も考える必要があり、侵入自体容易なれど都合が良いところを見つけたい。

そんなわけで見張りに見つからない距離を保ちつつ、スタジアムの周りをぐるっと回る。結果、丁度崩れた天井部分からの侵入が、荷物を安心して置けそうな場所もあって最適であると判断。早速スタジアムに向かって走り、壁に飛びかかって力技で登っていくと当然と言うべきかあっさりと見つかった。この条件でオーク相手に隠密は無理があるから仕方がない。

天井部分に見つけた丁度リュックを引っ掛けつつも隠せる場所に荷物を置き、俺は六メートルほどの高さから飛び降り観客席にダイナミックに着地する。

するとー斉にスタジアム内のオークがこちらを振り向いた気がした。取り敢えずエンペラーを探すとしても、数千はいるであろうオークの中から見つけるよりかは、向こうから出てきてもらうように仕向ける方が労力は少ない。

「ガアァァァァアッ！」

なので俺は吠えた。「俺はここにいるぞ」という強烈な主張に、敵陣でも我が物顔で悠々と歩く姿を見せつけてここのボスを挑発する。だが期待していた反応はなく、周囲のオークも向かってくる気配はない。

仕方なくそのまま歩いていると、誰も止めに入らないため俺はグラウンドへと降りてきてしまった。これでもまだ無反応というのだから、ここのボスは腰抜けなのだろうか？

そう思っていると耳に何者かの鳴き声が聞こえた。声は決して大きくはない。だがそれに反してオークの動きは素早かった。人垣——いや、豚の壁が割れ、一筋の道が出来上がる。

「ここを進め」という無言の訴えに俺は鼻を鳴らして応じてやる。この先にいるのがここのボスであることは間違いないだろうし、オーク達の動きからして統率力は高いと見える。だがしかし、俺から逃げ出してきた奴がここにもいると思うのだが、この様子を見るに恐怖を塗り替えることはできなかったようだ。

要するに俺よりもボスを恐れており、弱いと見做されていると言うことでもある。周囲を観察しながら豚の道を歩いていると、そいつはゆっくりと姿を現した。俺の視線の先——壇上へと登る武装したオークらしきモンスターが見えた。

（オークっぽい……けどなんか違う）

「なるほど」と頷ける特殊個体――確かにオークらしさは見えるのだが何かが違う。武装しているから全て見えているわけではないのだが、顔はオークに近いが体格はオーガ寄りという何とも言い難い引き締まった見慣れぬ姿に俺は首を傾げてしまう。

武装に関してはバカでかいサーベルに何の装飾もない板のようなタワーシールドを持ち、鎧兜は恐らく革製と俺を相手にするには理に適っているのではないだろうか？

しかし体格がオーガに近く、こうもオーク離れした引き締まった体を見ていると「エンペラー」よりも「マッスルオーク」とかの名前の方がしっくりくる。

（となると名付けの理由はその統率力にあるべきか？　個としても強いが本領を発揮するのは群だろう。ならばこの個の強さを突き詰めた俺を相手にどこまで食い下がれるか見せてもらおうか）

俺は悠々と前へと進み、エンペラーは壇上の上で待ち構える。そしてその距離が20mを切った辺りでエンペラーが手にしたサーベルを掲げた。

「オオオオオオオオオオオォォォォォォォォォォ!!」

まさに雄叫び。雄々しい叫びとはまさにこのことである。周囲を取り囲む豚が一斉に観客席の方へと走り出し、一部残ったオーク達は急いで篝火を設置して火を灯して駆け足で立ち去る。

スタジアムに明かりが灯り場は整った。壇上からエンペラーが飛び降り、大地を響かせるようにドスンと着地して俺へと向かい歩き出す。両者の距離が十メートルを切り、互いに自然体のまま向き合った。

合図など必要ない――この戦いにはルールなどなく、勝敗を決するのは相手の死のみである。俺は体勢を低くすると、それに反応するようにエンペラーは盾を構える。

（よろしい。まずは力競べだ）

中々こいつもわかっているな、と頬が緩みそうになるが遠慮はしない。俺は地を蹴り構えた盾に向かって突進する。まだ全力は出さないが、普通のオーガであれば間違いなくふっ飛ばされる速度で俺という質量が衝突する。

大きな音を立て、タワーシールドで俺の突進を受けたまま数メートル後退したものの、エンペラーは姿勢を崩さず踏ん張っている。俺はと言うとまさか止まるとは思っておらず、驚愕こそしたもののすぐに前と踏み出した。だが動かない――いや、動かせない。

（まさか、拮抗しているのか⁉）

まさに驚きの連続である。だったら本気を見せてやろうと思ったところで盾の横からサーベルが突き出される。それを馬鹿正直に受けてやる気はないのでサイドステップで回避からの左ストレート。

当然の盾で防がれることになったが思った以上に硬い感触が俺の拳から伝わった。だが、次の一撃はそうはいかない。もう少し楽しみたいのは山々だが、防がれたままというのも気分が良くない。なので、ここで本気の右ストレートをタワーシールドに打ち込んだ――本体ではなく装備破壊を目的とした一撃だ。違えることなく命中し轟音がスタジアムに響く。手応えは、なし。

エンペラーはたたらを踏むように数歩下がったが、その盾には拳の跡が僅かに残るものの健在だった。

（おい、ちょっと待て）

覚えがある。これは間違いなくあの時の感触だ。俺が目覚めて間もなく、絶望した時のアレだ。

（ゲートに使われてる金属じゃねぇか！　なんてもの装備してやがる！）

確かにあのゲートならばタワーシールドほどの厚みでも俺の全力を受け止めることが可能だろう。

「厄介なものを！」と憤ると同時に、フロン評議国が為す術もなかった理由が大いに理解できた。

そしてエンペラー自身のパワーも俺に匹敵するほどである。これは人間には荷が重いと痛感させられた。しかしどうしてこんなにも俺は楽しいのか？

わかっている。目の前のこいつは正しく「敵」と認識できる脅威である。俺は興奮を鎮めるように夜空を見上げ、大きく息を吐いた。エンペラーへと視線を移し、腰を落として両手を地面に構えを取る。

（さあ、ここからが戦闘の始まりだ）

そう笑ったところで、いきなり飛び掛かるような真似はしない。互いに隙を窺う時間と言うのは漫画では長く表現されることが多く、実際この状況が長く続くかのように思われた。しかし、実際に体験するとなるとすぐに終わってしまうことだってある。

俺の堪え性がなかった所為でもあるのだが、相手が待ちの姿勢だったからこうなるのも仕方ない。そんなわけで先手を譲られたはよいものの、強打を上手く捌き、連打はしっかりと受け止められノーダメージ。その技術は生半可な生物では到底できないものだと感心するほどだ。

だが、それらの攻防は決して無意味なものではない。構えを取り、エンペラーへと飛びかかってから息をつく暇も与えぬ猛攻を凌ぎ切ったが故に、俺は奴の強みを一つ把握した。

（恐ろしいほどの反応速度――こいつ、確実に俺の動きを見てから対処に動いている）

まるで格闘対戦ゲームの「弱攻撃を見てから無敵技余裕でした」と言う理不尽さすら感じる反応速度である。パワー、スピード共にこちらが上であることは判明したが、それを奴は反応速度で補っており、防御に徹しているように見えながらも着実に差し込んでくるが故に攻めきれない。

拳には僅かではあるが切り傷がつけられており、あのサーベルが俺を傷つけるに足るものであることを示している。まともに斬りつけられれば危険であることは確実であり、まさか真っ向勝負で回避を余儀なくされるとは思わなかった。

（くっくっ、武器を持った豚対武器を持たないモンスターか……これじゃどっちが元人間かわからないな）

心の中で笑い、この戦闘を楽しむ。力競べ以降は駆け引きなどを持ち出したが、奴の反応速度の前ではあまり意味がない。ならばとラッシュを仕掛ければ、中断させるようにしっかりと隙を見てサーベルを差し込んでくる。こう言えば八方塞がりにも聞こえてくるが、もう一つ俺には強みがある。

それはスタミナ――何よりエンペラーの持つ武器と盾は大きく、そして重い。その重量装備を持ったまま戦い続ければ、先に体力が尽きるのはどちらかなど明白。如何に俺が攻め続けていようが、丸一日走り続けられるスタミナを持つが故にその程度は問題にすらならない。

仮に全力を出し続けたところで、その分相手の体力を削ることができるので決着は早まることだろう。未だ有効打には至らないが、状況はこちらに有利である。だから俺は攻める手を休ませない。向こうもそれを薄々感じているのか焦りが見え始める。具体的に言えば攻守の交代を狙っており、何度も立ち位置を変えようと試行錯誤を繰り返している。

（当然そんなことをさせるわけがない！　さあ、俺のパワーとスピードに屈するか、それともスタミナ切れで膝をつくか！　それくらいは選ばせてやる！）

仕切り直しすら許さず、攻撃の手を緩めない俺に苛立ったか、ついにエンペラーが相打ち覚悟の攻撃を行う。俺はそれを好機と見た。攻撃に合わせ踏み込んだ一撃は俺の胸を切り裂くも、右フックが盾を抜けて頭部へと命中。

俺の胸に一筋の赤い線が刻まれ、ゆっくりと血が腹へと伝うが傷は浅い——だから俺はその傷痕を親指でなぞり、ついた血を舐め取った。早くも血は止まり、傷は間もなく塞がるだろう。それを見せつけて俺は笑った。

これが最後のピース——俺の持つ回復力の前に、奴が取れる選択の幅がまた狭まった。俺は再び攻勢に出る。頭部へのダメージが抜けきらないうちに勝負を決めさせてもらう。サーベルを警戒しながらも盾の上からゴリゴリと奴の体力を奪う。

防御に徹すれば直接的なダメージはないだろうが、いずれ盾を持つその腕が限界を迎える。しかし相打ち覚悟で前に出れば回復能力の差で俺の勝ち。守りに入ればスタミナ切れで俺の勝ち。

（さあ、どうする⁉　答えを見せてもらおうか、オークの支配者！）

速度で勝るが故に、常に先手を取り続ける俺を相手に致命傷を狙うならばカウンターが定石。当然それがわかっているから俺は警戒を怠らず、向こうもそれを理解しているので無謀な賭けには出てこない。だから俺の奇策が見事に通った。

決して距離を空けないよう戦っていたところで更に距離を詰め、エンペラーが攻撃体勢に入ると同時に、その左足を盾の死角を利用して俺の尻尾が捕らえた。

尻尾で足を引っ張られ、体勢を崩したところに一撃をくれてやるつもりだったが、向こうもそうはさせまいとタワーシールドを地面に突き刺し強引に姿勢を戻しながらサーベルで突く。

狙いが首ではそのまま攻撃などできようはずもなく、俺は回避と同時に伸び切った腕に手刀を打ち込むが、こちらも体勢が悪く有効打とはならない。だが、仕切り直しなどはさせてやるものか、とエンペラーがサーベルを引っ込めると同時に地面に突き立てたタワーシールドに蹴りを入れてやる。

僅かに吹き飛ばされたが故に振り切った足を斬りつけることもできず、口惜しそうに頬を歪ませながら着地をするが、そこに再び俺の猛攻が続く。徐々に後ろに下がるエンペラーと下がった分だけ前に出る俺――距離は常に自分の間合いを維持し、どれだけ揺さぶられようとも肉体スペックをフル活用して食らいつく。

(ここまでやれば手札を隠すような真似はできないだろう。そろそろ向こうも出し惜しみなしの全力で来るはずだ)

攻撃の手を緩めず、勝機を与えぬ立ち回りの前で動かざるを得ない状況を作り出す。全てを出し切らせた上で勝つ――そこまでする価値がこいつにはあると判断した。

(戦闘経験は確実に俺を強くする。悪いが、見た目が完全にモンスターと言う身の上だからな、俺

の糧になってもらうぞ）

強敵と呼べる相手だからこその選択。勝ち筋は既に見えているが、これをひっくり返されるならばそれもまた上回れば良いだけのこと。上質なエサが最上級へと変わるのはむしろ歓迎すべきとすら言える。未だ俺の猛攻を凌ぎ続けながらも切り返しの一手を探る――その姿にまだ勝機があると見ていることを確信する。

「次はどのような手を打ってくれるのか？」と期待せずにはいられない。時間が経てば経つほど向こうは不利になる――ならばいい加減仕掛けてくるだろうと予想していたところ、期待のあまり甘くなった連打の合間に奴は動いた。

タワーシールドが俺の腕を撥ね上げる。同時に視界を塞いでの一閃――狙いは足。一筋の赤い線が俺の足首に刻まれるが、残念ながらそのサーベルのリーチではそれが限界だろう。

この程度では動きに支障はなく、むしろその一撃の代償として叩きつけられるようにタワーシールドに打ち込まれた拳がエンペラーの体勢を崩し、そこに追撃の回し蹴りが盾越しに衝撃となってその巨体を吹き飛ばす。

だが、その一連の流れも狙い通りだったのか、自分から飛びダメージを抑えた上で距離を取って仕切り直す。これで次はあのサーベルを掻い潜り間合いを詰める必要が出てきた。つまり、駆け引きは俺の負けである。多少のダメージと引き換えにするには十分すぎる成果だ。

（合理的じゃないか！　モンスターのくせに実に合理的な判断をするなぁ！　それは経験から来るものか？　それともそれほどの戦闘センスを持っているのか？）

俺は嬉しくて笑い声を上げそうになる。足の傷ももうすぐに塞がるだろうし、ここは少し相手にも回復してもらう。この戦いを長引かせて経験をより多く得るのも悪くはない……いや、そうするべきだ。

決着を急ぐべきではないと決断し、それを悟られぬよう警戒を増したかのように見せるために、奴の周りを一定距離を保ったままゆっくりと回る。しかし向こうは守りに入っては勝てないことを察したのか、盾を投げ捨て両手でサーベルを持つと静かに演舞のような動きに合わせ剣を振り、腰を落とし構えを取る。

それはモンスターが取って良い動きではなかった。明らかな武術——そしてその動きと構えを俺は知っている。

（……待てよ。どうして、お前がその構えをする？　いや、そんなはずは！　まさか——）

俺は周囲を見渡し、目的の物を見つけると目の前の敵を無視してそちらに向かう。手を伸ばした俺は篝火に使われている棒を抜き取ると、台が倒れて溢れた火が地面を灯す。俺は手にした棒で奴にも見えるように地面に字を書いた。

「帝派武神流」

奴が構えを取った際の一連の流れるような動作——それは帝国で有名だったとある漫画を基にした動画のネタである。「折角なので実戦的にしてみました」と言うネタでシリーズ化してみたところ、漫画の方の元ネタとなった剣術の道場の方が協力してくれることになり、本当に実戦的になるまで続けられた動画である。

リアルタイムでこれを見ていた俺としては見間違えるはずがない。男子生徒ならば一度はやってしまったであろうあの構え――それが目の前で再現されたとなれば、嫌でも理解できる。

奴は間違いなく俺と同じ遺伝子強化兵だ。それを理解したのか、彼も構えたまま呆けたようにじっと地面に書かれた文字を見ている。だが、それで戦闘が終わるわけではなかった。

「グァアッハッハッハッハ！」

その笑いはまるで狂気――血走った目が俺を睨むように見る。友好的な気配は一切なく、サーベルを持ったままドスドスと俺に向かって歩き出す姿には敵意しかなかった。

（そうか……あんたは、帝国を恨むんだな）

それも仕方のない話だ。こんな姿にされて「恨むな」と言う方が無理である。そう思い、戦闘は避けられないものと覚悟を決めた。だが違った。向けられる明確な殺意――その意味を俺はわかっていなかった。

真っ直ぐに向かってくるその巨体は狂気染みた笑みを浮かべ、最早我慢ができないと言うように俺に飛びかかる。これまでの戦闘スタイルとはかけ離れた姿に俺は思わず飛び退いた。

地面に両手を突き、俺を見上げたその目は血走っており、口からは涎が垂れることを気にした様子もない。何がここまで彼を狂わせるのか？

俺には理解できない何かがあるのか？

その剣幕に一歩退いた俺に彼は笑いながら叫んだ。

「ヨウ、ヤグ！　ミヅゲダ！　ザン、ニンメェ！」

それは無意識だった。俺は気づかぬうちに一歩引いていた。

(気圧された?)

違う——あまりの豹変から俺はその不気味さに警戒レベルを引き上げた。だが、それ以上に狂喜を浮かべるその顔に恐怖を感じたからだろう。

(確かに「見つけた」と言っていた。つまりこいつは仲間を探していた)

理由など幾らでもあるだろうが、それが何故そのような目で見られるのかがわからない。まだ「仇敵を見る」ように見られているならば理解できる。たとえ同じ遺伝子強化兵であったとしても、自分を化物に変えた帝国——その残滓と言う理由で憎む気持ちがあっても仕方がない。

ほとんど騙されたようなものだが、俺のように自ら望んだ結果として受け入れることが誰しもできるとも思わない。考えられる全ての可能性を考慮に入れても、この状況が理解できない。ならば、これは俺の情報不足から来る認識の齟齬か?

(遺伝子強化兵となる前に何かしらを吹き込まれている……もしくは何かを知ってしまった?)

可能性としては大いに有り得る。ならば、それを吐かせるしかない。まずは相手を叩き伏せ、そこから然るべき対話を行うべきだ。「まずはぶん殴って冷静にさせる」と即座に結論を出した俺は、不気味に笑い今にも飛びかからんと言うほどに目を血走らせた同胞に向かい構えを取る。

反応は決して遅くはなかったはずだ。それでも、今までとは明らかに違う速度で迫る巨体に意表を突かれ、突進からの斬撃を避けそこなったのは痛恨のミスと言って良い。左腕にこれまでとは違う深めの切り傷が刻まれ、そこからは赤い血が滴り落ちており、それを確認すると俺は軽く舌打ちをした。

（盾を捨てただけでここまで速くなるはずがない……いや、そういうことか！）

俺と同じ遺伝子強化兵ならば、何かしら能力を持っていてもおかしくない。そして今まで使用をしていなかったということは、何かしらの制限、もしくは代償があると見た。

（時間制限か、それとも使用後のペナルティーか……クソ、漫画っぽくて俺も欲しくなる能力だな！）

二度、三度と繰り出される斬撃をどうにか回避してはいるものの、時間稼ぎという選択肢はない。どうにかして攻勢に出る必要はあるが、俺の外皮を切り裂くことができるサーベルを振り回されては迂闊に近づけば大きな出血を強いられる。隙を窺い攻め込もうにも向こうの反応速度の前では容易く迎撃されることになるのは明白。

「やっべ、攻める手段が見つからねぇ」と焦りつつもしっかりとサーベルによる斬撃を回避しつつ、尻尾で意表を突こうとしたら先端をほんの少し切り落とされた。先っぽの僅かな部分だったので痛みもなく戦闘に支障がでなかったのは幸いだったが、改めてこの超反応をどう攻略したものかと頭を悩ませる。

そんな感じで回避に集中し、完全に攻守が交代してしまっていたところで、俺はあるものを発見する。それは地面に打ち捨てられたタワーシールド——恐らくあのサーベルも同じ合金を使っていると思われるが、あれだけ厚みがあるならば切られることはないだろう。

俺はニンマリと笑うと大きく飛び退き、着地に合わせて追ってきたエンペラーに対して地面を抉るように蹴り上げ、土による目潰しを試みる。しかし腕で目をガードされて狙い通りには行かなかったが、結構な量の土が口に入ったらしく立ち止まって吐き出している。

そのチャンスを生かして落ちている盾の下へと全力で走り、お目当ての物を手に取ると奴に向き直りドヤ顔でタワーシールドを構えてみせる。

（思ったよりも悪くない……っていうかこれ貰ってしまおう）

思えば俺が使える装備品と言うのはサイズがどうしても規格外になってしまい、入手が非常に困難である。殴り倒してお話した後に慰謝料として頂いてしまっても良いのではなかろうか？

いっそあいつを葬って両方頂くことも考えはしたが、それは相手の出方次第——とは言え、ああも豹変してしまっていてはまともに話し合いができるかどうかは少しばかり疑問ではある。だが、試してみなければ何も始まらない。

「アアアァァアアァアァアァッ！」

盾を構えて迎え撃つ姿勢の俺を見て奴が吠える。

（利用されないように遠くに投げ捨てるべきだったな。拾った以上はそれはもう有効に活用させてもらうぞ）

助走をつけてからのジャンプ強攻撃をバックステップで回避し、続く弱、弱、強の連続斬りを盾で全てガードする。思った通りタワーシールドは余裕で健在。確実に斬撃を盾で防ぎながらも反撃の機会を窺う。

（どのような条件で能力を使用しているかは知らないが、この猛攻から察するに勝負に時間はかけられないと見た！）

幾度も斬撃を盾で防いでいれば、向こうもアプローチを変えてくる、なんと奴は受け止めたサーベルを押し込むように力技に訴えてきたのだ。「それは悪手だろう」と思ったが、現在の奴はブースト状態。

俺が全力で対抗して押し勝てないのだから、この能力の上昇量はかなり大きい。その分肉体の負担も大きいはずなので状況は決して悪くはないのだが、最初にこの状態でぶつかられていたら間違いなく撤退していた。

力競べでは勝負がつかないことを察したか、サーベルを片手持ちに切り替え、もう片方の手でタワーシールドを掴む。盾の守りを強引にこじ開け、サーベルを突き入れるつもりだろうが――それは幾ら何でも勝負を急ぎ過ぎである。

案の定、超反応を活かした力の駆け引きで盾を弾くように俺から引き離した直後、刺突が俺の心臓目掛けて放たれるが、それを見越していたのでその対処は抜かり無い。俺は上体を反らし、後ろに倒れ込むようにサーベルから逃れつつもその腕を蹴り上げる。

空へとサーベルが回転しながら舞い上がるとエンペラーはそれを見上げ、俺は体勢を立て直すと同時に奴にタックルをかます。マウントポジションを取ろうと動く俺に対し、奴は押し込むように蹴り飛ばそうとするが、残念なことに体重では俺が上。優位位置を巡る拳による争いは熾烈を極め、互いにノーガードの殴り合いとなる。

だが、一瞬奴の視線がこちらから逸れたことを俺は見逃さなかった。エンペラーは俺の両腕を掴んで引き寄せ、腹を足蹴にしてこの巨体を投げ飛ばすと、即座に立ち上がり走り出す。向かった先に地面に突き刺さったサーベル――だが当然俺はそれを察知していた。だから奴が走り出した直後に俺も盾を拾い、得物の下へと向かう後ろ姿を追いかける。

そしてエンペラーが剣を拾ったところでタワーシールドを構えた俺が突進をぶちかます。シールドバッシュをサーベルを握る腕に対して放ち、そのまま盾を両手で掴むと鈍器のように殴りつける。体勢を崩されれば幾ら反応が速かろうが有効打は叶わない。

それがわかっているからこそのこの盾による怒涛の殴打。腕の痺れからかついにはサーベルが手から離れ、それを蹴り飛ばすと同時に地面を回りながら滑るそれに盾を投げつけ、さらに遠くへと弾き飛ばす。

（さあ、お待ちかねの肉弾戦だ！）

俺は一歩前に踏み出し、渾身の一撃を奴の腹に叩き込む。革鎧のおかげで多少威力は削がれるだろうが、それでも十分なダメージとなるだろう。素の防御力の高さがあるからこその必勝の策――それが両者素手による肉弾戦だ。向こうもそれがわかっているのだろうが、当然武器を拾いに行く隙など見せないし、そんな猶予は与えない。

無理矢理付き合わされた肉弾戦に、エンペラーの体には着実にダメージが蓄積していく。そんな中、奴は俺の拳をまともにくらいつつも伸び切った腕を両手で抱え込むように掴み、大きく口を開けたかと思えば、その腕に噛み付いたのだ。

反射的に顔面に拳を叩き込み、引き離しはしたものの歯が食い込んだ腕からは血が流れている。

（形振り構わずか！　そっちがその気なら……！）

俺は血が流れる方の腕で速さのみを意識した軽い一撃を鼻先に叩き込む。一瞬の怯みを見逃さず足を踏みつけ、拳で横っ腹に突き刺すように殴りつける。奴の伸ばした腕が俺の首を掴むが、知ったことかとボディブロー。手を離したところに追撃のストレートを顔面に叩き込んだが、奴は倒れることはなく数歩後ろへとよろめくだけだった。

どちらが優勢かは最早歴然。するとどうしたことか、エンペラーの顔は真っ赤に染まり、体中の血管が浮き上がっているかのように見える。恐らくはブースト能力の代償だろう。

決着は付いた——そう俺は思っても、向こうはそうではないらしい。奴はノロノロと歩み寄り、俺に向かって手を伸ばし襲いかかる。

「ハヤグゥ、グワゼロォォォォ！」

無防備に伸ばされた手——防具で保護されていないその指を見た俺は、口を開くと素早く噛みちぎった。自分の手を見て呆けるエンペラーの前に、噛みちぎった四本の指を吐き出そうとした時、どういうわけか俺は極自然にその僅かに骨に付いた肉を咀嚼し飲み込んでいた。

思わず、ではなくそれはもう極自然に喉を通った指の肉。残った骨までバリバリ噛み砕いていた時には流石に冷静になった。

（いや、待て。どう考えてもおかしい。吐き出そうとしているのに咀嚼して飲み込むとか「間違えた」というレベルじゃない）

自分の意思に反して口の中の骨を噛み砕き、僅かに残った肉片が舌に触れた時、俺は意識を持っていかれるほどの衝撃に打ち震える。

（なん、だ、これは……）

何という美味さ——こんな美味なるものがこの世に存在していたのか？

自分が今まで「美味い」と思って食べていたものは一体何だったのか？

陶酔しながらも冷静な部分が有り得ない思考だと判断するが、それもいつまで保つかわからない。

目の前にいる彼は自分と同じ遺伝子強化兵であり、元帝国民で同胞でもある。

（それを「極上の肉」扱いするなど——）

思考がままならぬ中、不意に彼の放った言葉が頭を過る。

「早く食わせろ」

これはどういうことだ？

つまり、お前は既に二人食ったのか？

「お前で、三人目」

「ようやく見つけた」

探すほどに、狂わされるものなのか？

（いや、違う。この感覚は確かにあの時——）

脳が理解することを拒絶する。だが、俺は認めてしまった。食うほどに満たされる喜び。意識すら奪われるほどの高揚感。意味もわからず「食わなくては」と駆り立てられ、衝動のままに食らいつく。

（思い出した。俺は、既に一人食っている）

今になってようやく理解できた。あの時、森で襲った見たこともないモンスターと思ったあの巨大ダコは、恐らく俺と同じ遺伝子強化兵――その肉に食らいついた時と全く同じ現象が今起こっている。

抗い難いほどに魅力的に映る目の前の同胞――しかしそれは向こうも同じなのだ。俺は口元を手で押さえ、今にも飛びかからんとする衝動と闘う。だが、俺が幾ら抗ったところで、既に衝動に呑み込まれている彼は違う。

最早「勝算など知ったことか」と明らかに自身が異常な状態であるにもかかわらず、フラフラと覚束ない足取りで俺に向かって歩く。指の欠けた手が俺に触れ、それを嬉しそうに口を開けて笑う姿を見た時、彼が既に手遅れであることは明白だった。

「ヤッ、ド……グエル」

哀れみすら覚えるこの姿に「終わらせてやる」などと言う言葉は出てこない。その声が、血の匂いが、傷口から見える肉が俺を狂わせる。ヨロヨロと俺との距離を更に詰め、口を開けて噛みつこうとする。あと僅かと言うところで、俺の理性は決壊した。

「ガアァァァァァッ！」

両手を伸ばし、彼の頭と肩に手を置くとその首筋に革鎧の上から噛み付く。悲鳴が聞こえた。肉ごと噛みちぎった異物を吐き出し、革鎧を引き裂くと宙を彷徨う二の腕を噛みちぎる。

その肉を咀嚼し、美味さに打ち震えながら目の前の御馳走を地面に押し倒し貪り食う。

相手の抵抗が意味をなさず、視界が真っ赤な血で染まる中、小さく「助けて」とかぼそい声が耳に届いた気がした。それがこの戦いの最後の記憶となった。

目を開ける。意識がなかったなどと言い訳はしない。彼は俺が殺し、俺が食ったのだ。目の前には食い散らかされた原形を留めていない死体があり、スタジアムにはオークの気配は全くない。

篝火によって照らされた残骸は、赤黒い血の塊さえ赤々と映し出しており、自分がどれほど非常識な量の肉を腹に収めたのかが嫌でもわかる。血で染まった口を腕で拭ったが、体中が血塗れで何処でやろうと同じことだった。

(ここから移動しなくては……)

前と同じならば、この後には耐えられない眠気に襲われる。眠ってしまう前に安全な場所へと移動する必要がある。だがそんな場所に心当たりなどあるはずもなく、どうしたものかと焦りが生じる。隠しておいた荷物の回収もしなくてはならないが、今はそれどころではない。

(そうだ、いっそこのスタジアムの入り口を壊し、オークが入ってこれないようにすれば良いのではないか?)

あるかどうかもわからない場所を探すよりも、ここを安全地帯にしてしまった方がまだマシだ。当然俺のように入ることはできる不確かなものだが、それでも最悪の状態は避けられる。俺は急ぎ観客席へと走り、出入り口を破壊する。

「後幾つあるのか？」と焦りを覚えるが、破壊自体はスムーズで移動も迅速に行える。グラウンドにある篝火だけでは光量が足りず、少々見えにくいがこちらも夜目が利くので問題はない。ならば後は時間だけだ。

前回と同じく時間との勝負となるわけだが、三つ目の出入り口を壊したところで早速眠気がやって来た。しかしまだ猶予はある。俺は残りの出入り口の破壊を急ぐ。間に合ったかどうかは俺が目を覚ましてみないとわからない。

（やるべきことはやった。後は運を天に任せるのみ……）

誰もいないスタジアムの観客席――そこで俺はサイズの合わない椅子を押し潰すように座り、襲ってくる眠気に抗うことなく目を閉じた。

光――それが朝日かどうかはまだわからないが、俺は無事に目を覚ますことができた。いや「できてしまった」と言うのが気分的には正しいだろう。眠っていた時間など考えるべきことではない。

俺は立ち上がると周囲を見渡し、求めているものを見つけるとそちらに向かって歩く。そして何の変哲もないコンクリートブロックの前にまで来ると徐に体を捻じり腕を振りかぶった。

「クソがぁぁぁぁぁぁぁっ！」

一切手加減なしの一撃をブロックに打ち込み粉砕する。俺は自分の喉に手を当てて今しがた出た声の確認をしたが、喜ぶ気など微塵も起きない。無言で次の一撃を放つとコンクリートブロックが壊れ、破壊した出入り口に横穴ができてしまった。

怒りのはけ口を求める俺は次を探す。夢で見た科学者の笑いが今もなお耳に残り、何度も感情のスイッチが切り替わるがそれでもこの怒りが止まらない。二度、三度と壁を殴り壊し、酷い頭痛に襲われるほどに感情抑制機能が発動した結果、どうにか平静を保てるくらいには頭が冷えた。

「……今更声が出せて何になる？」

観客席の段差に腰掛け、乾いた血がこびりつく手で顔を覆う。今後のことを考える。だが幾ら前向きにものを考えようとしても、俺に待ち受けるであろう未来を思えば何一つとして笑えない。ぐちゃぐちゃの感情のままでは思考がまとまらず、指の隙間から見える彼の残骸が俺を現実に引き戻す。

「辛かっただろうなぁ……苦しかったんだろうなぁ……」

思えば俺が食ってしまったあの巨大ダコも、その苦しみの果てにああなってしまったのかもしれない。

「後、一人だったんだなぁ……そりゃあ勝機がなくなっても挑むわなぁ……」

そして次は俺が「後一人」を探す番だ。あの科学者の言う通りならば、恐らく俺が人間として理性を残せるのは長くて五年。但し、これは余程運が良くなければならず、長くなればなるほど彼のように苦しむことになる。

現実的に考えれば最短で二年——ならば三年をタイムリミットと考えておくべきだろう。

「しまったなぁ、蜘蛛男を食っておけばよかっ……た？」

そこで思い出した。俺は何処を拠点にしていた？

「蜘蛛男の失敗作は対象になるのか？」

残っているはずだ。俺は立ち上がり隠したリュックの場所へ行って荷物を回収。取り敢えずタンクの水を体にぶっかけタオルで血を拭う。もう一度水を頭から浴び、冷静さを取り戻すと大きく息を吐いた。

「よし、一先ず目的は拠点に戻って蜘蛛男の失敗作を食う。それで三度目の夢が見られるならばそれでよし。そうでないなら……」

いや、これはそうだった時に考えるべきことだ。俺はリュックを背負いスタジアムから脱出すると拠点に向けて走り出した。評議会の彼女に一言くらいあっても良いかとも思ったが、最悪のケースを想定すれば、かかわりすぎるのは良い結果にはならない。

エルフとは少しばかり距離が近づきすぎたが、彼らならば「もしかしたら……」と期待はできる。

俺は走る。まだ希望は残されているのだから――。

ちなみに俺の相棒はまだお出かけしたままだった。声よりもそっちが欲しかったよ。

とある科学者の撮影記録

あ、あー……マイクテストマイクテスト。うん、大丈夫だ……大丈夫だよな？

予算の都合でちょっと機材が古いんだよなぁ……かと言って金を掛けすぎると生活費がなくなるし……まったく、戦争も良いが一部物価が高騰しているのは何とかならんものかね？

この部屋だって……いかんいかん、どうも年を取ると愚痴が多くなる。ああ、説明書説明書――ってこれ違うやつだ。どうしよ……あ、でも同系統だからいけなくもない？

うんうん、いけるね。はー、最近のはこうなっているのか。操作が楽になるのは良いね……ってこっちにはない機能か。やっぱ無理してでも新しい機材持ってくるべきだったかなぁ……映像も綺麗に映るらしいし。

あー、前回使ったスタジオがそのまま使えたら良かったんだが……思い通りにはいかんな。っと台本台本……念の為チェックしておくか。よし、大丈夫だ。準備完了――では撮影に……あ、水飲んでからにしよう。


「さて、この映像を見ていると言うことは、君は無事二人目の被験者の細胞を取得したのだろう。

まずは賛辞を贈ろう、おめでとう。既に最初の映像を思い出していることだろうから、まずは私の目的について語ろう。なに、極めて単純な動機だ。私が何故、このようなことを為出かしたか――それは一言で言えば『復讐』だ。そもそも遺伝子改造の技術は元はと言えば私が開発、実験していたものだ。だがそれを掠め取った者がいる。結果としては軍事転用され、こうして君達のような化物が生まれることになったわけなのだが……当然失敗は多く、犠牲者も出た。私ならそんなミスを犯さなかっただろうが、生憎と技術を盗んだ若造には荷が重かったようだな。その失敗を隠すために生まれたのが、改変された技術から生まれた『究極生物計画』だ。『最強の生物』とやらを目指した何とも馬鹿らしい計画だったが、私はそれを意図的に破綻させたかった。そこで君達に一つ細工を施した。端的に言おう、遺伝子強化兵計画によって生み出された者達が人として理性を保てるのは最大で五年。あくまで試算したものなので多少の変動はあるだろうが、大きく超えることはないと断言しておこう。但し、環境や行動によっても変動するので最短は一年くらいと思っていてくれ。戦争に駆り出される君達ならば、実戦投入から一年かそこらで理性を失い暴れまわってくれると期待している。当然そうなれば君達の前に出てくるのは同じ被験者だろう。これはそうやって暴走した被験者を食らい続けた者へのメッセージだ。地獄を見た君達ならば、きっと私の思い描いた通りに動いてくれるはずだ。どのような形であれ、盗人には罰が下るだろう。可能であれば、君達の中の誰かが引導を渡してくれれば、オリジナルの技術が勝ることを証明できるのだが……そこまでは期待していない。元は私が開発した技術――それをオーバースペックにしたようなものだ。同じ被験者を食えば食うほどに様々な能力に目覚めるという特典も付けておいたから、能力的には不可能ではないだろうが……まあ、難しいだろうな。こんなところか――ああ、そうそう……たとえ人の姿を捨てたとしても、人の心を失わずに生き続けたいと思うのならば、三回目の映像を見ると良い。では、また会える日が来ることを心から願っているよ」

ふー、終わった終わった。ちゃんと撮れてるか後でチェックしないとな。あー水が美味い。思えばこんなに喋ったの久しぶりだな。何が「一生遊んで暮らしていけるだけの金額を払う」だ。十年と持たない前金だけで支払いを打ち切りやがって！

おかげでこっちは研究職に復帰するのも難しいんだぞ！

何が「雑用でよければどうぞ」だ！

金がないから頷くしかなかっただろうが！

クソ、やっぱり暴露するならもっとやり方を考えるべきだったな……あー下手を打った。ま、これを完遂すればあの若造は良くて失脚。俺の下にも復帰要請が来るはずだ。

問題はあいつらの投入が何時頃になるか、なんだよなぁ……早すぎても仕込みができないし、遅すぎればこっちの金が尽きる。西部戦線が芳しくないならそれっぽい情報がもっとあっても良いはず何だけどなー……他にも何か秘密兵器とかあんのかねぇ。

あー、三本目どうすっかなー……金に余裕はないんだよなぁ……でも作っとかなきゃ後が怖いしなぁ……え、もう時間？

あ、今片付け始めてるとこです――はい、はいそうです。ええ、延長はなしでお願いします。三本目どうすっかなぁ……やるなら早めにしなきゃいけないだろうし……ええい、元はと言えば全部あの若造が悪い！

全部あいつが約束の金を払わないのが悪い！

あいつの所為で俺はこんなことをやる破目になったんだ！

大体なんだ、この装置は⁉

一度に刷り込める時間が短すぎる！

容量が足りないのか？

それとも単純に性能不足か？

いや、そもそもこれはどういう原理だ？

条件付きで記憶を呼び起こすのは良い、科学で再現するとなれば一体どれだけ時間がかかるかわかったものじゃない。まったくもって意味がわからん！

これだから魔法関連は嫌なんだ！

あ、すみません、すぐ出ます。はあ、マジで三本目どうしようかなぁ……。

書き下ろし番外編

とある新兵の選択

「まったく、情けない」

帝都にある自宅——明らかに裕福層とわかる庭付きの一軒家にて、タオルを首にかけて両手を腰に当てた全裸の姉がこちらを睨みつけながら力強く言い切った。

「……姉さん、まず服を着ようか？」

相手の機嫌を損ねぬようまずは当たり障りのない範囲で言ったつもりだったが、この芸術的な肉体美を誇る姉は何を勘違いしたか、姿勢をそのままにその豊かな胸を揺らし、腰を曲げて不機嫌な顔を近づける。

「良いか、弟？　私の体に見られて困る箇所など何処にもない！」

「いや、風邪引くから服着ろって言ってんの」

このモデル業務もそつなくこなす才色兼備の姉はシャワー中であるにもかかわらず、妹が受け取った俺宛の手紙を見て出した声に反応して俺の目の前にやって来た。流石に頭にタオルを巻いており、その長く美しいと評判の髪から滴る水が床に落ちることはない。

「大丈夫だ。日々のトレーニングを鑑みればこの程度で風邪を引くほど軟弱な体はしていない……それより、だ」

隠すべき場所も隠さず、妹から分捕った手紙を手に「これは何だ？」と姉が凄む。

「……徴兵令」

「誰のだ？」

「俺以外に誰がいるのよ？」

「この時期にこれが来る、と言うことは進学も就職も絶望的と判断されたか？」

俺は首を傾げ「そういうのじゃないと思う」とだけ言う。

「学業を疎かにしたか？」

「平均より少し上を行ったり来たりだったなー」

「何か特殊な技能は……なかったな」

考える素振りを見せた次の瞬間には「なし」と断じる容赦のない身内。

「若干空いた間に『どうにか何かねじこめないか』と言う残酷な苦悩が見え隠れする。マイナス十点」

言うや否や家庭内で強大な権力を有する姉の右手がこの取り立て褒めるべき点のない頭蓋を鷲掴み。俗に言う「アイアンクロー」だ。

「私にマイナス点を付けるとはいい度胸だ」

その見事なプロポーションを維持するべく、日々のトレーニングで鍛えられた握力を前に、俺は伸び切った姉の右腕をペチペチと叩きギブアップの意思表示。

「イタイイタイイタイイタイ！　ちょ、出る！　目が飛び出る！　目が痛い、痛い！　指滑ってる！　目が、目が！　目が痛い！」

俺の必死の訴えかけに「何か言うことがあるだろう？」と暴力で囁く身内の裸族。こうして点数の改竄が行われ、どうにか解放されたものの右目の横にくっきりと付いた爪痕を指で確認。それを指差し非難の目を向けると、今度は左手でこちらの顔面を鷲掴み。「バランスは大事」とのお言葉に「何故その結論に至った」のかを問う。

「実は不揃いなのはあまり好きじゃないんだ」

これだから天才の思考は理解できない。ともあれ、このような茶番をいつまでもやっていては本当に風邪を引く恐れがある。その旨を伝えてどうにか逃走の時間を確保したものの、玄関にいたのは我が家の大黒柱であるスーツ姿の母上様。

「オカエリナサイマセ」

「ただいま」

時刻はまだ午後五時を過ぎたところ——随分と早いお帰りに「お荷物をお持ちします」と片膝を突いて恭しく対応。何の疑問もなく荷物を預けるとピシっとした衣服を崩し、大きく息を吐いて俺の横を通り過ぎる母の姿は有体に言って様になっている。

「さて、もう届いているだろうから知ってるな?」

母上の言葉に俺は「ナンノコトデショウ」と棒読みで呆けるも、リビングに置かれた手紙を指差しこちらを見る。そこに丁度服を着た姉が戻って来ると、母親の姿とその指の先を見て状況を即座に察する。

「どうにかできそう?」

「私にも立場がある。何もできんから諦めろ」

姉の質問に一言目でばっさりと切り捨てられた俺は「あ、そうですか」と肩を落とす。姉の方は納得が行かないのか見た目でわかるほどに不機嫌だ。

「言っただろう。『立場』の問題だ」

「そんなに状況悪いの？」

「ああ、帝都で徴兵するんだ。予想と大きく食い違ってきているのは間違いない」

この母娘の会話を補足すると「帝都で徴兵が行われるほどに戦争の状況が芳しくない。しかし帝都で徴兵しようものなら反発は必至。だからまずは立場のあるうちから出すことで他を納得させようとしている」と言う内容が含まれている。後で確認を取ったので間違いない。

ちなみに帝都に住めるのは一定以上の格がある家や貴族、金持ちくらいなものである。何処にでもいるような一般家庭が住めるほど、帝国における競争はぬるくはない。そんな中でぬくぬくしていれば徴兵もされるか、と我が身の不運に納得する。

「よし、仕方がないからそこは諦めるとして……母さん、そっち方面に知り合いいない？　激戦区とかに送られたら生き残れる気がしない」

「話を聞いていたか？　諦めろ、と言った」

それでわかるお頭がないから徴兵なんてされるってことをご理解いただきたい。とは言え、軍に入ること自体はそれほど忌避感がない。何せうちの女は容姿が兎に角優れている。それが敵兵の手にかかればどうなるかなど言わずもがな。それを守るためとあらば、侵略者と戦うために軍に入ることも厭わない。

問題はそんな風に恰好を付けて決意しても、そもそものような状況に陥るのが全く想像できない天才家族と言う点にある。妹に関しては心配はあるが、この姉と母がいれば問題など起きようはずもなく、ただの杞憂で軍に入ることを良しとするのか、と思わなくもない。ともあれ、回避できないとあればやる気を出す理由を求めても良いだろう。

「ま、家族を守るためと思えば、そう悪いものでもないか」

そう言ってソファーに腰を落とすと母がその隣に座る。

「若い奴ほど英雄願望が……いや、お前にそんな心配はする必要はないな」

中々辛辣なお言葉だが、間違ってはいないので何も言えない。大体戦況が悪いと言われても、帝国の軍事力を鑑みれば帝都まで攻められると言う状況が想像できないのだ。そんなわけで終始軽い俺を案じてか、即興で始まった護身術指導。為す術もなくサンドバッグとなったことで翌日はお休みとなり、学友から色々と邪推された。

余談だが、父親について誰も何も言わないのは「いつも通り行方知らず」となっているからである。その妻が言うには「また女のところに行っているのだろう」とのことで、一体何をどうしたら母のような人物があんな男と結婚し、一男二女を授かるに至ったのかは帝国史の不思議に数えて良いのではないだろうか？

ともあれ、それから卒業までの短い猶予期間を終え、その日が遂にやって来た。「生きて帰ってこい」と母に抱きしめられ、姉にも抱きしめられ、最後に妹から励ましのお言葉を頂いた。

「大丈夫、帰ってくるさ」

確かそんなことを言って家を出た気がする。今日から帝国軍人——そんなことを意識しながら気を引き締めたのも覚えている。初日に四人部屋に案内され、明らかに自分だけ体格が違うことをネタに仲良くなれたのは幸いだった。

問題は翌日から始まった限界を超えた基礎体力作りと言う名の地獄に何度か意識を失ったことだ。

「物理的に脱落するか否か」

多分表現するならばこんな感じになる訓練に「筋力・体力共に平均」と評される俺が付いていけるはずもなく、気合と根性だけではどうにもならないことを肉体に刻み込まれながら日々を過ごした。カリキュラム通りならこれが十ヵ月――教官曰く「慣れるから問題ない」とのことだが、慣れる前に肉体か精神のどちらかが病みそうだった。

そんな日々を送りつつ、順調に肉体が鍛え上げられて行く中、死んだ目でフラフラと廊下を歩いていると明らかにこの場にそぐわぬ白衣の男が視界に入る。だが、そんなことに意識を割く余裕のない俺はそのまま死人のような足取りで彼とすれ違った。

「君……ああ、そこの如何にも疲れ切ってるって顔してる君！　そう君だよ」

俺は振り返ると今しがたすれ違った白衣の男がこちらを見て笑っていた。

「見たところまだ馴染んでいない訓練課程かな？　ちょっと良い話があるんだが、聞いてみないかね？」

正直に言うとこんな奴に構う暇があるなら一秒でも長く休みたい。そう思って無視しようとしたところ、男の口から出た言葉に俺は足を止めてしまった。気が付けば説明を最後まで聞いてしまい、返答を迫られる。

（数日で終わるかもしれない……でもこの地獄から数日でも抜け出せる？）

科学者の男は頻りに「安全だ」と言っているが、その手の話を信じるほど馬鹿ではない。だが、それが原因で体を壊した場合、俺はどうなるか？

この時の俺は恐らく正常な判断力がなかったのかもしれない。

（成功すれば劇的なパワーアップ。失敗しても後遺症はほとんどなく、それでも場合によっては自宅に帰ることができるかもしれない。なんだ、断る理由がないじゃないか！）

安易に答えを出さない俺に焦れたのか、科学者はあれこれと追加の情報を寄越してくる。「最後の一人と言うなら」と俺は承諾した。実際最後の一人と言うのは本当だったらしく、そのまま案内された部屋には俺と同じような体つきの男が何人もいた。

その日は書類を書くだけに終わったが、後日またここに来ることになった。問題はその間も訓練があったと言うことだ。ああ、早く当日にならないものか、と教官の罵声を床に這いつくばって聞いていた。

あとがき

自宅では猫を二匹飼っているが実は犬派。でも一番飼ってみたいペットは梟《ふくろう》、橋広功でございます。無事二巻が発売されたことで、取り敢えず関係者と買って頂いた読者の皆様方に無差別に感謝の念をばら撒かせて頂きます。なお、当選の結果は発送を以てお知らせとなりますのでご理解ください。

さて、作者のありきたりな感謝云々よりもまずは折角なので零れ話。「実はこんな設定があったけど没になった」的なありふれた話を一つ披露。使う場所もないからね、使いたいんだ。

この主人公、初期段階では体のサイズが大きくなったは良いものの、脳みそのサイズに変化がなかったことで知能が低下している、と言う設定があったが「頭を悪くすると平凡以下になってしまう」との理由でなくなっております。また同様の理由で主人公の父親が帝国の諜報員という設定もなくなり、ただの女好きとなりました。元が凡人でなければタイトル詐欺になってしまうので致し方なし。

他にも超スペックキャラである姉様が、実は幼少期は周囲との差異を理解できず情緒不安定だったが、平凡な主人公と接して「普通」がどんなものかを知ったことで、様々なことに折り合いをつけることができるようになった、というものもあります。

自分に比べて能力が低すぎる弟を大切にするのは血縁関係だけではなく、家族の絆がちゃんとあることを、また主人公がスペックなど関係なくしっかりと想われているエピソードを何処かで書く予定だったけど、人間時代の過去回想編を入れることなくプロットが完成。今更強引に組み込むのもなぁ、と没になっております。

あとがきは読まない派の人でも目を通す。そんなおまけであればいいなと思う今日この頃。これが発売する頃にはコミカライズの方も開始していると思いますので、そちらの方も応援していただければ幸い。では、また次巻でお会いしましょう。

巻末おまけ

コミカライズ
第一話

原作
橋広功

漫画
北島あずま

構成
雨《あま》銛《もり》

キャラクター原案
みことあけみ

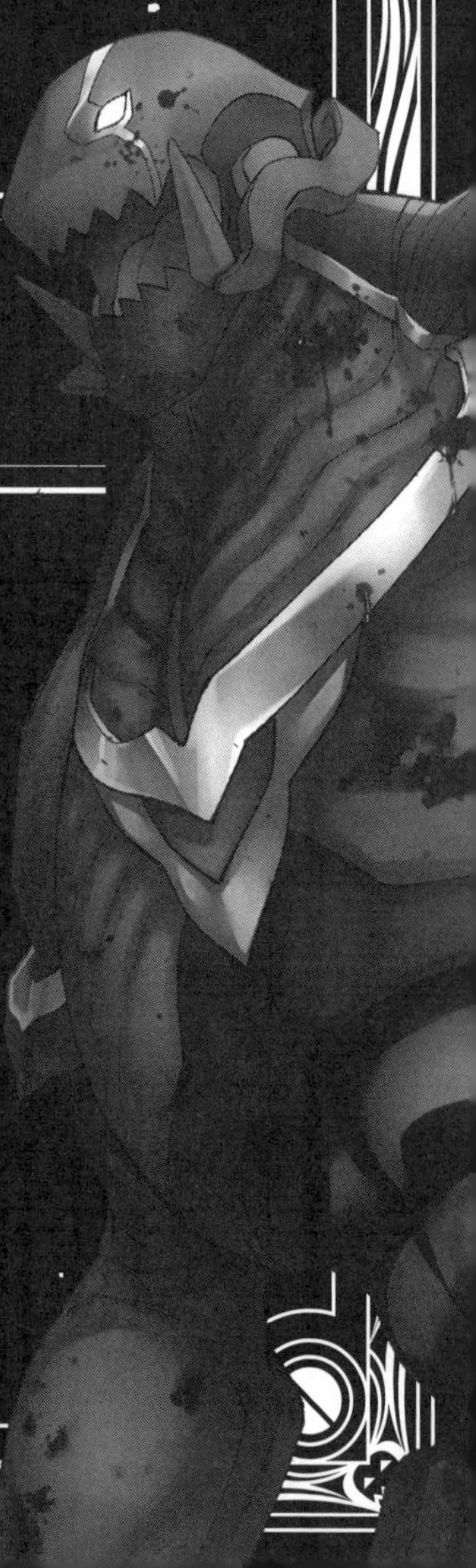

数日前——

ずーん
吾輩はモンスターである
名前はまだない(たぶん)
いやユーノスって人間の名前はあるけど
ついこの間まで普通の人間だった俺がなぜ人語も話せない新種のモンスターになっているのか?
!?
原因は間違いなくアレだ!!
君イイ体してるね~
ちょっと遺伝子強化兵計画に参加してみない?
もうすぐ定員になりそうだから早い者勝ちなんだ
怪しげ~
ガシッ
えっ
俺みたいななんの取り柄もない新兵に話が来る時点でどう考えても怪しかった!
うちの国
うちの国周辺国全部相手取って戦争中だからってなりふり構わなすぎだろ!!

しかもコレ…
現在は北皇歴
１８７２年…
計器の故障
でないなら
俺が実験に
参加したのは
18歳の時
１６４８年
だから…
俺は実に２００年もの間
こういう冷蔵装置の中で
眠っていたことになる

他の被験者と思しき死体
……
もしそれが真実なら
なぜ俺は200年も放置された?
俺の祖国…
フルレトス帝国はどうなったんだ?
俺の家族は…

……いや
確証のないことを悩んでもしかたない
とにかくまず外に出よう
ドアせまっ
考えるのはそれからだ
死体だらけ…
ドス
ドス
ドス
お？ コレまだ使えそうだな
ガツガツ
マッチ
ドス
ドス

ガオオ〜ッ
参ったな
ゲートが開かない
電気が死んでるんだ
俺がいた部屋は予備電源か何かでかろうじて動いていただけだったのか…
ぞくっ
下手すりゃ俺あのまま死んでたな…
しかしどうする？
こんなの人間には開けるのも壊すのも…
ドッ

この見た目から
判断するに
俺って今
筋力特化型
モンスターだよな？
ムキッ
ぐぐっ…
なら…
力試しだ!!!

いってえええ
ゴロゴロ
ゴロゴロ
ゴロ
えええええええ
!!!
ゼフーー…
ショー
ハァ ハァ
やるな祖国！
グッッ
ここを突破できなければ…
ってカッコつけてる場合かっ!!
この地下施設から出るにはこのルートしかないんだぞ!?
ぞぞぉっ

嫌だ!
こんなことで!
こんなところで!!
モンスターのまま
死にたくない!
死んでたまるか!!!
――ッ
傷ひとつ
つかない…っ
?
なんだ…?
急に冷静に
なってきた
…そうだよな
この施設は
俺みたいなモンスターが
暴れることも想定して
作られているはずだ
こんなこと
続けていたら
足が先に壊れる

ゲートは破壊できなくても
外壁ならあるいは…
グッ
遺伝子強化兵計画…
ドンッ
あいつらはたしかにそう言っていた
ギギ
ギイイイ

ドゴォオオッ
結果から言って
あのマッド
サイエンティストども
の実験は大成功だった
と言える
ガラ
ガラ
ガラ
ガラ
硬い岩盤を
素手でえぐる腕力
そして——

60メートルはあろうフリークライミングでも
息ひとつ切れない体力
出れた… 外だ！
でもどこだここ？ 現在地が知りたい
高台を探すか…
探索中に気づいたが
俺に与えられていたのは高い身体能力だけではなかった
ガシ
ガシ
また壁登りかよ…

まず
目の
ズーム機能
キィィィ
同じ場所を集中して
見続けるとまるで
望遠鏡の倍率を
変えるように
人工物
だよな…？
近くまで
行ってみるか
遠くの物でも
近くの物でも
詳細に見ることが
可能だ
……
しっかし
なぁ……

ザァァァ
アァ
帝国ってこんな
広い森あったか？
ないよなぁ…
こりゃ…
ずーん
いろいろ
確定かな…

スーーッ
…まただ
おそらくコレも俺に与えられた能力のひとつ
感情の抑制機能
悲しみ
恐怖
戦う上で邪魔になる感情を自動で抑え込んでしまう
こんな状態じゃ便利っちゃ便利だけどさ…
ザッパーー
心底ゾッとする
あいつらは本気で俺を
人間を兵器に作り変えるつもりだったんだ

……いや
つもり
じゃないよな
だって
俺はもう
立派な兵器だ
ゴフゥ…

ダダッ
ダダッ
ダダーッ
ダダッ
ダダーッ
ガミ
これ
ガオォガ
ガッガォガミ
飛行船だったのか

ザチッ
じっ
航空日誌だ
北のカナン王国の文字
プル
プル
ぐぬぬ
つまりこれはカナンの船か…
どうやらこの船はモンスターに襲われて墜落したらしい
ぺら
この日誌の日付から
今が200年後であることが
確定した
やっぱなぁ…
ヤッバーー

まぁある程度覚悟はしていたし
よかったこともある
カナンを出て3日目に墜落したってことは
飛行船のスピードで考えると…
まず自分のおおよその現在地がわかった
それとまだ食べられそうな食料も見つけた
カンパン
ザラー
現状 空腹はまったく感じないが
「感じてないだけ」だったら怖いしな
食事はちゃんと取るようにしよう
さて…
ここからだと東に向かうのがよさそうだ
町が健在なら人がいるだろうし
ダッ
滅んでいたとしても何かしら情報は得られるだろう

もちろん前者で
あってほしいけど
ダッ
ダッ
ダッ
望み薄か…
ハッ
いや人がいたとしてもこのナリじゃぁ…
モンスターだ!
まぁそれはおいおい考え…
!!?
ばっ
オエッ
何コレクサい!!!
なんの臭いだ!?

もしや…
ガサッ
やっぱり!
臭いの原因はこいつらか!!
ゴブリン!!!!

生で見るのは初めてだなぁ
やめろっ
貴様らのような下等種族にぃ…!
ゲヘヘ
キャー
はずかしっ
レロ〜
いや〜っ
エロ動画やエロ漫画ではよくお世話になったけども!!
しかしこの臭いはないわ
しょっちゅう絡まされるエルフさんは大変だな…
いやぁぁぁ
ベロベロベロベロ

この体がハイスペックなのはもう十分わかっている
ぐぱ
ぐぱ
モンスター相手にどこまで通用するか…
ザッッ
試してみるか…！
ザ
ッ

ガッ
こんにちは
ドゴッ
死ね!!!
ゴアアア
それを

どんな言葉で表すべきか？
惨殺
虐殺
殲滅
否

地獄だ

はー…
はー…
…そりゃ
ゴブリンなんて大したモンスターじゃないけどさ
ぐじゃあ
いくらなんでも一方的すぎるだろう…
いや…途中からハイになっちゃったというか…
完全に無双ゲー感覚だったわ
あー…
どろーん

流石にこれはやりすぎた…
びちゃぁ
はぁ
とんだ貧乏クジ引かされたねぇリゼル
そう言うなってディエラ
これで評価が上がればもっと旨い仕事も回ってくるからさ
はぁ—

まったく…
こっちは探索なんてガラじゃないんだけどねぇ
ふ〜〜
たゆん♥
たゆん♥
お
おう…
じろ
じろ
デレ
デレ

ギン
ぎ
じ〜〜
もうちょっといい男になったら
抱かせてやってもいいんだけどねぇ…
はぁ〜
タタタ
兄さん!
レナ!
ジスタ!
バレちった〜
大森林の探索を引き受けたって本当ですか?

あぁ本当さレナ
お前の兄貴がどうしても行きたいって聞かなくてねぇ
あの「フルレトス大森林」に

凡骨新兵のモンスターライフ 2

2021年8月1日　第1刷発行

著　者　橋広功

発行者　本田武市

発行所　TOブックス
〒150-0002
東京都渋谷区渋谷三丁目1番1号　PMO渋谷Ⅱ　11階
TEL 0120-933-772（営業フリーダイヤル）
FAX 050-3156-0508

印刷・製本　中央精版印刷株式会社

ISBN978-4-86699-267-9